跨文化视域下
当代『中国形象』的建构
——以王蒙、莫言、余华创作为例

方爱武◎著

ZHEJIANG UNIVERSITY PRESS
浙江大学出版社

序

　　近些年来,随着中国综合国力的增强及其在全球所产生的广泛影响,有关"中国文学与中国形象"的探讨,已逐渐成为学界热切关注的一个前沿性话题。浙江大学2010年5月在杭州召开过一次题为"百年中国文学与中国形象"的国际学术研讨会,我对"中国形象"话题的接触就始于那次会议。作为会议筹办的负责人,我曾在此次大会上做了一个有关"中国形象"的主旨发言,方爱武作为我的博士生,当时也参与了这个话题的研究,我们一起合作撰写了一篇《全球化语境下"中国形象"塑造与传播》文章。后来,该文刊发在2010年第6期的《浙江大学学报》上,并被2011年第1期《高等学校文科学术文摘》和2011年第4期《新华文摘》转载。这也是她对"中国形象"关注的起始,如今一晃八年过去了,她还一往情深地坚持着,并不时地拿出自己的成果。

　　"中国形象"研究是属于形象学的一种研究,而形象学又划归比较文学的范畴,它致力于探讨形象的"他塑",而我们所说的"中国形象"研究,它主要论述的是形象的"自塑",则自有其特殊的指向、涵义及"问题与方法"。也许是与此有关吧,所以,迄今为止,它不仅在理论与视域等方面显得不那么清晰,而且也难以推出丰厚的研究成果,这是令人遗憾的。但"中国形象"这个话题,它又隐含着学术创新和突围的可能,因为它将原有创作论意义的具体的人物形象探讨,提升和推进到带有本体形上意义的宏观整体的文化研究层面,并将中国现当代文学与文艺学、比较文学、传播学等学科融会贯通,这与我们熟悉的中国现当代文学研究理路是很不一样的。自然,这样一种研究,它在客观上也对研究者自身的内在学养和知识结构提出了挑战,稍有不慎,就极易招致凌空蹈虚。总体而言,"中国形象"研究是蕴含着一定创新性和较大可塑性,但同时又具有相当难度和挑战性的一个话题。

虽然"中国形象"话题是 21 世纪之初正式提出来的,但从发生学的角度考察,其实它在百年之前的 20 世纪初就隐含了这样的意向。在中国古代长期处于自成一体的发展过程中,鸦片战争打开了古老华夏的国门,自此以后,中国的存在与发展被纳入新的世界秩序,"中国形象"也不期然而然地成为新的世界体系中的一个新命题。而现代意义上的"中国形象"塑造,严格地讲始于五四运动,鲁迅等一批文化先驱基于启蒙的立场,用"哀其不幸、怒其不争"的挚爱之笔书写了阿 Q、祥林嫂等一批落后不觉悟的农民和妇女形象,为"中国形象"的塑造作出了开拓性的贡献。不过,那是文化批判时期"中国形象"的塑造,它主要依据西方异质文化的评价标准,更多看到和发掘的是中国文化的负面因素。如今百年过去了,中国在经过沧桑磨难之后进入了一个新的历史阶段,我们的社会也由文化批判时期进入了文化重建时期。特别是 20 世纪 90 年代以来,随着中国在世界格局中地位的改变,"中国形象"塑造更是在诸多方面产生了深刻的变化:表现在内涵上,普遍重视民族文化优质资源的开发,包括优质的精神资源,也包括优质的艺术资源的开发;表现在外延上,则充分注意它在跨地域、跨文化、跨语际语境下的丰富复杂多样的存在,将一个比较本土性的命题延伸和拓展为全球性的话题。这种变化尽管是初步、粗糙的,存在着不少问题,有待于日后的进一步深化和提高,但它毕竟反映和折射了我们这个古老民族在当下的精气神,说明我们开始真正找回了那份应有的文化自信,它是我们民族主体意识觉醒的一个富有意味的表现。而这,在文学文化日趋世俗化、娱乐化的当下无疑是十分难能可贵的,它不仅成为当下中国文学的一个新的生成点,而且蕴涵着文学创新和突破的种种可能性。因此在建设"一带一路",进行民族文化伟大复兴的背景下,提出和探讨当代文学中的"中国形象"塑造与传播问题,无疑是需要严肃认真对待的,这也是我们迫切需要回答而至今却又未能很好回答的一个重大问题。

　　21世纪以来,新的国际化环境不仅为"中国形象"重塑创造了良好的条件,而且也为其传播提供了前所未有的机遇。文学中的"中国形象"是关于中国的审美想象与建构的,它是作家在不同时空对国家民族的一种个性化的形象认知,因而是丰富多样而又变化发展的。"中国形象"塑造,它不仅饱含中华子民对中国现代社会发展的现代性焦虑,关涉对百年新文学尤其是以往社会主义经验与遗产的重估,同时还关涉对新时代中国特色社会主义的认知把握以及中国文学如何"走出去"的文化发展战略的实施。因此,较之一般的文学话题,具有特别的意义。我们所说的"中国形象"塑造,通常包括"中国形象"的"他塑"与"自塑"两部分。而恰恰在这方面,我以为现如今的"中国形象"研究是有局限的,这就是对这个丰富复杂而又极具时代性的文学话题进行探讨时,往往有意无意将其狭隘地理解为"他塑"——准确地说,是西方对"中国形象"的"他塑",即西方基于他们的文学理念、思维视域与认知想象,对"中国形象"所作的一种塑造。相反,对于"中国形象"的"自塑",即中国作家(在这里主要是指中国大陆作家)根据自己生命体验及其带有文化基因的中国立场对"中国形象"的塑造,则关注很少,它几乎成为一个"空洞的能指",更不要说对之作立体系统的探讨了。"中国形象"是同时包含"他塑"与"自塑"的一个复合话语。如果我们置此"复合性"于不顾,执意将其作单维的"他塑"处理,这不仅会造成不必要的学术遮蔽,而且也不利于整体的"中国形象"研究水平的提升。说实在的,抛开了"中国形象"的"自塑",其所归纳和总结的"中国形象"到底在多大程度上符合当代文学事实,就很难说了。须知"中国形象"的"自塑",它不能不包含为其他民族的"他者"所没有或很难具有的生存生命体验。为什么"他塑"的"中国形象"塑造往往显得有点"隔",读来难以产生强烈的共鸣,我以为都可从中找到解释。

　　上述种种,构成了方爱武本书写作的学术背景,她也就是在这样的认知框架下看待和处理近七十年当代文学中"中国形象"塑造与传播的。为增强研究的学理性、思辨性,也为给研究找到合适的"批判的武器",她引进和借鉴了对我们及她自己来说多少显得有点陌生的"形象学"的理论与方法。为此,她做了大量的前期准备,阅读了大量的形象学方面的著述,付出了艰苦的劳动;同时,还广泛吸纳了社会学、文化学、历史学、政治学、传播学、阐释学、接受美学等其他学科的研究方法,并将它们融会贯通,贴切地处理"形象学"与"中国形象"、"中国形象"与"中国形象自塑"以及"文学研究与中国形象自塑"之间的复杂关联。某种意义上,本书可以说是基于"形象学"的一种综合研究,或者说,是"形象学"+"综合研究"的一种研究。

也许与"形象学"理论的先天不足有关,现如今的"中国形象"研究往往孤离于文学尤其是文本,较多驻足于泛文化层面而显得空有余而实不足,文学性欠缺,或者说与文学的"不及物",似乎成为"中国形象"研究的一个普遍通病,也是制约"中国形象"研究的一个"瓶颈"所在。怎么办呢?我于此没有研究,不敢妄言,但根据自己有限的接触,窃以为很重要的一点,应该将抽象的文化研究与切实的文本解读结合起来,使之在抽象与具象之间达到动态的平衡。如此,方能充分显现"中国形象"研究应有的魅力,最大限度地克服"形象学"研究范式的局限。应该说,方爱武是注意到了这个问题,她的这部论著在以下两个方面做得比较突出:

一是注重拓展文学研究的整体性视野。探讨"中国形象"问题不能离开20世纪中国文学的这个大背景,因为现当代"中国形象"的建构与传播与百年中国文学的发展互动,实在积累了太多需要认真清理的学术话题,诸如文学现代性与中国社会现代化之间的关系,"中国形象"演变与文学的主题表达,不同阶段中国文学与"中国形象"的关系,世界文学语境下的"中国形象"塑造与传播……凡此这些,方爱武均有涉及。尤其是在本书第一章,她用整整一章的篇幅,集中探讨了中国现代文学"中国形象"生成的晚清背景、整个20世纪乃至当下的"中国形象"的建构历程,以及文学中"中国形象"的传播问题。这种"辨章学术,考镜源流"的做法,为后面的分论打开了视野,也显示了她把握宏大论题的研究能力。二是注重选取有代表性的具体研究对象。为了使自己的"中国形象"研究能落到实处,方爱武选择了王蒙、莫言与余华三位当代作家作为"中国形象"研究的个案,她以百年中国文学历时嬗变为脉络,紧契他们的艺术个性,从中归纳和提炼三种异同并置的"中国形象"类型:王蒙的"中国化主流中国形象",

莫言的"东方化中国民间形象",余华的"主体化的中国国民形象"。方爱武还联系具体文本,做了深入细致的分析。应该说,这样的概括及分析,是符合这三位作家的创作实际的,从一个侧面对当代文学尤其是"后三十年"当代文学中的"中国形象"塑造及其"从主流到民间再到个体"的基本脉络与发展流向做了概括。特别需要指出,无论是从"中国形象"的本义考量,还是从王蒙、莫言、余华三位作家在海外的知名度与影响力来看,他们上述有关"中国形象"塑造("自塑"),实际上还有个"走出去",进行跨地域、跨文化与跨语际传播的问题,这也是生逢空前开放的全球化时代的一个必然的现象。对此,方爱武在其论著中,也给予了充分的关注。她在探讨王蒙、莫言、余华"中国形象"塑造时,用三分之一左右的篇幅,分别介绍和梳理了他们在世界各地的传播,让我们看到了在域外多元而又充满歧义的"中国形象"体系中,中国大陆作家做出的贡献,以及他们为域外"他塑"所没有的优势特质,当然也包括与"自塑"有关的局限盲区,这是相当难能可贵的。总之,方爱武的"中国形象"研究虽不尽周全,但就总体构架和基本思路而言,我以为是很有创意的,具有较强的学术价值与现实意义。这自然与她自如地穿越于比较文学、现当代文学与传播学等诸多领域,具有较强的把握研究对象及其搜集与组织史料的能力有关。

　　"中国形象"塑造是开放又别具难度的一个学术话题,任何研究都很难触及它的全部,因为"中国形象"是指有关中国的审美想象与认知,它不仅指的是一种涵盖国家与民族意义的艺术形象,同时还可以是一种有关中国的历史形象、文化形象以及个体形象。总体而言,它源于现实而又高于现实,具有詹姆逊所说的"民族寓言"的成份和审美建构的特质。"中国形象"是中国的,它的塑造深切反映了中国历史特别是百年现当代历史的跌宕多变和丰富多样;但同时也是世界的,它是全人类共享的一种审美对象。事实的确也是如此,近百年来,不但我国大陆本土的作家在塑造"中国形象",西方作家、海外华裔作家以及我国港澳台地区的作家也在塑造"中国形象",它已形成了"自塑"与"他塑"互渗互融的一种立体多元的形象体系、话语体系,构成了世界文化史上令人瞩目的一个现象。方爱武于此的研究仅仅是个开始,博士论文完成之后,她又开始着手研究我国港澳台地区文学中的"中国形象"。我期待她今后的研究能走向深入,结出更为丰硕的成果。

吴秀明

2018 年 3 月于浙江大学中文系

目　录

第一章 绪 论

在 21 世纪世界全球化发展背景之下,中国在世界格局中的地位已不容忽视,无论从哪个层面上解读中国,都不难发现现实中的中国形象已经发生了太多的变化,已经生发出了太多的新质。据《中国国家形象全球调查报告 2016—2017》①显示,中国国家形象较过去相比稳中有升(在十分制的评分标准中,2014 年中国国家整体印象得分为 5.9 分,2015 年为 6.2 分,2017 年为 6.22 分),中国对国际事务的影响力也逐年提升,目前在所有国家中位居第二。但不可否认的是,在 21 世纪的西方世界,很多人对中国的形象认知还存在着一定的误读与偏见,这在《中国国家形象全球调查报告 2016—2017》中也有所体现,发展中国家给中国的评分是 6.9 分,而发达国家只有 5.6 分!美国中国问题专家雷默早在 2006 年就曾说过:"中国发生了史无前例的巨变。……可惜,中国的国家形象跟不上诸多变迁的步伐。其他国家对中国的看法,……充斥着固执的偏见和恐惧。"②雷默对中国形象的反思在今天仍然具有一定的现实警示意义。2007 年以来,党的十七大(2007)、十七届六中全会(2011)、党的十八大(2012)都相继强调提高国家文化软实力的发展需求;2014 年,中央颁布了《深化文化体制改革实施方案》,更是把"对外文化传播和对外话语体

---

① 当代中国与世界研究院课题组:《2016—2017 年中国国家形象全球调查分析报告》,《对外传播》2018 年第 2 期。

② [美]乔舒亚·库珀·雷默:《淡色中国》,载《中国形象:外国学者眼里的中国》,沈晓雷等译,北京:社会科学文献出版社 2008 年版,第 8 页。

系"的构建,列入了建设文化强国的重要内容;2017 年,党的十九大报告中再次强调要"繁荣发展社会主义文艺","推动文化事业和文化产业发展","推进国际传播能力建设,讲好中国故事,展现真实、立体、全面的中国,提高国家文化软实力。"①可见,在目前世界全球化的发展机遇之下,中国形象在世界范围内的进一步确立与建构有着重要的现实意义,而作为国家文化软实力重要组成部分的文学,参与到社会主义文化强国的建设与中国形象的塑造中就具有一定的合法性、可能性与必要性。

据《中国国家形象全球调查报告 2016—2017》得知,在海外受访者眼中,中餐、中医药和武术是最能代表中国文化的三大元素,而中国文学在海外的认可度只有 10%,影响力相对有限。文学作为与社会文化既同构又超越的审美意识形态,在新世纪新的发展机遇面前,如何承担时代使命,发挥自己应有的功能效应,特别是既塑造又传播中国形象的功能效应,这个问题已突出地摆在了我们面前,并已成为学术研究的一个新的生长点,一个富有时代新质的前沿性话题,应当引起中国当代学人的高度重视。新的时代和国际化环境不仅为文学的中国形象重塑创造了良好的条件,而且也为其传播提供了前所未有的机遇。因而,在我们走向世界、世界走向我们的今天,我们的文学创作与文学研究面对新世纪,理应在总结过往中承担起正确树立、传播中国形象的独特使命。

第一节　形象学与中国形象

形象学(法文 Imagologie,英文 Imagology),顾名思义就是有关形象研究的学科,它是属于比较文学范畴里的概念。形象学研究最早发源于 1896 年的法国,最初的倡导者有法国学者路易-保尔·贝茨、巴尔登斯贝格、阿扎尔等,这些学者先后提倡形象学研究的可能性,但形象学研究在当时却反响甚微,未能真正发展起来。20 世纪 40 年代,形象学研究的倡

---

① 习近平:《决胜全面建成小康社会 夺取新时代中国特色社会主义伟大胜利——在中国共产党第十九次全国代表大会上的报告》,北京:人民出版社 2017 年版,第 43—44 页。

导出现新的转机,法国学者卡雷在其《法国作家与德国幻象》(1947)一书中大力倡导"一国文学中的异国形象"研究;1951 年卡雷学生马里尤斯·法朗索瓦·基亚在其论著《比较文学》中也强调形象学研究的意义。正当 20 世纪 50 年代形象学开始逐渐兴起之时,却受到了很多比较文学著名学者的反对与抨击,如美国的勒内·韦勒克、法国的艾金伯勒等。但形象学研究作为比较文学研究的一个新兴领域,它在质疑中走向发展,在批判中走向完善,20 世纪 80 年代,形象学已经开始渐趋成熟化与体系化,由是成为比较文学研究的一个新的发展分支,出现了很多颇有建树的学者以及颇具分量的理论研究成果,如德国学者胡戈·迪塞林克(又被译为狄泽林克)的《关于形象和幻象的问题及其在比较文学范畴内的检验》(1966)、法国学者达尼埃尔-亨利·巴柔的《从文化形象到集体想象物》(1989),以及法国学者让-马克·莫哈的《试论文学形象学的研究史及方法论》(1992)等。

形象学研究自诞生之日起就侧重于异文化领域里的国别与国族形象研究,也就是说,形象学所研究的对象是"异国形象"与"异族形象",即一个看似与本土文化形象毫不相干的"他形象"(hetero-image),巴柔就曾鲜明指出:"对一部作品、一种文学中异国形象的研究,即文学形象学研究。……更确切地说,它是社会集体想象物的一种特殊表现形态:对他者的描述(reprsentation)。"①后来随着形象学理论体系的逐渐发展与完善,狄泽林克曾提出除了"他形象"之外,形象学研究对象还应包括"自我形象"(auto-images),而这种"自我形象"是与"他形象"相辅相成的:"自我形象——多半绕道借助于已经存在的、产生于外部的流行的形象亦即'他形象'——也可以成为这类表象的客体。"②换言之,形象学里的"自我形象"并不是本土形象的自我塑造,它同样是依附于"他形象"的一种"异国形象"或"异族形象",其实本质上它还是一种"他形象"。

形象学研究作为比较文学研究的一个新兴发展领域,它不属于影响

----

① [法]达尼埃尔-亨利·巴柔:《从文化形象到集体想象物》,孟华译,载《比较文学形象学》,孟华主编,北京:北京大学出版社 2000 年版,第 118—121 页。

② [法]狄泽林克:《比较文学形象学》,方维规译,《中国比较文学》2007 年第 3 期。

研究的范畴,也不属于平行研究的类别,它强调的是倾向于形象塑造者的历史与文化、社会与政治的一种综合性研究,对此,巴柔就曾说:"对形象的研究应该较为注重探讨形象在多大程度上符合在注视者文化,而非被注视者文化中先存的模式,文化图解,而非一味探究形象的'真实'程度及其与现实的关系。……他者就是可使我们……换一种方式来思考问题的东西。"①狄泽林克也如是说:"形象学的研究重点并不是探讨'形象'的正确与否,而是研究'形象'的生成、发展和影响。"②也就是说,在比较文学形象学研究中,研究的本意不在于"异国形象"或"异族形象"塑造本身,而在于这形象在异域的生成、发展及影响研究。因此,在比较文学形象学的发展历程中,研究的本体——有关"异国"或"异族"的"他形象"的真实性愈来愈不受重视,它不是植根于异国现实土壤的形象再造,而是植根于形象塑造者主观认知与想象的一种先验性存在,是创作者有感于自身社会、经济与文化等的一种文化幻想,一言以蔽之,它本质上就是一种借异域形象来隐喻本土社会的自我言说,它不能也无须完整塑造"异国"或"异族"的形象。如此,这生成于异文化中的"他形象"必定会包含着很多文化阻隔与文化变异的因素,正如法国学者布吕奈尔所说的:"任何一个外国人对一个国家永远也看不到像当地人希望他看到的那样。这就是说情感因素胜过客观因素。"③譬如在 20 世纪的西方世界,有关中国形象的认知总体说来呈现鲜明的否定性倾向,"黄祸威胁论"与"贫穷落后说"是西方世界对于中国的最为深刻的固化认知与想象。在这方面,最有影响力的当属英国作家萨克斯·罗默所塑造的"傅满洲"系列畅销小说了。这组创作于 1913—1959 年的多达 17 部的系列小说,塑造了一个东方中国"黄祸"的化身——傅满洲的形象,傅满洲就是 20 世纪西方世界关于中国历史与现实的一个社会集体想象物,在西方世界影响深远,却与真实的中国形象大相径庭。因此,由于域内外文化差异、文化阻隔以及文化偏见的存在,

---

① [法]达尼埃尔-亨利·巴柔:《从文化形象到集体想象物》,孟华译,载《比较文学形象学》,孟华主编,北京:北京大学出版社 2000 年版,第 122—123 页。

② [法]狄泽林克:《比较文学形象学》,方维规译,《中国比较文学》2007 年第 3 期。

③ [法]布吕奈尔:《形象与人民心理学》,葛雷、张连奎译,载《什么是比较文学》,北京:北京大学出版社 1989 年版,第 89 页。

比较文学形象学中的"他形象"常常存在着被误判与误读的可能,而这种可能一旦成为现实并反复出现,就很容易使"他形象"被概念化与套话化,形成一种固化的社会集体想象物,"渗透进一个民族的深层心理结构中,并不断释放出能量,潜移默化地影响着后人对他者的看法"①,影响着域外一代又一代读者对"他形象"的认识,甚至会反过来影响"他形象"国家的文学在异域的传播,迪塞林克(即狄泽林克)就说:"一个国家在他国所具有的形象,直接决定其文学在他国的传播程度。"②因此,形象学领域中的这种为塑造者所需要与利用的"他形象",对他者的现实影响无疑是深远的。由此我们可以判定,意欲从比较文学形象学的视角来全面了解一个"异国"或"异族"形象,这显然不可能,这不是形象学理论所要面对与解决的问题。所以,要改变异域"他形象"的被动阐释局面,要想从形象学视角来了解"他形象"的真实形象,就必须要借鉴与延伸形象学的理论,来研究"他形象"的自我塑造问题,也就是"异国"或"异族"形象的自我塑造问题。

对于一个国家整体形象来说,异文化塑造的"他形象"只是其中一个可以参考的视角,要想全面塑造与研究一个国家的文学形象,学术界的研究就不能仅停留在他塑话语体系之中,在这里,本土文化体系之内的"自我形象"塑造与研究就显得尤为重要。一个国家或民族形象的自我塑造,与异域他塑最为本质的区别即在于,它依据的是塑造者身处的真实的社会、历史与文化的审美感知,这对于注重相异性的"他形象"来说,无疑是来自另一种视角的参照与反观,在一定程度上它可以与"他形象"产生比照与互动,会对"他形象"中的"套话"进行纠偏、弥补与完善,进而会影响到异文化中"他形象"的再塑。因为在全球化迅猛发展的新世纪,"异国形象传递出的是不同文化交流过程中的各种信息"③,"他形象"与"自我形象"可以在相互观照与交流中各自完善与发展,从而共同完成对于一国形

---

① 孟华:《试论他者"套话"的时间性》,载《文化传递与文学形象》,乐黛云等主编,北京:北京大学出版社1999年版,第202页。

② [法]胡戈·迪塞林克:《有关"形象"和"幻象"的问题以及比较文学范畴内的研究》,王晓珏译,载《比较文学形象学》,孟华主编,北京:北京大学出版社2000年版,第84页。

③ 张志彪:《比较文学形象学理论与实践——以中国文学中的日本形象为例》,北京:民族出版社2007年版,第3页。

象的立体建构。当然,这里所言的"自我形象"塑造研究应源自自我文化体系之内的形象生成、表现与影响研究,而非依附于"他形象"基础上的再阐释,但"他形象"可以给"自我形象"提供一种参照与审视,以使"自我形象"更趋本土、立体与深刻,这体现在中国形象的塑造与研究中显得尤为紧迫。由于长期以来受"套话"的驱使,再加上文化的阻隔与偏见,西方文学世界中的中国形象这一"他形象"一直以来谬种流传,概念化、模式化与固化的创作比比皆是。这种中国形象塑造与真实的"中国形象"相差甚远,本质上被西方文化所利用,产生并延续了譬如"落后论"、"黄祸论"与"威胁论"等等论调,即便是在萨义德的《东方学》中也只见西方不见东方。20 世纪 80 年代之前,西方世界的中国形象大半是远离真正的中国历史与现实的,是疏离中国社会与政治的,西方世界的这些中国形象塑造常常凭据着西方文化的先进性与强大的世界性影响力,"直接或间接地控制着世界的中国形象表述"①,使中国形象的异域建构难以与时俱进。进入新世纪的中国,中国形象无论从哪个层面解读都已经面目一新了,面对着西方世界尚存的难以根除的中国形象的滞后性、片面性与保守性,中国形象的自我塑造与传播显然势在必行。

比较文学形象学是一门有关国家或民族形象塑造与研究的新兴学科,形象塑造本身的真实性与影响力不能被漠视,"他形象"与"自我形象"不能互相遮蔽与互相取代,特别是这里的"自我形象"塑造应该被正视,它不能依附于"他形象"成为一种丧失主体性的存在,在形象学中它们应互为参照,方能建构相对整体性的国家形象。因此将"自我形象"塑造与形象学相连,无疑是拓展形象学研究外延的一次有益的理论实践尝试,它在一定程度上尝试着去弥补形象学概念带来的不足,有助于在异文化的族群中完善关于一国形象的认知。对于中国形象的世界性重塑来说,这种可能性就显得更为意义深远。

---

① 周宁、李勇:《究竟是"跨文化形象学"还是"比较文学形象学"》,《学术月刊》2013 年第 5 期。

第二节 中国形象与中国形象自塑

中国形象,顾名思义,指的是有关中国的国家整体形象;中国形象自塑指的就是中国形象的自我塑造。要想准确理解中国形象,势必要厘清"国家形象"的概念。"国家形象"一词属于舶来品,最早出现在美国经济界,美国经济学家肯尼思·艾瓦特·博尔丁在《国家形象和国际体系》(1959)一文中,最早定义了"国家形象"概念的内涵,他主要从地理空间、心理情感与物质实力三个维度来阐释国家形象的内涵,这篇文章由是成了国家形象研究的经典之作。20世纪60年代以来,国家形象研究在发展中逐渐突破了博尔丁的释义走向了深化,分化出诸多新的研究分支,有论国家信念的(如美国国际政治学者奥利·霍尔斯蒂),也有讲国家品牌的(如荷兰学者彼得·范·海姆),还有谈国家声望的(如美国学者亚力桑德拉·圭辛格)等,总体说来,国家形象是一个无论内涵还是外延都很宽泛的概念,"国家形象研究的跨学科特征决定了这方面纷乱的研究现状将继续下去"①。20世纪90年代,国家形象的概念在中国开始受到关注,并掀起过一阵研究热,国内学者对国家形象概念的理论阐释也呈现出多元化发展之势,范围涉及社会政治、文化传播等诸多领域。由于国家形象概念的复杂性、综合性与丰富性,以及研究的多元性,因而决定了在本质上定义与明确国家形象的实质无疑是困难的。正如有些论者所言,国家形象"是一个综合体,它是国家的外部公众和内部公众对国家本身、国家行为、国家的各项活动及其成果所给予的总的评价和认定。国家形象具有极大的影响力、凝聚力,是一个国家整体实力的体现"②。从本质上说,国家形象就是基于对一个国家政治、经济、文化、历史及社会等的综合认知,它是一个开放性的综合性概念,它常常随着社会的发展而变化,它是可以

---

① 刘朋:《国家形象的概念及其理论分歧》,载《中国形象传播:历史与变革》,北京:经济科学出版社2012年版,第13页。

② 管文虎:《国家形象论》,成都:电子科技大学出版社2000年版,第23页。

被想象与被建构的。因而,对于一个国家形象的认知历来没有统一的标准,它有可能是客观的,也有可能是主观的;有可能是正面的,也有可能是负面的。它既有整体与局部之分,也有自塑与他塑之别。在 21 世纪世界全球化发展背景之下,国家形象已经开始"成为国家利益的重要内容"①,世界上的任何国家无不希望能在世界范围内建构自身国家良好的整体形象,以寻求更为广泛的世界性关注与认同,对中国来说尤为如此。

说到"国家形象"一般容易让人望文生义,从而理解为政治学意义上的国别形象,然而本书所论述的"中国形象"不是纯粹政治学或社会学等意义上的"国家形象",它是用文学审美的方式来表达与建构的对于中国国家形象的综合性认知与阐释,是文学上的有关中国国家形象的自我想象,恰如王一川所言,这里的"'中国'不只是一个国体术语,而是一个寄托有关自己民族的丰富文化想象和审美体验的总体象征字眼"②。因而本书所言的"中国形象"概念,不是政治学或社会学等其他层面上的国家形象概念,而是文学审美上的国家形象认知,它的内涵更为开阔与多元,更具历史与现实的包容性。它一方面具有主权意义上的中国国家形象概念;另一方面又同时兼具美学与文化学意义上的中国形象表达,它指的是文学上的中国形象塑造。

具体而言,中国形象自塑中的"中国形象",指的是有关中国的文学审美想象与感知。它内涵丰富,包蕴深厚,所指宽广。它既可以指一种涵盖国家与民族的艺术形象,具有詹姆逊所说的"民族寓言"的审美建构特质;同时它还可以与中国的政治形象、历史形象、文化形象以及个体形象等有关。它源于现实但又高于现实,它是中国的同时又是世界的。它是中国跌宕多变的历史与瞬息万变的现实的表现,但它同样可以成为全人类共享的审美对象,可以成为文学上的国别形象"世界共同体"的成员之一,与文学上的"美国形象""英国形象"等一起受到世界范围内的关注。因而,唯有用"中国形象"而不用"中华民族形象"等其他概念来概括中国国家形

① 俞可平:《全球化时代的国家形象》,《学习时报》2007 年 1 月 15 日。
② 王一川:《中国人想象之中国——20 世纪文学中的中国形象》,《东方丛刊》1997 年第 1—2 期。

象,我们才有可能将中国形象的审美建构纳入跨文化的世界国别形象系列中进行考察,也只有这样,我们才有可能真正摆脱狭隘的民族论与本土论的束缚,与世界形象及世界文学展开平等对话。总之,我们所强调的中国形象概念,应具备一种开放的理念与胸襟,体现出世界性的视野与人类情怀,也就是说,中国形象不应成为只有中国人才可以塑造的专利品,它应是属于世界文学范畴里的全人类共享的精神财富。而事实也的确如此,回溯近百年来的中国形象文学塑造史,不难发现,除了本土作家,海外华裔、西方作家也都曾参与过中国形象的塑造,因此在中国形象的塑造中一直存有他塑与自塑之分。目前,中国形象的塑造已经建构起一种立体多元的形象话语体系,已经成为世界文学史上令人瞩目的一道写作风景线。特别是新世纪以来,随着中国在世界格局中的影响力的突显,在世界文学范围内关注中国形象塑造的作家愈来愈多,而文学研究界有关中国形象的研究也方兴未艾。

中国形象自塑中的"自塑",指的是中国作家有关中国的认知与形象化表达,它指的是中国形象的自我建构与传播。它具有这样两点特色:

第一,它是极具现实性与创造性的。中国形象的自塑,它是中国作家个人有关中国历史与现实及未来的审美想象,它不像西方世界中国形象的他塑那样易于受到一些固化概念的影响,易于凭空想象闭门造车。它是来自中国本土的生动表达,不是来自空洞概念的机械认知,同时也不是来自社会现实的照相机式的记录。它注重的是表现论而非反映论,强调的是创造性与个性,凸显的是诗意与审美。生活在不同社会环境之中的作家,他们的中国形象认知往往是各不相同的,譬如鲁迅的乡土中国想象与赵树理的乡土中国想象就迥然不同;即便是生活在相类似的社会环境之中,对于中国形象,不同作家也有着各不相同的审美建构,譬如新时期的中国当代作家中,同样写乡土中国形象的,莫言的"高密东北乡"与贾平凹的"商州"就是当代中国乡土形象两种不同的诗意建构。

第二,它是多元化的,又具有着一定的开放性。中国形象的自塑是不同中国作家的审美感悟与想象表达,想象的对象是统一的,但关注的重点各不相同,投射的审美情感也互有差异。也就是说,中国形象的自塑,既包含有一定民族的、文化的、历史的与现实的具有共性的中国形象元素，但又闪耀着最为灵动的中国形象阐释的个性光芒，组合在一起就谱写出了众声喧哗的多色调的中国形象。与此同时，中国形象的自我塑造绝不像域外的某些中国形象他塑，一直在弹着千年不变的老调，叙说着有关中国形象的陈腐落后的概念认知。中国形象的自塑是灵动的，是开放的，它会随着中国作家创作个性的不同而不同，会随着塑造者认知的变化而变化，会随着中国社会的发展而发展，譬如余华笔下 20 世纪 80 年代与 90 年代的中国形象的差异性与变动性问题。在中国现当代文学百年的发展长河中，这些丰富立体的有关中国形象的自我感知与自我建构，无疑具有历史性的在场价值，极具审美意义与研究价值。

综上，中国形象自塑概念是一个综合性的发展性概念，它与文学创作学上的典型形象塑造有着本质上的不同。它是中国作家对中国形象的自我感知与建构，它具有全球化的视野，同时又具有着中国性的表达；它是民族的又是世界的；它是历史中国与现实中国的自我观照与自我审视，同时也是未来中国的自我想象与自我期许。在目前世界全球化的发展趋势之下，它显然是世人了解中国与认识中国的一个有效载体，因此，从形象学的视角总结和反思中国形象的塑造，在早已步入新世纪的今天显得很有必要且非常重要。

第三节　文学研究与中国形象自塑

文学中的中国形象是关于中国的审美想象与建构，它是作家在不同时空对中国国家与民族的一种形象认知，理应是丰富多样而又变化发展的，是值得关注与深究的。文学中的中国形象塑造通常包含中国形象的他塑与自塑两部分，而近些年来，研究者历来关注比较多的是中国形象的他塑——西方文学中的中国形象塑造，譬如周宁的域外中国形象研究系列、姜智芹的域外中国形象塑造与传播研究系列等等，而对于中国形象的自塑几乎无系统而理性的观照。域外中国形象固然很有研究价值，但它基本属于比较文学范畴内的研究,还远没有涉及中国形象的本土塑造问题,因此,本土中国形象自塑研究具有重要的学术意义与现实紧迫性。

对内而言,中国形象自塑研究是对于中国当代文学学科研究的有效坚守。在文学发展的历史长河中,不难发现,无论文学的本质在于什么,文学形象研究都将是文学研究的重要内容之一。文学离开了形象,文学就丧失了它最独特的艺术魅力与影响力。因而历来在文学研究中,形象研究通常都会受到普遍性的关注,这也是文学研究的学科属性之一。但自从 20 世纪 90 年代以来,"文化研究"方法开始盛行于中国当代文学研究之中(1994 年李欧梵与汪晖正式将"文化研究"理论介绍到中国),文化研究开始成为中国当代文学研究的主要关键词之一,受到前所未有的追捧,文学形象研究一度被遮蔽与被忽视。文化研究理论进入中国当代文学学科研究之中,一方面,我们应该看到它给中国当代文学研究带来的新变化——那就是文学研究空间、观念与方法的拓展。因为文化研究具有一定的反学科性与开放性,它为当代文学研究提供了很多异于文学形象研究的新思路与新方法,使文学研究的视野从封闭与自足走向了开放与包容。但另一方面,我们也应看到它给当代文学研究带来的负面影响——那就是文学研究学科属性的慢慢丧失。由于文化研究注重与强调的是文学的外部因素,这在一定程度上使中国的当代文学研究带上了泛文化的空洞色彩,文学研究开始慢慢丧失它的具体性、生动性,以及审美诗性。此外,文化研究的风行有时还对文学创作产生一定的负面引导,使文学创作过于追求一些宏大叙事,譬如 20 世纪 90 年代某些长篇小说的创作等。如今中国当代文学的发展早已步入新世纪,但文学研究中的文化研究热仍然盛行不衰,对此,曹文轩就曾尖锐指出:"我们目前所从事的所谓文学研究,基本上不是文学研究,而是文化研究,纯粹意义上的文学研究几乎已经不复存在。大多数研究,只不过是将神话学、社会学、政治学、历史学、伦理学的知识拿来解释文本的文本。在这里,文学文本只是一种社会档案,是与社会生活几乎等同的一些作为论据的材料而已"①。

---

① 曹文轩:《二十世纪末中国文学现象研究》,北京:作家出版社 2003 年版,第 13—14 页。

这种相对比较空泛的文化研究的盛行,使文学与社会的距离过于接近,却让文学逐渐远离了它的本体,文学研究于是变成了文学社会学研究。针对于此,温儒敏曾呼吁要"警惕现当代文学研究中的'空洞化'现象"①。有学者认为,要改变目前当代文学研究中的这种过于空泛的研究趋势,"从作品的艺术形式和审美情趣入手,还原文学研究的文学色彩,注重研究主体的生命感受、审美感受与情感体验成为当下研究亟待解决的一个问题"②。当下,这种文化研究的倾向性依然存在,在这样的研究背景之下,强调中国当代文学研究的中国形象问题研究,注重文学本体与审美体验的开掘,显然在一定程度上能够让文学研究回归到文学审美的轨道上来,还原已被疏离的学科属性。总之,正如论者所言:"'形象学'在诗学领域,属于比较文学的论题,在文艺理论的构建中,则是创作学与批评学的基本问题"③,因此,在当代文学的学科研究中,适当借用比较文学形象学的某些视角与方法,从形象本体出发来考察中国形象的建构,既能牢牢把握属于文学研究领域内的话题,同时又能兼顾到社会、历史与文化的生动观照,这样的中国形象研究就可以在文学的内部研究与外部观照之间取得适度的均衡。

对外而言,中国形象自塑研究是探讨中国文学走向世界的有益尝试。1985 年黄子平、陈平原与钱理群等学者在《论"二十世纪中国文学"》中曾说:"所谓'20 世纪中国文学',就是由上世纪末本世纪初开始的至今仍在继续的一个文学进程,一个由古代中国文学向现代中国文学转变、过渡并最终完成的进程,一个中国文学走向并汇入'世界文学'总体格局的进程。"④实际上,放眼整个 20 世纪,这个文学进程一直在进行中。从本质上说,在整个 20 世纪乃至当下,中国现当代文学显然并没有能真正走向世界文学,进而与世界文学展开平等对话。虽然莫言在 2012 年荣膺诺贝尔文学奖,但这并不意味着中国文学已全面走向世界。目前,在世界文学

---

① 温儒敏:《现当代文学研究中的"空洞化"现象》,《文艺研究》2004 年第 3 期。
② 张光芒、童娣:《2005 年中国现当代文学研究述评》,《南京大学学报》2007 年第 1 期。
③ 李咏吟:《艺术形象与形象学解释的理论指向》,《文艺评论》2011 年第 7 期。
④ 黄子平、陈平原、钱理群:《论"二十世纪中国文学"》,《文学评论》1985 年第 5 期。

范围之内,中国现当代文学整体而言还显得比较边缘与沉寂,为西方世界所熟知的中国作家并不多,中国文学的世界影响力还相当有限。20 世纪 80 年代以来,随着中国在世界范围内影响力的日渐提升,"全球化"思想开始进入当代文学研究之中,并逐渐取代了"现代化",为当代中国文学研究提供了一种新的想象中国的思路、方法及话语。但在与世界密切联系的今天,正如德里克曾说的,"一个领域内的全球化,像经济全球化,并不自动意味着其他领域,如政治、文化领域中的全球化"①,文学的全球化要靠文学自身的努力。我们的文学如何能在全球化的浪潮之中,彰显自己文化的主体意识,塑造具有地域与时代特色的中国形象,并参与到与世界文学的交流与互动中,这是当代文学创作与研究目前面临的重要发展问题。当代文学研究只有紧跟社会全球化的发展步伐,积极与世界文学展开对话,才能充分展现它的时代性与先锋性;而用形象学的方法探讨中国形象的自塑,正是在目前世界全球化发展形势之下,探讨中国当代文学如何走向世界的有益尝试。中国当代文学想要走向世界文学,在世界范围内确立来自本土的中国形象,其中"中国性"的坚守显然是立足之本,而这"中国性"指的是一种真正属于我们自己的本土经验、中国话语及中国精神。莫言曾说:"如果说我的作品在国外有一点点影响,那是因为我的小说有个性,思想的个性、人物的个性、语言的个性,这些个性使我的小说中国特色浓厚。我小说中的人物确实是在中国这块土地上土生土长起来的。我不了解很多种人,但我了解农民。土是我走向世界的一个重要原因。"②只有真正坚守中国性表达的中国文学,才是真正属于中国本土的中国制造。这种"中国性"无疑是中国形象自塑研究所要关注的核心所在,这种对带有着独特地域化与民族性的"中国性"的坚守,可以使我们的文学在本质上与"西方性"区分开来,不至于被同化或淹没,如此才有可能与别国文学"和而不同"。没有了"中国性",中国形象就丧失了它立足之本。在中国形象的自塑研究中,我们唯有坚守对本土文学中"中国性"的

---

① [美]阿里夫·德里克:《后革命氛围》,王宁译,北京:中国社会科学出版社 1999 年版,第 50 页。

② 舒晋瑜、莫言:《土是我走向世界的重要原因》,《人民日报·海外版》2012 年 10 月 9 日。

挖掘,我们的文学才有可能为世界文学贡献真正属于我们自己的中国想象与中国形象建构。当然,我们所言的"中国性"不等于狭隘的"民族性",它是民族性与世界性的融合,它注重的是用世界性的眼光讲述中国故事。唯有如此,我们的中国形象塑造才能与狭隘的民族主义划清界限而显现一种大视野与大境界,我们的中国形象才有可能走出国门,走向世界。

在全球化发展语境之下,中国当代文学研究所面临的挑战无疑是紧迫且严峻的,我们的文学研究如何能在学科研究的内与外之间,积极寻觅中国文学走向世界的种种可能,这个问题不容忽视,且任重道远。因而,借用形象学的理论来研究中国当代文学中的中国形象自我塑造问题,无疑极具学理与现实意义。

第二章　中国形象建构追踪：
未竟的跨文化之旅

　　法国形象学理论家让-马克·莫哈在谈到文学作品与异国形象的关系时曾说："大多数人往往并不是通过自己的直接接触去感知异国，而是通过阅读作品或其他传媒来接受异国形象的。"①事实确是如此，据《中国国家形象全球调查报告 2016—2017》显示，海外民众了解中国的最主要渠道是当地的传统媒体（61％）或新媒体（43％），只有 7％的海外受访者是通过"去过中国"来了解与认识中国的，也就是说目前在世界范围内，他塑中国形象无疑是域外中国形象确立的主要载体，这也是一些西方发达国家居民对中国形象认可度不高的主要原因，因为西方的中国形象有太多是基于千年不变的"套话"基础之上的社会集体想象物，距离真实的中国形象太远。在全球化发展的今天，中国形象的确立不可或缺的是来自中国本土的声音，这应该成为中国形象的确立主体，它们应该与异域中国形象一起，互为参照，互相影响，共同构建当代中国立体多元的丰富形象。因而，在这样的发展背景之下，中国现当代文学中有关中国形象的自我建构便不能被忽视与阻隔，因为它不仅饱含着中华子民对中国现代社会发展的现代性焦虑，更寄蕴着他们有关民族复兴的中国梦追求。在中国现当代文学发展历程中，中国形象的想象、建构与社会一起携手并进，它承接过去，关注当下，指向未来，它没有终点。

---

① 孟华：《比较文学形象学论文翻译、研究札记（代序）》，载《比较文学形象学》，孟华主编，北京：北京大学出版社 2001 年版，第 7 页。

在中国形象的自我塑造方面,目前在世界范围内有着三大塑造主体,即大陆本土作家(包括我国港澳地区)、我国台湾地区作家与海外的华裔作家,由于他们身处不同的历史语境、社会变迁与文化空间之下,因而中国形象建构便呈现出不同的形态与色彩,寄蕴着不同的审美追求。但纵览20世纪以来中国新形象的自塑,能抗衡西方世界"套话"化中国形象的显然是来自大陆本土的中国形象塑造与传播,因此本论题的论述主要以大陆作家论述为主,兼及我国台湾地区作家与海外华裔作家的创作。

第一节 文化的围困与形象的生成

在世界全球化发展视野下,文学作品中的中国形象首先意味着的是具有一定政体意识的国别形象,其次才是这种形象之中所蕴含着的文化与审美内涵,因而文学作品中中国形象的出现必须具备两个条件:一是相对同步的世界视野;二是相对明确的国家意识。参照于此,不难发现,文学作品中中国形象的真正出现始于晚清。

在世界文明发展史上,古典中国正如梁启超所言:"虽有国之名,而未成国之形也。"①它们历来呈现的是唯我独尊的封闭性东方帝国王朝形象,美国历史学家斯塔夫里阿诺斯曾这样评说古典中国:"早在汉代,中国就已成功地赶上欧亚大陆其他文明,到了中世纪中国更是突飞猛进,成为世界上最富饶、人口最多、在许多方面文化最先进的国家。从6世纪隋朝重新统一中国到16世纪西方人开始由海上侵入中国,这1000年是中国的政治、社会和文化空前稳定的时期。……整整1000年中,中国文明以其顽强的生命力和对人类文明的巨大贡献始终居于世界领先地位。"②但这种文明的先进性却并没有随着时代的发展而日益鼎盛,相反,其颓败之

---

① 梁启超:《少年中国说》,载《梁启超选集》,王蘧常选注,北京:人民文学出版社2004年版,第172页。

② [美]斯塔夫里阿诺斯:《全球通史:从史前史到21世纪》(第7版)(上),董书慧等译,北京:北京大学出版社2005年版,第253页。

势却日甚一日。1840 年,鸦片战争的炮火终于摧毁了一代东方帝国虚幻的梦像,作为历史见证人的梁启超曾如此感慨:"吾国四千余年大梦之唤醒,实自甲午战败割台湾偿二百兆以后始也。"①梦醒之后,中国人发现真正的世界开始出现在了自己的视野之中,中国人"始自觉其向之所谓世界者非世界也,不过在世界之中为一部分而已。此世界之中,除吾中国以外,国大有国在也!"②同时,面临西方他者在文化、科技、军事等领域的大举入侵,沉于自我认知停滞的东方帝国开始意识到世界不再是"中国中心论",于是不得不开始在世界视野之下考量"中国"这一带有特定国家主权意识的国家形象。所以,"近代中国的自我认识史,实际上与关于'世界'和'亚洲'的观念变迁是一体的,中国在很长的时间里,由于缺乏一个作为对等的'他者'(the other),仿佛缺少一面镜子,无法真正认清自身,在十九世纪,中国是在确立了'世界'与'亚洲'等'他者'的时候,才真正开始认清自己,近代中国关于'世界'的话语,其实就是关于中国的再定位,所以近代话语中的'世界'背面,其实就是'中国',当然关于异域新知的定位背后,也就是对于传统知识的再认识"③。也就是说,正是由于西方他者的存在与进入,带有一定世界视野与国别意识的中国形象概念才开始真正走进中国知识者的视域,中国形象的概念才开始逐渐出现在中国文学作品之中。

在突然而至的外患内忧面前,古老的东方帝国形象无疑坍塌了,中国人越来越清楚地意识到在自己国门之外的西方世界的强大:"政治上之组织,高于吾国也;教育上之周详,高于吾国也;实业上之发达,高于吾国也。举国之人熙熙攘攘,有和亲康乐之风,有醉饱太平之象。"④于是很多知识分子开始反躬自省,代之而起的是在世界背景之下开始畅想构建中国的崭新形象,这种中国形象已经不再是封闭状态下的文化中国形象,而是世界视野之中的含有一定国别意义的中国综合形象,中国于是逐渐走上了

---

① 梁启超:《戊戌政变记》,载《饮冰室合集·专集之一》,北京:中华书局 1932 年版,第 87 页。
② 杨度:《金铁主义说》,刘晴波主编,载《杨度集》,长沙:湖南人民出版社 1986 年版,第 214 页。
③ 葛兆光:《中国思想史》(第二卷),上海:复旦大学出版社 2001 年版,第 458 页。
④ 杨度:《金铁主义说》,刘晴波主编,载《杨度集》,长沙:湖南人民出版社 1986 年版,第 217—218 页。

一条现代化的发展图存之路,中国形象的构建开始成为中国近代社会以来不同发展时期知识分子的共同使命,具体体现在以下三个方面:

首先是思想文化界的提倡。在古典中国迈向现代中国的艰难历程中,西学对中国的影响无疑是巨大的,它成了中国科学、技术、文化、教育等赖以借鉴与依托的唯一所在。在西方坚船利炮的威力之下,西方文化在中国面前展示出了它雄厚的实力与全面的先进性,面对中国"人无弃材不如夷,地无遗利不如夷,君民不隔不如夷,名实必符不如夷",以及"军旅之事、船坚炮利不如夷,有进无退不如夷"①的局面,一些先进的中国知识分子如林则徐、龚自珍、魏源、冯桂芬等先后提出"师夷长技""采西学"等的文化主张,虽然这种变革主张侧重从道与器的科技层面切入,还远没有深入中国形象之根本性问题,但社会变革之风已悄然兴起。到了19世纪60年代,洋务派则从社会文化结构入手明确提出"中体西用"的文化学说,提倡将西学为我所用,打破了中学一体的中国社会文化模式,"改变了中国固有的文化结构。它对于改变中国人的封闭虚骄、盲目排外的心态,对于沟通中西,尤其是西方科学文化的输入,发挥了重要作用。正是在中体西用文化观的指导下,中国开始近代化的历程"②。虽说洋务派革新中国的思想有了一些本质上的突破,但其文化保守的色彩还是显在的。19世纪末兴起的维新派与革命派则把变革中国的思想提高到了一个新的层次,"即由一味地向西方学器物技艺变为注重向西方学制度文化,从而将近代以来中国向西方学习文化的水平推进了一大步"③。尤其是梁启超,他明确指出:"今日之学,当以政学为主义,以艺学为附庸……政治之用较广,艺学之用较狭。"④梁启超是近代中国比较早拥有政别与国别意识的革新者,也是比较早的确立中国形象意识的思想者,他曾说:"夫古昔之中国者,虽有国之名,而未成国之形也。或为家族之国,或为酋长之国,或为

① 冯桂芬:《制洋器议》,载《校邠庐抗议》,上海:上海书店出版社2002年版,第49页。
② 秦英君:《科学乎人文乎——中国近代以来文化取向之两难》,开封:河南大学出版社2005年版,第26—27页。
③ 秦英君:《科学乎人文乎——中国近代以来文化取向之两难》,开封:河南大学出版社2005年版,第29页。
④ 梁启超:《变法通议》,载《饮冰室合集》(第1册),北京:中华书局1989年影印本,第62页。

诸侯封建之国,或为一王专制之国,虽种类不一,要之其于国家之体质也,有其一部而缺其一部。"①梁启超不仅从文化与政体的角度对中国的过去与现状进行深刻的反省,而且还对中国之未来进行充满热望的构建,写下很多颇具影响力的文章,警醒与启示世人,如《论中国积弱由于防弊》(1896)、《论中国与欧洲国体异同》(1899)、《少年中国说》(1900)、《新中国未来记》(1902)、《中国立国大方针》(1912)等。20 世纪的到来,近代变革中国运动的失败,让已经打开视野的思想者们开始了对于老中国的彻底清算,大规模的、全面的西化成为社会文化发展的主流,这之中胡适的观点最具代表性。胡适在《我们对西洋近代文明的态度》(1926)中就曾明确指出"西洋近代文明能够满足人类心灵上的要求的程度"②,且"承认中国旧文化不适宜于现代的环境,而提倡充分接受世界的新文明。"③西化已然成了中国现代化的发展标准与发展方向,在五四时期思想者们的引导之下,中国终于在民主、科学与平等的现代文明的召唤之下开始走上了自我塑造中国形象的现代化历程。

其次是印刷媒介的推动。在美国著名社会学家安德森的"想象的共同体"的现代民族主义理论建构中,印刷媒体被称为是重要的建构手段,安德森认为:"在积极的意义上促使新的共同体成为可想象的,是生产体系和生产关系(资本主义)、传播科技(印刷品)和人类语言的宿命的多样性这三个因素之间半偶然的,但又富有爆炸性的相互作用。"④而且还说:"如果我们思考一下两种最初兴起于十八世纪欧洲的想象形式——小说与报纸——的基本结构,就能够明白何以这个转型对于民族的想象共同体之诞生会是如此重要了。因为这两种形式为'重现'民族这种想象共同

①　梁启超:《少年中国说》,载《梁启超选集》,王蓬常选注,北京:人民文学出版社 2004 年版,第172 页。
②　胡适:《我们对于西洋近代文明的态度》,载《从"西化"到现代化》(上册),罗荣渠主编,合肥:黄山书社 2008 年版,第 144 页。
③　胡适:《新文化运动与国民党》,《新月》1929 年第 2 卷第 10 期。
④　[美]本尼迪克特·安德森:《想象的共同体民族主义的起源与散布》,吴叡人译,上海:上海人民出版社 2003 年版,第 51 页。

19

体,提供了技术上的手段。"①确实如此,从晚清开始,一些进步知识分子开始充分利用日渐开放的媒介大量出版新书与创办报刊,宣传新学与革新中国的思想。表现在:

一是西学译作的引进。西学在中国现代化的进程之中一直扮演着引导者的角色,对于中国知识界来说,这是现代中国想象的最初萌发与最终旨归,是构建现代中国形象的最重要依托所在,梁启超在《论译书》中就曾说过:"处今日之天下,则必以译书为强国第一义。"②西学的译介是中国人接触西学与借鉴西学的最直接最有效方式,早在洋务派那里就开始运作了,他们创设了一些专门的翻译机构,如上海江南制造局翻译馆、福船政局学堂以及北京同文馆,开始有计划地引进与出版西学。从魏源的《海国图志》到李善兰的《代微积拾级》,从严复的《天演论》再到林译小说等等,译著涉及自然科学、社会科学与文学作品等诸多领域,尤以自然科学领域为重。据研究者统计,1860—1900 年 40 年间,中国共出版各种西书555 种,其中自然科学 162 种,占总数的 29%;应用科学 225 种,占总数的41%;两者合计 387 种,占总数的 70%;而社会科学只有 123 种,占总数的22%;其他 45 种,占总数的 8%。③ 19 世纪末 20 世纪初的西学译作数量众多,从 1896 年梁启超编著的《西学书目表》与 1904 年顾燮光编著的《译书经眼录》中也可见一斑,此外,这一时期译书机构也大量出现,仅在1902—1904 年,上海一地就曾出现 44 家新式译书机构。西学打开了中国人的视野,为中国人在世界性背景之下想象自己的民族与发展自己的国家提供了种种可能性,并到五四时期迎来了它的发展高潮。

二是近代报刊的创办。德国社会学家韦伯曾说:"印刷在中国古已有之。但是印刷的文献,即仅为印刷而设计并且仅能通过印刷得到的文献,尤其是报纸和期刊,却只见于西方。"④近代中国报业发展的事实印证了

---

① [美]本尼迪克特·安德森:《想象的共同体民族主义的起源与散布》,吴叡人译,上海:上海人民出版社 2003 年版,第 28 页。

② 梁启超:《变法通议》,载《饮冰室合集》(第 1 册),北京:中华书局 1989 年影印本,第 66 页。

③ 熊月之:《西学东渐与晚清社会》,上海:上海人民出版社 1994 年版,第 11—12 页。

④ [德]马克斯·韦伯:《新教伦理与资本主义精神(序言)》,黄晓京、彭强译,成都:四川人民出版社 1986 年版,第 14 页。

韦伯的论断,因为近代中国报业一开始确是由外国传教士带动发展起来的。但随着近代报禁的解除,社会宣传机制的逐渐松动以及经济的发展,中国报业崛起的速度很快,近代报业的发展由外生性带动很快转为内生性发展,报刊大量被创办,数量之众历来缺乏精确的数量统计。梁启超编辑的《中国各报存佚表——一九○一(光绪廿七年)》、张静庐编辑的《清季重要报刊目录》、阿英的《晚清小报录》等就统计了日报、丛报与小报等共计几百种,这些只是当时实际报刊数量的十之八九。近代报业的发达推动了新思想的流传,也为现代中国的想象提供了可能,因为它们常常"以大量的篇幅传播西方科学知识,介绍世界的情况,阐发各种新思潮,评论各种时事,对转变人们的价值观念,改变人们的行为方式,有着积极而迅速的效果。特别是19世纪末开始的由资产阶级维新派、革新派和其他各类新思想代表人物主办的报刊,更成为宣传和介绍资产阶级文化、政治、经济思想的阵地"①。譬如严复《天演论》最早就是在《国闻报》上连载的,还有如王韬、郑观应等人的一些报刊政论文章在当时都有着比较大的社会影响力。梁启超就曾感叹说:"自报章兴,吾国之文体为之一变,汪洋恣肆,畅所欲言,所谓宗法家法,无复问者。"②在近现代,随着社会的发展,报刊越来越成为宣传新思想的重要媒介,据统计,仅在1917—1921年的5年间,全国新出报刊就在1000种以上③,为新思想的传播提供了一定的载体,更对新文化的构建起到了推波助澜的作用,套用沈从文的话说就是:"初期社会重造思想与文学运动的建立,是用副刊作工具得到完全成功的。"④曹聚仁也说:"一部近代中国文学史,从侧面看去,又正是一部新闻事业发展史。"⑤

　　再次是文学创作上的构建。对于文学创作与中国形象之间的关联,

---

① 王继平:《近代中国与近代文化》,北京:中国社会科学出版社2003年版,第299页。

② 梁启超:《报界一斑·中国各报存佚表》,转引自《中国近代文学史论》,汪龙麟著,北京:首都师范大学出版社2008年版,第150页。

③ 周策纵:《五四运动史》,长沙:岳麓书社1999年版,261页。

④ 沈从文:《怎样办好一张报纸》,载《沈从文文集》(第12卷),广州:花城出版社1992年版,第204页。

⑤ 曹聚仁:《文坛五十年》,上海:东方出版中心1997年版,第83页。

　　王德威曾这样认为:"小说之类的虚构模式,往往是我们想象、叙述'中国'的开端。国家的建立与成长,少不了鲜血兵戎或常态的政治律动。但谈到国魂的召唤、国体的凝聚、国格的塑造乃至国史的编纂,我们不能不说叙述之必要,想象之必要,小说(虚构!)之必要。"①确实如此,自近代中国开始,文学创作即被赋予了一定的参与变革社会、革新民族形象的功能,积极参与到现代中国的文化构建之中来。梁启超就曾明确指出:"著译之业,将以播文明思想于国民也,非为藏山不朽之名誉也"②,一译一著都是新思想新文化非常重要的载体,缺一不可。但相对于著译来说文学创作则更为重要,因此梁启超又说:"欲新一国之民,不可不先新一国之小说。故欲新道德,必新小说;欲新宗教,必新小说;欲新政治,必新小说;欲新风俗,必新小说;欲新学艺,必新小说;乃至欲新人心,欲新人格,必新小说;欲改良群治,必自小说界革命始;欲新民,必自新小说始。"③梁启超把文学创作提高到了革新社会的前所未有的高度。用文学来表达思想,想象民族中国,表达爱国之情,在近代被许多知识分子所认可,于是文学作品中的中国形象开始陆续出现。在近代,用文学来想象中国、塑造中国大致在两个层面逐渐展开:一是侧重对现实中国的揭示,对古典型中国弊病的发现与思考,譬如李伯元的《官场现形记》、吴趼人的《立宪万岁》、刘鹗的《老残游记》以及曾朴的《孽海花》等。在文学作品中,古典型中国形象的塑造一般体现在"巨浪中的危船"、"沉陆"、"面皱齿尽,白发盈把"、"白首中国"、"僵死中国"等意象设置之上,表达了创作者对现中国与老中国的谴责与批判,带有浓重的忧患意识与呼唤革新意识。这一类中国形象可以说是晚清比较具有代表性的有关民族中国的共同想象与认知。二是侧重对未来中国的展望,对未来的预设是基于对现实中国的反拨而起,正如梁启超说:"造成今日之老大中国者,则中国老朽之冤业也;制出将来之少

---

　　① 王德威:《小说中国》,载《想象中国的方法》,北京:生活·读书·新知三联书店 2003 年版,第 1 页。

　　② 梁启超:《绍介新著·原富》,《新民丛刊》1902 年第 1 号。

　　③ 梁启超:《论小说与群治之关系》,载《梁启超选集》,王蘧常选注,北京:人民文学出版社 2004 年版,第 227 页,第 241 页。

年中国者,则中国少年之责任也。"①因此,梁启超在其未完成的政治小说《新中国未来记》(1902)中为我们想象了一个经济强国之梦,陆士谔则在《新中国》(1910)预设了一个无论是政治、经济还是文化、科学方面等,都跻身世界之列的现代中国乌托邦形象等。近代中国形象的文学想象无疑是在西方这面强大的威慑镜像之下展开的,带有一定赶超式的急功近利色彩,因而,中国形象想象一般都有着概念化之弊,远没有切入中国社会文化体制的根本性问题之中。"也就是说,晚清文学大都还是停留在试图以现代的方式,重新使中国恢复到以往鼎盛强大的国力时代的心态,而不是真正地迈向以自由为核心的现代文明标准和思想理念。工业革命所带来的思想启蒙的'民主'、'科学'、'平等'等现代文明因子,还未能整体植入晚清思想界和文学界。"②但无论如何,文学觉醒已经发生,现代的民族与国家意识也已生成,它直接开启了五四时期及以后文学的中国形象现代化的想象旅程。

近代以来,在严重的内忧外患面前,现代中国的自我想象与自我塑造已经开始生发,虽然一系列的文化构建工作都还处在渐起的阶段,但这一切对后世的影响与意义无疑是巨大的。20 世纪是开辟历史新纪元、建设新国家的新世纪,文学在新世纪更被赋予了新的历史使命,用文学来参与变革社会与建设新国家开始成为很多现代知识分子的共同选择。20 世纪初,教育家蔡元培也在小说《新年梦》(1904)中直接宣称:"我们意中自然有了中国,但我们现在不切切实实造起一个国来,怕永远没有机会了!"可见,近代有关塑造现代中国形象的系列文化构建,直接引发了 20 世纪 20 年代之后的中国现代知识分子参与现代中国形象塑造与传播的热潮的到来。

---

① 梁启超:《少年中国说》,载《梁启超选集》,王蘧常选注,北京:人民文学出版社 2004 年版,第184 页。

② 黄建:《唤起民族新生的主体觉醒》,《江西社会科学》2010 年第 7 期。

第二节　从文化依附到文化自觉

　　20世纪对中国人来说是意义非凡的新世纪,时代的发展,社会的转型,让很多知识分子看到了现代中国的新生希望,最显著的体现便是辛亥革命的出现,它的意义在于"结束了两千余年的'朝代国家'的形态,而代之以'民族国家'的形态。亦是结束了传统中国以文化为基底的'天下性'结构,代之以政治性为基底的'国家性'结构,这是中国传统政治形态的突破与创新"①。民国开始,中国这一国家形象真正在世界范围内得到明确化与意义化,在这一时期,跻身世界的现代性追求成了中国现代社会发展的关键所在。随后,中华人民共和国的成立则更使中国的发展与崛起成了20世纪世界范围内最引人注目的一道闪亮风景,中国形象的建构开始成为世界性的跨文化问题。

　　20世纪以来的中国经历了太多的社会蜕变,生活在这样一个跌宕起伏的时代,无论什么类型的文学,无论文学它具有什么样的特性,也无论文学运用的是宏大叙事还是日常叙事,它们都在一定程度之上承载着太多中国人发展求变的中国梦。中国现当代文学与中国形象一起在探索中不断走向未知的新境,那些有关中国的想象与书写是我们在全球化背景之下审视过去、展望未来的生动参照。

一、现代中国形象:自我异质化与自我东方化的并峙

　　现代中国形象是中国现代作家对晚清以降,特别是五四运动至中华人民共和国成立前的这几十年来,中国在世界性发展视域之下经历丰富复杂的社会现代化的审美反映,现代中国形象对很多现代中国作家来说,"远不只是一个民族国家意义上的国体术语,而往往是一个寄托着有关自

---

　　① 金耀基:《现代化与中国现代历史:提供一个理解中国百年来现代史的概念架构》,载《中国现代化历程的探索》,罗荣渠、牛大勇编,北京:北京大学出版社1992年版,第13页。

己民族的文化和主权的丰富想象力和审美体验的总体象征符号"①。回望 20 世纪上半叶中国现代文学发展史,不难发现,"中国现代文学所隐含的一个最基本的想象,就是对于民族国家的想象,以及对于中华民族未来历史——建立一个富强的现代化的、'新中国'的梦想"②。这些寄寓着中国梦的中国形象一方面见证着中国社会现代化的坎坷进程,另一方面也体现出了现代中国作家努力变革中国现实的积极思考与探索。

1.中国形象的异质化:文化依附之境的被塑造

在中国 20 世纪之初的思想文化革命中,以西方文化为核心的外来文化被视为绝对优于民族本土文化而成为中国近现代知识分子膜拜的对象,中国传统文化全面被否定与被退让,"西学为新,中学为旧"的思想在当时已成风行之势,在这种思想支配之下的中国文学几成了西学的中国版。因而中国现代文学自诞生之初就借鉴了来自西方文学中的两种话语体系:一种是源自欧洲和日本的国民性话语体系,这是一种呈否定性向度的启蒙文学的模式;另一种是源自苏俄(当然也参照了西方)的革命话语模式,这是一种从政治意识形态领域力图彰显优质中国文化的革命文学模式。这两种话语模式基本规约了中国现代文学的发展格局,引导了中国现代文学的现代化发展之路。在这两套话语体系的参照之下,中国文学中所呈现出的中国形象虽是本土作家的自我塑造,但因为参照系来自异域,所以在塑造过程中有意无意将中国形象他者化与异质化了,正如周蕾所说:"现代中国人知道自己不能墨守一个静止不动的传统而生存下去,他们过的是不纯洁、'西方化了'的中国人的生活,他们'看'中国的方式也打上了那种生活的烙印。"③

第一种话语体系中的国民性一词是个舶来品,由梁启超等近代知识分子从日本引进,而日本的国民性理论则又是从西方借鉴而来的,所以有

---

① 王一川:《九十年代文论状况及修辞论批评——兼谈中国形象诗学研究》,《山花》1998 年第 6 期。

② 旷新年:《民族国家想象与中国现代文学》,《文学评论》2003 年第 1 期。

③ [美]周蕾:《看现代中国:如何建立一个族群观众的理论》,见《后殖民理论与文化批评》,张京媛主编,北京:北京大学出版社 1999 年版,第 318—361 页。

关国民性批判的理论是中国"追求现代化进程中的一个欧—日—中三部曲"①,源点还是在西方。梁启超是近代中国最早开始研究国民性的知识分子,他的《新民说》《中国积弱溯源论》等对现代知识分子影响很大。在西方文化的参照之下,在中国,国民性批判逐渐发展为对中国传统文化的批判,进而扩展到对整个中国历史与现实的批判。在这种国民性话语体系之下,中国乡村形象的塑造一般多是贬损的、落后的、压抑的存在形态,如鲁迅笔下暗淡停滞的浙东、萧红笔下动荡破败的东北、沙汀笔下落后闭塞的川西北、李乔笔下日据时代台湾的荒村等,就成了整个中国不同时期不同地域的农村形象写照。而中国的都市与乡村一样,也是呈现出比较单一的形象特点,那就是变态的、低劣的、功利的,如欲望之都上海可以"比得上希腊神话里的魔女岛,好好一个人来了就会变成畜生"(钱钟书《围城》),重庆、北平则是"一片混乱"(巴金《寒夜》),而香港也"是一个华美的但是悲哀的城"(张爱玲《茉莉香片》),总之,整个中国社会就如闻一多所说的"这是一沟绝望的死水,清风吹不起半点漪沦"(《死水》),哀鸿满地,悲剧遍野。总体而言,以西方文化为参照的中国民族现代化的历程"始终是站在文化的立场上来讨论中国的出路问题的"②,面对着外来文化的先进与发达,中国作家无论是回望传统还是瞩望现实,看到的都是中国文化与现实中的阴暗与落后,正如老舍所说的,中国社会是"黑暗,黑暗,一百分的黑暗!"③如此的描写在中国现代文学作品中不胜枚举,这已经成了我们书写自己民族国家形象的习惯性话语模式与叙事模式,"无论是'荒村'形象、'老中国'形象还是'弱中国'形象,既是作家对现实的真实反映,也隐含着作家对未来的想象与憧憬,同时也是时代在作家心理投下的阴影"④。这个阴影显然是面对西方文化的文化自卑意识的体现,"一百多年来,我们一味地以西方的是非为是非,对自己的文化破坏得太多,对自己的文化尊严放弃得太多"⑤,这种文化自卑与文化退让思想驱使下

---

① 鲍绍霖:《西方史学的东方回响》,北京:社会科学文献出版社2001年版,第35页。
② 赵静蓉:《怀旧:永恒的文化乡愁》,北京:商务印书馆2009年版,第255页。
③ 老舍:《猫城记》,载《老舍文集》第7卷,北京:人民文学出版社1984年版,第397页。
④ 张文诺:《论中国形象的文学塑造》,《内蒙古社会科学(汉文版)》2012年第5期。
⑤ 摩罗:《"国民性批判"是否可以终结?》,《中华读书报》2008年10月8日。

的中国委顿形象的整体性塑造呈现出明显的单一化特色，而且显然放大了民族文化的劣质存在。这些中国形象塑造的恶性话语背后虽然表达了作家们企图拯救社会现实的积极动因，但这种救赎分明多呈现为一种在绝望中期待被救赎的状态，也就是说我们摧毁得太多，建设得太少，这样一种丧失文化主体性的文化地位与文化立场，"是否能够为他所属的文化的现代化提供自由的主体性与合法性证明"①，显然是值得拷问的。

20 世纪 20 年代末随着中国无产阶级运动的展开，中国无产阶级革命者与知识分子大胆借鉴了源自西方的马克思主义以及日本与苏俄的无产阶级运动经验来发展中国的社会、政治与文学。马克思主义理论在中国最早出现在近代，现代期因为社会形势的发展所需更加普及化与社会化。20 世纪 20 年代，一些宣传与探讨无产阶级文学理论的文章开始广泛涌现，如蒋光慈的《十月革命与俄罗斯文学》(1926—1928)、茅盾的《论无产阶级艺术》(1925)、郭沫若的《英雄树》(1928)等，而 1929 年马克思主义铺天盖地的译介更使这一年成了"翻译年"。中国现代知识分子把马克思主义理论作为中国无产阶级文学发展的指引，在社会上积极宣传无产阶级文学发展的合理性与合法性，于是体现在创作上漫谈国民性改造的"静的文学"很快被第二种话语模式——无产阶级革命文学的"动的文学"所遮蔽了。从"革命文学"到"左翼文学"进而到"延安文学"，这种借鉴外来理论而形成的革命话语，不同于国民性话语，它力图彰显的是中国文化特别是农民文化、乡村文化的优质存在，充分肯定来源于本土的伟大革命力量。因此，中国文学中所塑造的中国形象一扫忧郁彷徨的委顿，中国农村不再是凋敝无望的，而成为一片咆哮了的土地，到处充溢着生机和希望，像云普叔(叶紫《丰收》)那样守旧的老一代农民纷纷觉醒，新一代的农民如阿多也正在快速地成长(茅盾《农村三部曲》)；而中国都市也正在酝酿山雨欲来风满楼的革命形势(茅盾《子夜》)。到了解放区时期，中国农村更是呈现出"解放区的天是明朗的天，解放区的人民好喜欢"的特殊魅力(赵树理《小二黑结婚》)。这种关于中国形象的集体营造显然带有明显

①　周宁：《西方的"中国形象"》，见《世界之中国：域外"中国形象"研究》，周宁编，南京：南京出版社 2007 年版，第 1—136 页。

的外源性理论激发特色,在这些中国形象的建构中,创作者普遍以浪漫主义的社会改造热情取代了冷静的现实主义精神,作品中呈现出的中国形象不约而同地带有着空前的趋同性特色。这种革命话语充斥着激情主义的色彩,创作者对中国现实的救赎与改造寄予了过高的期望,从而使这类中国形象的塑造带有一定夸大化与陌生化的色彩,距离中国真正的社会现实比较遥远,其实这是另一种形式的异质化。

中国现代文学诞生于中国真真切切的社会现实之中,文学中所展现的中国形象是中国人自己有关中国社会现代化的想象与构建,具有一定的本土性,这点是毋庸置疑的。但是,因为这些形象自塑的文化参照系来自异文化,而且它对中国社会的影响是全面覆盖式的,所以中国现代文学中的中国形象塑造无论是哪一种话语模式,大多是站在西方文化立场来看待中国,中国形象在塑造中于是自觉或不自觉地被他者化与异质化了。在这本土文化与异质文化的碰撞交汇之中,缺乏的是对等的尊重与交流,存在的是异质文化对本土文化地全面替代,因此,这些形象被依附与被塑造的痕迹终究还是无法抹去的。

2.中国形象的幻象化:文化虚妄之像的被制约

20 世纪 20 年代以来,在中国现代文学的中国形象塑造中,有一类关于现实中国的形象书写虽不是主导,但也不容忽视。他们用一种诗性话语代替了上述的恶性话语与激情话语,这套话语模式与国民性话语模式、革命话语模式不同,他们更多看到的不是外来异质文化优于本土文化之处,而是其消极负面的影响,这也就是法尼埃尔-亨利·巴柔所说的本土文化的"幻象"——"与本土文化相比,异国文化现实被视为低下和负面的:对它就有一种'憎恶'之情,而这种态度反过来又发展出一种正面的增值,一种对本土文化所做的全部或部分的'幻象'"①。这类中国形象的塑造主要站在自我东方化的文化视角去看待西方文化,用本民族文化的优质部分去抗衡和排拒外来文化,竭力构建本民族文化的乌托邦形象,并不惜用夸张与虚幻的方式去想象。由此而来的中国形象或是充满了田园牧

---

① [法]达尼埃尔-亨利·巴柔:《从文化形象到集体想象物》,孟华译,见《比较文学形象学》,孟华主编,北京:北京大学出版社 2001 年版,第 142 页。

歌式的浪漫吟咏，或是基于本民族文化伟大怀想的激情高歌，总之它是完全东方化的，是远离西方文化侵扰的，因此此类中国形象呈现出明显的幻象化特点。

　　在中国现代社会的发展历程中，向西方取经固然是很多知识者谋求中国社会发展的重要途径，然而在这之中，中国传统文化也不是轻易就能被否定或被取代的。从近代开始，中国社会上就一直存在着对于中国传统文化的执着守护者，从 19 世纪 60 年代洋务派的"中体西用"始，到 20 世纪初以康有为为代表的"今文经学"派，还有以章太炎等为代表的国粹派，五四时期的东方文化派、学衡派以及后来出现的现代新儒家学派等，莫不如是。西方文化对于中国人而言一直是先进的所在，但是随着第一、二次世界大战的爆发与 1929—1933 年资本主义世界性经济危机的形成，西方文化逐渐暴露出很多负面性的一面，文化保守主义者于是更加依附与坚守中国传统文化以抵御与对抗西方文化的侵蚀，正如王岳川所说的："文化保守主义主要以一种反现代性的、反美学的和文化民族主义的方式出现，是 20 世纪世界范围内反现代化思潮的主潮。……其骨子里是一种浪漫主义，为葆有人生的诗意和人生内在的魅力，而反对人性的异化和人的工具化面具化。"①文化保守主义者坚持对中国传统文化的传承，认为只有坚守自己文化主体性的东方化才是民族走向现代化的出路，在文学创作上体现为一种对于中国形象的诗性建构。这种文学中的诗性话语在 20 世纪以来的文学中尽管不是主流，但我们却可以从废名、沈从文、萧乾、汪曾祺等人那里找到其流动的痕迹，最主要代表就是京派作家的小说创作，最有影响力的中国形象塑造莫过于沈从文的湘西世界了。沈从文的湘西世界是一个洋溢着纯美人性的东方化的世外桃源，她是封闭的、宁静的、自足的、和谐的。沈从文这种对过去神性而古老中国的回望显然带有一定的民族形象重塑渴望，然而这种对现实充满逃遁意味的民族形象自塑，在本质上是带有一定的虚妄性的，因为现实中外来文化的影响已然发生，它是无法规避与逃遁的。这一类中国形象的塑造在坚守住了形象

---

　　①　王岳川：《当代文化研究中的激进与保守之维》，载《知识分子立场：激进与保守之间的动荡》，李世涛主编，长春：时代文艺出版社 2002 年版，第 434 页。

的民族性之时却忽略了形象的时代性与世界性,它放大了中国传统文化的诗性审美却过滤了文化劣根性的一面,带有一定的反现代性特质。在20世纪以来中国文学发展长河中,这种刻意逃避现实多种文化碰撞而沉醉在过去古老文化中怀想的中国形象,显然是一种向内看的中国形象塑造,虽拥有了一定的文化主体意识与本民族文化的建构意识,却丧失了向外看的更为开放与现代的自省意识与发展视野,很难经受得住动荡现实的风吹雨打。

与立足现实回望诗意的过去相比,中国现代文学中还有一类诗性话语是立足现实指向未来的,由此塑造出的中国形象也带有幻象化色彩,如郭沫若的"凤凰涅槃"之象、艾青的"太阳之歌"之咏等。这些作品中中国形象的虚妄性体现在:一是中国形象的空洞性。空洞在于实无所指,理想遮蔽了现实。譬如在郭沫若《凤凰涅槃》中,中国在经历自我涅槃之后将迎来一个新鲜而未来的图景,郭沫若指出那是一个新鲜净朗、华美芬芳、热忱挚爱、欢乐和谐的所在,而这种中国形象的所指显然缺乏更为有力的现实指向,带有乌托邦色彩,正如胡风在评论田间《中国牧歌》时所说的:"气魄雄浑有余,但作品内容的完整性在许多场合却没有获得,一节或一首诗里面的句子,像是一些闪光的金属片子搜在一起,读者肚子里很难浮起一个饱满而明悉的意象。"①这是这类浪漫主义诗歌共同的局限。二是中国形象的自大性。这类中国形象虽然也放眼世界,但创造者不是把中国放在与世界平等的位置上与世界对话,而是带有一种来自本民族文化的强大自信力,在肯定中国文化主体性的同时却走入了非理性的自大误区,譬如殷夫《前进吧!中国!》:"你今日,听,/从波罗的到好望角,/从苏伊士到孟买城,/从菲律宾到南美洲,/都是声音:/中国,兴起!/你是第二次十字军的领首,/你是世界大旗的好掌手!/前进!中国!"②这里的中国形象俨然成为世界救世主的英雄形象,这显然是一种脱离中国现实的虚妄想象。

---

① 胡风:《中国牧歌·序》,载《田间诗文集》第1卷,石家庄市:花山文艺出版社1989年版,第89页。

② 殷夫:《殷夫选集》,北京:人民文学出版社1958年版,第98页。

这类超脱于中国现实的虚妄形象一般多出现在中国社会变革交替之际，体现了作家们渴望摆脱中国旧形象、呼唤中国新形象的热忱，表达了作家们深重的民族自豪感与民族发展观。但在这些形象中，我们很难看到社会涌现的多种文化碰撞与交流的痕迹，很难体会到作者叩问现实的思想深度，有的只是激情与真诚，狭隘与空洞，中国形象的塑造难免流于虚妄。这类中国形象在中国现代文学中出现，对于当时社会的全盘西化现象来说有着一定的纠偏意义，因为只有依附与坚守住自己的民族根性，复归民族的文化精神，才有可能避免在文化上被异化与被殖民的可能。但是，同时我们也应看到，过度迷恋中国文化，从自恋走向自闭，进而走向自大，虽说坚守住了自己的文化主体意识，但失掉的却是一种文化交流与发展的胸襟与视野，甚至具有反现代性的可能性，这类中国形象究其本质来说，是比较单向度、平面化与幻象化的。

从依据他者、丧失文化主动权的中国形象的自我异质化，到排拒他者走向封闭的中国形象的自我东方化，20世纪以来中国现代文学中的中国形象塑造，从总体上看，反映了中国本土作家在现代中国社会发展的浪潮中重塑中国形象的两种努力姿态。这两种姿态显然是感性激越多过理性发现，致使中国现代文学中的中国形象总是在走向西方的单一扁平性与走向东方的幻象虚妄性中徘徊挣扎。文学中的中国形象理应有着更丰富与更复杂的内涵，它不能被感性化与简单化，有待随着时代的发展而逐渐完善与丰富。

二、当代中国形象：从单一偏至渐趋复杂多元

20世纪下半叶，随着新中国的诞生，中国社会进入了一个新的发展时期。新的时代，新的气象，新的变化，文学中的中国形象理应具有更丰富与更复杂的内涵，理应不再被自我异质化或自我东方化。然而，中国当代文学发展从一开始就在断裂中前行，后来又在自省中走向新生，致使中国形象的塑造经历了从单一偏至渐趋复杂多元的坎坷之路。

新中国的成立使当代文学从一开始便具备了与现代文学不同的特质，那就是特有的社会主义文学观念的诞生，对此，周扬在1957年有过清

晰的阐释："社会主义文学是历史上前所未有的一种新型的文学。过去任何时代的文学都不能和它相比。……从来没有一种文学能够像社会主义文学那样有力地肯定生活、肯定现实，那样坚定地相信人类，相信未来，相信人民的无穷的创造力。从来没有一种文学在思想上和情感上能够像今天的文学这样彻底地解放，有这样乐观的精神，雄伟的气魄，远大的理想。"①在这种文学观念的指导之下，中国当代文学便开启了中国新形象的建构热潮，文学中的中国新形象纷至沓来："人民中国，屹立亚东。/光芒万道，辐射寰空。艰难缔造庆成功，/五星红旗遍地红。"（郭沫若《新华颂》）中国知识分子参与国家建设的热望也扑面而来："啊，我的同时代的/伙伴们，/青春/属于你/属于我/属于我们每一个人/让我们/同我们的祖国一起/度过这壮丽的青春。"（郭小川《闪耀吧，青春的火光》）因此在新中国成立初期的"十七年"里，社会主义颂歌成了文学书写的主旋律，无论是书写山乡新巨变的《创业史》（柳青），还是赞叹工业新气象的《铁水奔流》（周立波），以及描绘革命新气魄的《红旗谱》（梁斌），激情宏伟的红色中国形象便成了1949年后中国形象塑造的主要形态，乐观主义的理想情怀照耀了这一时期整体中国形象的建构，并在"文革"期间达到顶峰。中国社会主义发展之路俨然就是一条浩然笔下的"金光大道"，中国处处都是艳阳天、丽日高悬，阳光灿烂。当代之初，这种充满着激情色调的中国形象的集体性想象与建构在当时成了时代风潮，它虽然反映了新中国建设的热情与朝气，但决然不是新中国全部生活的囊括，对此，刘震云就曾深有感触地说道："（20世纪）50年代的现实主义实际上是浪漫主义，它所描写的现实生活实际在生活中是不存在的。浪漫主义在某种程度上对生活中的人起着毒化的作用，让人更虚伪，不能真实地活着。"②在这些带有虚幻色彩的单一化中国形象背后，其实有着很多外因的主控。在当代社会泛政治化的语境之下，"作家选择什么题材，在作品中表现哪些方面的生活内容，写哪一类型的人物，被认为是体现作家世界观、政治立场和艺术思

① 周扬：《文艺战线上的一场大辩论》，《人民日报》1958年2月28日。
② 转引自杨剑龙等：《现实主义精神的延续与弘扬》，《上海师大学报》1998年第3期。

想的重要问题。"①因而自觉地把小我欲望淹没在大我集体性欲望的书写之中,自觉将自己作品的创作纳入到社会主义文学大合唱之中,就成了很多作家有意识地创作选择。由于片面追求文学的社会属性与道德功能,文学中的中国形象于是便具有了统一的色调与单一的情感表现。此外,当代文学之初红色中国形象的建构还受到苏联文学的主控影响,这种中国形象在本质上其实也是一种异质化的体现。周扬在1952年曾这样为广大创作者明确中国文艺的发展道路:"摆在中国人民,特别是文艺工作者面前的任务,就是积极地使苏联文学、艺术、电影更广泛地普及到中国人民中去。"②因此,对苏联文学的翻译与评介是中国当代文学发展的重要凭依,对苏联文学创作的模仿与借鉴,就自然而然成了中国作家创作的共同选择,中国形象的建构在一定程度上就带有着来自苏联文学影响的想象性乌托邦色彩。虽然这一时期中国当代文学中的中国形象建构不乏建构者真诚的热望与真挚的情感,虽然它产生于真实的中国本土大地上,但由于受到一定的泛政治化的文学观念的影响,过度凭依外来的乌托邦社会发展的想象,带上了有很多不切实际的冒进色彩,缺乏对中国社会现实的客观与理性的审视,自我虚幻化与自我异质化的特色不可忽视。

1980年7月26日《人民日报》发表了题为《文艺为人民服务、为社会主义服务》的重要社论,标志着中国文学大调整时期的到来。从"文艺为政治服务"、"文艺为工农兵服务"到"文艺为人民服务"、"文艺为社会主义服务",中国新时期文学创作开始以广大人民丰富多彩的生活为观照对象,这"就使文学艺术在根本上植根于深厚的源泉和置身于广阔的天地,打掉了长期以来高悬在文艺工作者头上的这也不能写那也不能写的'达摩克利斯剑',使他们放开身心地去写自己所熟悉的、所擅长的,创作的主客体双方在宽松与自由的状态之中,达到最大程度的切近与契合"③。作品中中国形象的建构于是开始具有了与新中国成立初期不一样的形态,从单一偏至逐渐走向复杂多元,文化的主体意识开始彰显,中国现代文学

①　洪子诚:《中国当代文学概说》,香港:香港青文书屋1997年版,第20页。
②　周扬:《社会主义现实主义——中国文学前进的道路》,《人民日报》1953年1月11日。
③　杨匡汉、孟繁华主编:《共和国文学50年》,北京:中国社会科学出版社1999年版,第83页。

的启蒙意识、文学精神与审美情怀得以复归与延续。

第一，反思性主流中国形象的确立。新时期的中国形象建构始于作家话语权与文化主体意识的回归，在又一个百废俱兴的激情时代，与1949年初知识分子的被改造与被歧视不一样的是，这一时期知识分子，包括那些曾经被迫害与被排挤的知识分子，普遍获得了前所未有的自信乐观与社会信任感，他们不再谨小慎微，不再亦步亦趋，而是纵情地表达着他们对时代与社会的深刻反思与积极畅想。从新时期之初的朦胧诗、伤痕文学、反思文学到改革文学等，知识分子开始了对主流中国的全面审视，这种反思首先是从"人"的被重新发现开始，进而走向对政治中国的全面反思。从披露"文革"罪恶的《一个冬天的童话》(遇罗锦)到反思20世纪50年代"大跃进"冒进错误的《剪辑错了的故事》(茹志鹃)，从控诉政治对孩子伤害的《班主任》(刘心武)到书写政治对知识分子迫害的《人到中年》(谌容)，再到揭露政治对农民生活进行摧残的《李顺大造屋》(高晓声)等，新时期之初文学创作中人性意识、生命意识、主体意识与悲剧意识的全面确立，使中国当代文学中开始逐渐出现真实的、贴近历史与现实的中国形象。尽管《昨天，像黑色的蛇》(顾城)，很多中国人都有《中国，我的钥匙丢了》(梁晓斌)的悲愤，但倔强的中国人并没有停滞不前，他们在向伤痕累累的《祖国啊，我亲爱的祖国》诉说不幸与表达《一代人的呼声》(舒婷)的同时，却也坚毅地表达了"告诉你吧，世界，/我—不—相—信"(北岛《回答》)的质疑与批判，并在新时代的《春之声》(王蒙)中开始了新生中国的改革与建设。带着沉重的翅膀重新飞翔(张洁《沉重的翅膀》)，虽然有着起飞的艰难，但新的生活已然起航，它不再是阴沉的，而是充满着《赤橙黄绿青蓝紫》(蒋子龙)的多彩色调，一个复活的中国形象跃然挺立。从回忆、反思、寻找到重建，新时期之初的中国形象逐渐摆脱了1949年初中国形象虚幻化与异质化的束缚，开始真真切切地回到了自身的文化境遇中建构独特的社会主义新生中国的主流形象，她是独一无二的，有着自己特有的属性与功能，这是极具本土化色彩的中国形象。与此同时，这种对于过去政治历史的反思与重建不是完全闭塞的，它是在新时期国门被打开之后的更为广阔的世界文化影响之下发生的，特别是与西方人文主义思想的影响不无关联。20 世纪 70 年代末 80 年代初中国当代文坛就曾出现了介绍外国现代派思潮的文章，1982 年文学界还开展了一场有关"现代化与现代派"问题的讨论，因而新时期之初的反思性主流中国形象的确立从一开始便具有开阔阔放的视野与气度。

第二，传统性文化中国形象的建构。新时期之初的当代文学是从对历史与政治的反思中开启中国新形象的书写的，无论是伤痕文学、反思文学还是改革文学，虽然人的主体性生存与发展得以确认与尊重，但这些对人的思考基本仍停留在主流政治层面，人与自然、人与社会、人与人的关系的书写在本质上还是属于人与政治关系的考量，如此的中国形象便具有了一定的狭隘性与偏至性。正是出于对文学中浓郁政治氛围的反拨，同时也是出于对"文革"文化断根现象的纠正，以及对世界性文化热的一种积极呼应，20 世纪 80 年代中期在新时期文坛之上，出现了一股强劲的文化中国形象的建构热潮，最典型代表就是寻根文学的创作。对于寻根文学创作的动机，郑义就曾说过："寻根文学并不是一种复古。它试图用一种全新的现代的或者当代的意识来对我们过去的生活进行一种艺术观照。"[1]其目的是发掘民族的生存之根，寻找原始的生命力，建构当代中国形象的文化性，发掘推动历史前进和文化更新的内在力量。所以对于中国传统文化，寻根文学是认同多于批判，它们刻意展现传统文化诗性与野性的一面，来与现实的政治性对抗。譬如《棋王》（阿城）中的王一生对棋文化的迷恋与对道家文化的沉醉，使他在动荡失序的时代里不随波逐流，呈现出超越于世的自赎意识，这是中国传统文化所赋予人的诗性生存情怀的一面。中国传统文化不仅体现在源远流长且博大精深的儒道等正统文化之上，还存在于自由神秘且勃发狂放的乡野民间文化之中，李杭育就曾说："我以为我们民族文化之精华，更多地保留在中原规范之外，规范的、传统的根，大都枯死了……规范之外的，才是我们需要的根。"[2]莫言早期的"红高粱系列"作品就带有浓烈的民间文化寻根意识，他的《红高粱家族》在社会历史的动荡中展现了中国传统民间文化活泼泼、泼剌剌的野

---

① 郑义：《对当前寻根倾向的理解》，《黄河》1987 年第 1 期。
② 李杭育：《理一理我们的"根"》，《作家》1985 年第 10 期。

性一面,在莫言看来,民间文化的那种野性彪悍的原始生命力才是我们这个民族得以前行的原始动力。这些带有浓郁文化气息的中国形象的塑造,在当代中国社会具有强烈的文化续接、民族招魂的意味。但是,由于这些中国形象专注于从历史文化中寻求一种终极的生存形态,所以在针对现实的同时却又不免带上了些逃避现实的狭隘性与虚拟性,呈现出鲜明的自我东方化的色彩,对于传统文化中的恶性一面缺乏清醒的批判意识。莫言就曾直言:"所谓的'寻根'很快又走向了反面,那就是出现了一批专门描写深山僻壤落后愚昧痴呆病态泼妇刁民的作品,好像这就是我们的根子,其实这是巨大的误解。"①莫言的创作没有丢失冷静犀利的自审意识,更没有忘记现代意识与现代文化的烛照,所以他的创作要比别的作家站得更高,走得更远。无论如何,这种注重文化传承的中国形象的大量出现,在当代中国社会具有深远意义,那就是文化主体意识的积极彰显。与此同时,随着寻根派文学创作的发展,有些作家开始注重将历史与现实进行对接,譬如张炜的《古船》、贾平凹的"商州系列"作品等所塑造的中国形象,历史感与当下性兼具,既厚重又理性,文化中国的形象内涵在不断拓展与提升。

第三,多元化立体中国形象的出现。20 世纪 80 年代中后期的中国,随着经济的发展与社会的转型,文学的社会影响力每况愈下,文学开始渐趋边缘化。由文学来引领社会思潮发展,由文学来建构社会气象的时代已经一去不返了,文学创作开始朝着无中心多元化方向发展,文学中所出现的中国形象也随之多元化起来。在这之中,先锋文学的出现最引人注目。如果说寻根文学是用中国传统文化来反拨文学政治性的话,那么先锋文学就是用西方现代文化来反拨文学的政治所限。生存的荒诞感、生活的无主题性与现代人的生存焦虑等是先锋文学特有的观照内容,拆解一切的毁坏性与颠覆性是它们特有的表达方式,无论是从中国形象的建构形式还是建构内容上来说,先锋文学都是极其西方化的,所表现出的中国形象是破败且毁坏的,譬如余华先锋时期的创作。正是由于先锋文学

---

① 莫言:《与王尧长谈》,载《碎语文学》,北京:作家出版社 2012 年版,第 125—126 页。

的抽象性、破坏性与极端性的肆意生长，先锋文学的创作注定难以延续，正如余华所说："你不能总是向你的读者们提供似是而非的东西，最起码一点，你首先应该把自己明白的东西去送给别人，这是任何一个作家必须具备的。""开始意识到还是更现实的东西更有力量。"①于是余华、格非、苏童等先锋派作家在20世纪90年代都开始了创作的转向，作品的现实感逐渐替代了先锋性，本土性代替了西方性。相对于先锋小说后来的现实转向，新写实小说就显得比较超前，它们在20世纪80年代中期开始就开始注重对生活原生态的书写，创作主体不像先锋派那样对叙述做过多的干涉与侵入，也杜绝之前文学创作中出现的假大空的伪现实主义之弊，而渴求在作品中建构真实的接地气的中国社会形象，正如刘震云曾说："新写实真正体现写实，它不要指导人们干什么，而是给读者以感受。"②新写实小说创作为我们展示了真正中国社会生活的细流，它一方面契合了20世纪80年代中期以来中国社会平民化形态的发展，另一方面也呼应了西方后现代文化思潮对中国的影响。碎片化是新写实小说建构中国形象的主要特征，池莉就说："《烦恼人生》中细节是非常真实的，时间、地点都是真实的，我不篡改客观现实。所以我做的是拼版工作，而不是剪辑，不动剪刀，不添油加醋。"③新写实小说大多再现了经济发展时代中国平民化社会中平民生存的景象，在平和冲淡与行云流水般的叙述之中建构了中国平民的烦恼人生。但由于他们过于注重生活真实，过于注重零度情感，过于客观展现，过于消解典型，最终还是将生活碎片化与平面化了，在这里很难看到生活的理想之光与未来之望，从国家形象塑造的角度来说，浮泛有余而深度不足。20世纪90年代以来对新写实平面化写作起到一定纠偏意义的是被誉为"现实主义冲击波"的新现实主义小说创作，最典型的代表就是刘醒龙、谈歌、关仁山、何申等。他们将自己的创作融于中国当下的改革实践之中，直面现实，为民代言，展现了处于改革浪

---

① 余华、潘凯雄：《新年第一天的文学对话——关于〈许三观卖血记〉及其他》，《作家》1996年第3期。
② 丁永强整理：《新写实作家、评论家谈新写实》，《小说评论》1991年第3期。
③ 丁永强整理：《新写实作家、评论家谈新写实》，《小说评论》1991年第3期。

潮中的中国社会所面临的艰难境遇,呼吁全体国民一起来分享艰难,摆脱困境,走向明天。但是,由于创作者知识分子身份的隔膜与局限,使他们在作品中所建构的宏大中国形象显得过于空洞与狭隘,离真正的底层百姓比较遥远,正如李扬所说:"只要认真体察就能发现,这些作家笔下的所表达的苦难和艰难绝不是处于社会最底层的那些无权无势的'人民'的苦难和艰难,而是下层官僚们的苦难和艰难。"①20 世纪 80 年代中后期以后处于大变革中的中国当代社会是纷乱庞杂而又变幻莫测的,任何一种文学潮流在无边的现实面前都只能把握住生活与社会的局部,"先锋文学""新写实小说""现实主义冲击波""新生代小说"等莫不如是。分享艰难是作家善意的体现,但随着时代的发展,很多社会问题层出不穷,分享艰难更多成为一种美好的想象。更多的困境、艰难与挑战摆在很多作家面前:我们的创作如何真正走进百姓中间体察百姓的艰难,敏捷应对当下的现实生活,真正展现中国性的特质?新的世纪,中国当代文学文坛上已经有了这方面的多元探索,如姜戎新世纪之作《狼图腾》(2004)对民族命运的反思,莫言《蛙》(2009)对体制内政策的批判,余华《第七天》(2013)对死无葬身之地的中国人生存境遇的揭示,贾平凹《极花》(2016)对农村底层妇女被拐卖命运的审视等,无不兼具一定的民族文化情怀、本土文化意识与世界文化视野,它们组合在一起则构成了多元立体的当代中国形象。

无论是热衷于宏大的集体叙述,还是专注于个人化的内心抒写;无论是执着于历史文化的反思,还是瞩目于经济发展的思考,中国当代作家在全球化的文化发展背景之下,都积极用自己的文学形象去呼应与干预社会时代的发展,展现了一定的文化自觉意识,力图建构接近中国当下最灵动社会现实的中国形象,他们虽然取得了一些成绩,有了一些突破,但也暴露出一些问题,一切的完善都存在于与时俱进的建构之中。中国当代文学之中的中国形象塑造显然是一条没有终点的道路,一切都显得任重而道远。

---

① 李扬:《中国当代文学思潮史》,上海:上海社会科学院出版社 2005 年版,第 225 页。

第三节 形象传播的发展与困境

在 20 世纪中国现当代文学的发展历程中,文学传播的发展尚未走上正常化的轨道,无论是本土的自我传播,还是异域的他者传播,相对于文学创作来说都相当滞后。中国现当代文学一直存在着文学输出与输入的重大逆差,中国文学在世界范围之内的影响力还相当有限,用文学来传播中国与时俱进的新形象之路还很漫长。我们如何能走出历史的沉疴,在西学东渐与东学西渐之间建立均衡的交流关系,这显然是个系统工程,需要认真考量。

一、自我传播:制约与偏狭之困

中国形象的传播从传播主体角度看可以分为自我传播与他者传播两种,所谓自我传播即是中国形象的塑造者传播自己所创作的文学,而他者传播指的是中国形象的传播主体非创作者自身。自我传播是中国形象他者传播的基础,没有中国形象的自我传播就很难有他者传播的大拓展,譬如姜戎的"《狼图腾》因自 2004 年 4 月由长江文艺出版社出版以来,在国内共计发行了 240 万册,连续 16 个月高居中文图书畅销榜,才引起西方出版社的青睐"[①]。中国形象的自我传播按传播对象划分可以分为本土传播与跨文化传播两种。所谓本土传播指的是面向本土读者的传播,而跨文化传播指的则是面向域外读者的传播。一般而言,对于同一个传播主体来说,本土传播是跨文化传播的基础,只有经历了本土传播检验后的作品通常才有可能在跨文化传播中打开局面,也就是说,本土传播在一定程度上影响着跨文化传播的发生甚至发展。在中国现当代文学的发展历程中,中国形象的自我传播从现代期的不完善到当代期的有意识拓展,走出了一条探索之路,做出了一些实绩,但也存在很多问题,值得思考。

[①] 李永东、李雅博:《论中国新时期文学的西方接受》,《中国现代文学研究丛刊》2011 年第 4 期。

1. 本土传播：主流话语的调控与制约

传播对传播环境具有一定的依赖性，传播必须在一定的环境里才能发生或运行，也就是说任何"传播活动必然要以某种形式处于一定的环境之中，而一定的环境因素也必然要以某种方式影响、规定、制约着人类的传播活动。"①20世纪的中国历史就是中华民族探寻现代化中国发展之路的历史，在这之中文学发挥了它不可替代的重要作用，"现代文学和民族国家的结构有着密不可分的关系，现代文学本质上是民族国家文学。民族国家成了中国现代作家一种最基本的想象形式，'我是中国人'成了一种最重要的共同体经验。"②整个20世纪中国现当代文学的发生、发展与传播无不与时代呼声紧密相连，渴求社会发展与进步的话语传播语境造就了中国现当代文学中大量同质的中国形象的诞生与传播。

百年中国文学中的国民性话语模式就是在世纪之交思想启蒙运动的传播语境中萌生的。1915年《新青年》开启了五四新文化运动的序幕，一大批留学海外的现代知识分子大胆借鉴西学先进的思想与话语模式来反思与变革中国的社会，试图以摧枯拉朽之势完成整个国家从国民到文化等各个方面的转型，这种启蒙思想成了当时很多主流知识分子的创作意识主导，如此的传播需求与传播环境自然深刻左右着中国近现代文学产生与传播的发展模式。正是这来自社会传播软环境的需求，使中国现代主流作家从创作伊始便自觉地用文学审美来表达他们的意识追求，正如杰姆逊曾在《政治无意识》中所说的："审美行为本身就是意识形态的，因此，审美形式或叙述形式的生产就应被视为一种意识形态行为，它具有某种对不可解决的社会矛盾创造出想象的或形式的'解答'的功能。"③因此，与西方17世纪启蒙运动所不同的是，中国内外交困的社会现实使这一时期文学作品中中国形象的塑造从一开始起便带上了一定的功利主义色彩，再加上《新青年》《小说月报》和文学研究会等一些传播载体的推动，

---

① 邵培仁：《传播学》，北京：高等教育出版社2000年版，第234页。
② 旷新年：《民族主义、国家想象与现代文学》，《上海文论》2007年第2期。
③ 转引自周宪：《超越文学——文学的文化哲学思考》，上海：上海三联书店1997年版，第269页。

中国形象塑造的单一性便不可避免。中国当代新时期文学的国民性话语的再次出现,其实是对五四时期启蒙话语的一种回归,那时国门重新被打开,中国人如何从历史、政治中重新站立,中国如何摆脱历史的滞重与政治的束缚而真正走向现代化,很多中国主流作家在伤痛中走向沉重的反思与崭新的探索,传播软、硬环境的制约同样使中国当代文学这一时期中国形象的塑造与传播带有一定趋同性特征。

中国现代文学中革命话语的出现也同样受着中国文学传播环境的制约。中国社会形势的动荡,外来侵略的叫嚣,使很多主流知识分子认识到火与剑的重要性,他们不再仅将文学作为思想启蒙的工具,而是自觉把文学作为政治批判与民族斗争的武器,期望用马克思主义这一极富现代理想色彩的意识形态来帮助我们建立一个现代性国家,列文森就曾说:"近代中国思想史的大部分时期,是一个使'天下'成为'国家'的过程。"①因此,从 20 世纪 20 年代革命文学的倡导到 30 年代后无产阶级文学的发展,从 30 年代"左联"的成立到 40 年代"延安文艺座谈会"的召开,现代中国社会主流舆论的大力宣传影响着中国现代文学中中国形象塑造与传播趋同局面的形成。朱自清曾这样评论爱国诗歌的诞生:"我们在抗战,同时我们在建国。……诗人是时代的前驱,她有义务先创造一个新中国在他的诗里。"②在当时战火纷飞与激情燃烧的年代,激进的知识分子都在用自己的文字呼应着时代的发展,文学中所塑造出的中国形象都是切合时代传播之所需的中国形象。而在新中国成立之初文学中革命话语模式的批量出现,则更是捍卫新中国、传播新中国之必须,新中国刚刚成立,百废待兴,中国文学这时需要的是充满战斗力与乐观格调的作品来为新中国的建设保驾护航,于是政治主流的大力宣传与全面调控催生了当代大批同质化的中国形象。

国民性话语与革命话语都属于社会主流话语系统,正如美国中国问题专家费约翰所说的:"在中国,邮递员似乎把给阶级和民族的'觉醒的消

---

① [美]约瑟夫·列文森:《儒教中国及其现代命运》,北京:中国社会科学出版社 2000 年版,第 87 页。

② 朱自清:《爱国诗》,载《新诗杂话》,北京:生活·读书·新知三联书店 1984 年版,第 38 页。

息'送到了同一个地址。"①这是时代所铸就的中国文学的传播语境。一个民族国家觉醒了,于是一个喧嚣而沸腾的传播语境唤醒了与这个民族及国家同呼吸共命运的文学,中国民族与国家形象便自然开始成为中国新文学所关注的核心所在,文学的同质化也就在情理之中了。而那些倾向于古典中国形象与非主流中国形象塑造的作品,如周作人、沈从文、张爱玲、梁实秋等人的创作,因与主流传播语境相背离,因而在 20 世纪 80 年代前的中国一直没有广泛的传播空间。

20 世纪 80 年代中后期以来,随着商品经济的迅猛发展,中国社会开始步入发展的转型期,文学传播的语境、渠道与方式较之前有了很大的拓展。在社会日新月异的变化之中,现实的社会秩序已不再需要文学话语去引导与统领,文学日益失去了掌控传播主流话语的能力,文学中的中国形象塑造开始受到新的传播主体、传播环境、传播方式、传播对象的影响与制约而变得纷繁复杂与难以把控。中国文学从 20 世纪 80 年代注重书写"伤痕"、"反思"、"改革"到 90 年代重写"新历史",瞩望"新写实"等,中国形象的趋同性问题较之前有了很大的改观。特别是到了 21 世纪以后,传播新媒介的大量出现,传播空间的新拓展,使中国形象的建构在全球化发展视野之下开始趋向真正的复杂与多元。机遇与挑战总是相伴而生,在传播语境已经重置的当下,中国主流话语如何更好地调控与建构中国日新月异的立体形象,这个问题仍然要引起关注。

2. 异域传播:东学西渐的被动与偏狭

在 20 世纪中西文化交流史上,西学的译介对于中国文学的影响几乎是全面覆盖式的,西学东渐建构了中西文化交流中一方喧哗的独特景观,而东学西渐则一直处于被忽视的尴尬之境。

现代东学西渐的文化失语,是中国形象对外传播的最大症结。在中国文学现代化进程中,对一些知识分子而言,西学就是可供借鉴的先进所在,借用陈独秀的话说就是:"若是决计革新,一切都应该采用西洋的新法

---

① [美]费约翰:《唤醒中国:国民革命中的政治、文化与阶级》,李霞等译,北京:生活·读书·新知三联书店 2005 年版,第 454 页。

子。"①全方位地引进西学于是成为中国现代化发展的当务之急，至于如何把自己所创作的新文学传播出去，知识界则缺少明晰的认知，这显然是文化自卑意识所造就的中西文化交流中的不对等局面。面对强大西方话语的席卷，现代中国文学在借鉴与模仿中消弭了自己的话语主动权。东学西渐相比于西学东渐，不仅出现晚而且规模小，它的正式出现是在新文学发展十余年之后的 20 世纪 30 年代。1931 年，旅华美国人威廉·阿兰（出资）与燕京大学学生萧乾（编辑）合作，共同出版了一份英文期刊——《中国简报》，意在向西方介绍中国。虽然中国现代文学的译介只是该刊内容之一，但这应该算是当时国内比较早的对中国现代文学的正式译介了，不过后来只出了八期便停刊了，正如萧乾所说："当时，住在北京的不是外交官就是传教士。他们的兴趣在高尔夫球和赛马上。谁会对现代中国文学感兴趣！"②面对现代西方文化的过度自大，现代中国形象的传播便自然呈现萎缩与失语的现状。中国现代文学当时的跨文化传播情形是这样的："我想了解中国知识分子真正是怎样看待自己，他们用中文写作时是怎样谈和怎样写的。……然后当我去寻找这种文学作品时，使我感到吃惊的是实际上没有这种作品的英译本。重要的现代中国长篇小说一本也没有译过来，短篇小说也只译了几篇，不显眼地登在一些寿命很短的或者读者寥寥无几的宗派刊物上。以上是 1931 年的事。"③这是斯诺当时的感慨，但这种状况很快得到了一些改变。1935 年 8 月《天下》月刊在上海创刊，该刊是现代中西文化交流史上中国"第一次有组织、有目的地主办一份旨在向西方（主要是英语世界）的思想文化类刊物，以高度的主体性向西方传播中国文化，促进中西文化交流"④。《天下》月刊由中国人主办，而且拥有官方的支持，该杂志立足中国并发行到了世界。但是在《天下》月刊的对外传播中，现代中国形象的传播只占了其中一部分，回望传统文化占了该刊大部分内容，在对传统文化的输出中寻找吸引世界的

---

① 陈独秀：《今日中国之政治问题》，《新青年》1918 年第 5 卷第 1 号。
② 萧乾、傅光明：《风雨平生——萧乾口述自传》，北京：北京大学出版社 1999 年版，第 56 页。
③ ［美］埃德加·斯诺：《〈活的中国——现代中国短篇小说选〉序言》，载《活的中国》，文洁若译，长沙：湖南人民出版社 1983 年版，第 2 页。
④ 严慧：《超越与建构》，上海：光明日报出版社 2011 年版，第 6 页。

话语权,这显然还是一种现代文化失语的体现。该刊物在刊行的六年里,只刊载了现代小说二十三部,白话诗歌十首,现代戏剧两部,①相对于中国现代文学蔚为大观的创作来说,传播的失衡是显见的。20世纪40年代,随着中国社会形势的发展,中国还陆续出现了一些世界语的刊物,如《东方呼声》《中国吼声》《远东使者》等,其中也陆续译介过一些中国现代小说,但从整体上说,抗战政治性的文化宣传远大于文学输出,时事与文化评论重于原创文学的译介。在中国现代文学发展时期,中国文学形象的系统性、完整性输出显然是缺乏的,一切的努力未能从根本上扭转中西文化交流史上西方"独语"的局面。

当代东学西渐的文学退让,是中国形象对外传播的又一症结。新中国成立之初的对外宣传与新成立的国家政体紧密相连,且主要是由官方机构组织进行的。如1950年创刊的新中国第一个对外宣传刊物——英文版《人民中国》与1952年成立的外文出版社都是综合性的对外宣传媒介,它们涉及的内容广泛,但文学只是其中一小部分内容,且都是主流话语作品。中国有意识地向外传播当代文学始于1951年。1951年,《中国文学》杂志创刊,该杂志有英、法两个版本,主要使命就是介绍传播中国当代文学,以达到在西方世界宣传新中国成立后"中国人生活新的一面,和迥然于外国所知的新人物形象的一面"②。该刊物发行到一百多个国家和地区,"许多外国人了解中国文学,不少是从阅读《中国文学》开始的"③。据统计,在《中国文学》发行的50年里共出版590期,介绍作家2000多人次,译载文学作品3200篇④,在传播中国新形象方面起到了重要作用。1986年,国内还成立了中国文学出版社,该社负责《中国文学》杂志以及"熊猫丛书"的出版工作,旨在向国外传播中国文学。20世纪80年代以来,"熊猫丛书"前后共对外出版图书190多种,成为中国当代文学对外传播的重要渠道。但中国当代文学的对外传播仅凭一刊一社的官方

① 严慧:《超越与建构》,上海:光明日报出版社2011年版,第148—151页。

② 何琳、赵新宇:《新中国文学西播前驱——〈中国文学〉五十年》,《中华读书报》2003年9月24日。

③ 徐慎贵:《〈中国文学〉对外传播的历史贡献》,《对外大传播》2007年第8期。

④ 徐慎贵:《〈中国文学〉对外传播的历史贡献》,《对外大传播》2007年第8期。

输送显然比较被动与偏狭，再加上译介质量与传播宣传的跟不上，实际传播效果的质量非常令人尴尬。莫言在评价《中国文学》杂志时曾说："这个外文杂志翻译的质量较差，他跨请清的专家水平有限，这本刊物在西方影响力很小，进入不了西方的读者圈子。"①而对于"熊猫丛书"，陈建功则说："改革开放以来，中国文学最著名的译丛'熊猫丛书'虽然走出了国门，但很多以书其实在我国的驻外机构里'沉睡'。"②翻译理论家谢天振也说："我们以国家、政府的名义，编辑发行英、法文版的《中国文学》月刊，以及向外译介中国文学和文化，翻译、出版介绍中国文学作品的'熊猫丛书'，还有国家有关领导部门组织翻译出版的达200多种的英译中国文学、中国文化典籍的《大中华文库》等，其效果都不尽如人意。"③而2001年，中国文学出版社被撤销，《中国文学》杂志被停刊，则更加暴露出中国当代文学对外传播的步步退让与萎缩。 相对于中国饮食文化、体育文化，中医药文化与旅游文化等在域外的声名鹊起。最具审美魅力与想象空间的文学作品的版空间一直存在着被忽视被弱化的趋势。据研究调查，"根据国家版权局的统计数据，2005年，中国图书版权输出版的达1434种，其中，文学图书的版权只有162种，约为总量的11%。……"④文学图书特别是当代文学作品的比重依然微弱。"①21世纪以来，中国官方一直在积极寻求新的传播渠道与传播途径，有效推动中国图书"走出去"，譬如2004年中国务院新闻办推出了"中国图书对外推广计划"；2006年中国作家协会启动了"中国当代文学百部精品译介工程"项目；2009年中国政府在国外举办了"中美，中德，中法文学论坛"，而且还担任了第61届法兰克福书展主宾国，还是在2009年，中国新闻出版总署正式启动了"经典中国国际出版工程"；2013年由中国务院新闻出版总署、中国作家协会和中国外文局联合主办的"丝路书香出版工程"；2014年中宣部还推出了"丝路书香出版"等等，这秀作品国际出版，中国社会科学院开始举办了"丝路书香"等等，这汉学家研修计划"，2014年中宣部还推出了"丝路书香出版"等，青年

① 莫言：《与王尧长谈》，载《莫言文集·碎语文学》北京：作家出版社2012年版，第187页。
② 吴越：《如何叫醒沉睡的"熊猫"》《文汇报》2009年11月23日。
③ 傅小平：《中国文学"走出去"呖须跨越认识误区》《文学报》2012年12月20日。
④ 常聪：《中国文学图书版权输出的文化视野》《编辑之友》2007年第11期。

些举措在一定程度上都促进了中国当代文学的对外传播。尽管如此,总体说来,中国当代文学对外传播的影响力还是比较有限。因为据2010年统计,"作品被译介的中国当代作家有150多位,只占中国作家协会会员的1.3%"①。而由《中国国家形象全球调查报告2016—2017》得知,中国文学在海外的认可度只有10%,这个数据确有些触目惊心。中国当代文学的自我域外传播现状显然是被动且狭隘的。

20世纪以来中国形象的自我传播是不容乐观的,要改变中国形象自我传播的偏狭局面,就要去掉那注在传播之中的泛政治色彩,营造多元与开放的传播语境,拓宽更多的传播渠道。中国形象的自我传播,单纯的输出显然不是我们的最终目的,而是为了在全球化的背景下更好地确立与时俱进的中国形象。这需要不懈的投入与探索。

二、他者传播:译介与认同之偏

在世界跨文化传播领域,相对于现代中国形象自我传播的被动与无奈,现代中国形象的他者传播也是充满着艰辛与坎坷。无论从传播效应还是传播格局上看,中国形象的域外传播显然也不是非常乐观。

1. 传播效应:边缘性与沉寂性

在20世纪世界政治舞台上,东方中国的逐渐崛起引来了广泛的国际关注。"20世纪30年代,随着远东格局的变化,以美国为代表的汉学界开始将现代中国问题纳入研究范围"②。在更多的社会政治关注中,中国新文学也开始走进西方文化视野。但总体来说,中国新文学以及中国域外文学的整体关注效应比较缺乏,国际社会对现代中国文学的认知还很模糊与黯淡,主要体现在:

第一是重古代轻现代的落差。随着现代中国的崛起,汉学研究逐渐在西方世界生成,但就整个20世纪汉学研究来说,无论在世界哪个区域,中国传统文化与古典文学研究无疑同都成了重中之重。汉学界对中国现当代文学投入的热情与兴趣明显不多。以英国为例,1989年伦敦威尔

---

① 舒晋瑜:《中国文学对外译介蓄势待发》,《中华读书报》2010年8月18日。
② 严慧:《超越与建构》,上海:光明日报出版社2011年版,第144页。

斯维普出版社出版了《独一无二的疲弱:英国汉学简史》一书,该书"压根儿没提到对中国现代文学的研究。在英国汉学上百年来的发展过程里,竟然没有现代文学研究的一席之地。……中国当代文学对外界在很大程度上还是个谜"①。与这一观点相印证的是,1992年中国出版了"中国文学在国外丛书",其中《中国文学在英国》一书共9章,只有2章内容谈到中国现当代文学在英国的译介。苏俄情况也大抵如此,《中国文学在俄苏》一书附录了1949年至20世纪80年代前后"苏联中国文学译作"名录200余种,其中属于中国现当代文学只有70余种。这些事例足以证明在西方世界中国现当代文学所受的冷遇,华裔学者李欧梵曾说:"由于中国近四五十年历史的影响,中国的学者对于当代特别重视。这与美国正相反。我做学生时根本没有中国现代、当代文学这回事,大家都学古典文学。"②虽说20世纪90年代以来,中国当代文学在国外的关注度有了大幅提升,特别是莫言荣获诺奖大大提高了中国当代文学在国际上的影响力,但真正能够走入世界读者视野的中国当代作家作品仍不算多,莫言的创作代表不了整体中国当代文学,中国当代文学走出去的情形仍不容乐观。

第二是创作与译介的逆差。西方对于中国现代文学的译介早在20世纪20年代末就已出现,但属于自发行为,缺乏系统性,"这些译作主要刊发在西方人士所办的综合报刊上,也有少量以单行本形式发行,不仅翻译的数量少,而且翻译对象较为单一。主要以鲁迅作品为主,兼有部分五四运动后作家的作品"③。也有以作品集形式出版的,如1929年法国出版了《中国当代短篇小说家作品选》,1936年英国出版了斯诺编译的《活的中国——现代中国短篇小说选》等,但从整体上来说,系统性、规模性的译介是不多见的。就美国来说,"中华人民共和国成立前,美译中国新文学面很狭窄,据不完全资料查阅,基本上仅见鲁迅和丁玲译品……截至20世纪80年代初,……总共出版了中国新文学译品约80种。"④在汉学

① 张弘:《中国文学在英国》,广州:花城出版社1992年版,第308,317页。
② [美]李欧梵:《当代中国文化的现代性和后现代性》,《文学评论》1999年第5期。
③ 严慧:《超越与建构》,上海:光明日报出版社2011年版,第144页。
④ 宋绍香:《中国新文学20世纪域外传播与研究》,北京:学苑出版社2012年版,第39—40页。

中心的美国尚且如此,其他国家可想而知了。据资料统计,从 20 世纪 20 年代末到 80 年代末的 60 余年间,"欧洲 19 个国家共发表、出版中国新文学译品约 250 种"①。平均每年只有 4 种左右的中国新文学作品被译介到异域,可见中国文学的被译介与创作之间存在着巨大的逆差。20 世纪 90 年代以来,特别是新世纪以来,这种逆差得到了一些改善,如 1997 年美国出版了《20 世纪中国文学》一书,译介了从 1900—1989 年的很多中国文学创作;2006 年美国汉学家葛浩文等人合编的"《喧闹的麻雀:中国当代小小说选》共收入 91 篇小说,是过去 30 年来中国小小说创作的结晶"②。这些域外中国文学作品集的出现为多元化树立中国新形象提供了可能,但还有待更全面的改善。

　　第三是学术研究与社会效应的偏差。目前中国现代文学的域外传播大多集中在学术层面,社会传播效应比较微弱。域外中国文学传播与研究主体主要有五个方面:一是海外作家的倡导,如法国作家罗曼·罗兰、苏联作家高尔基等,这些作家凭借自己的影响力宣传中国现代文学,为中国现代文学的传播做了很多艰苦的工作;二是海外汉学家的推动,如法国的明兴礼、英国的蓝诗玲、德国的顾彬、美国的金介甫与葛浩文等,在域外营造了一定的传播中国形象的氛围,他们是中国新文学跨文化传播的中坚力量;三是国际友好人士的推广,这是中国形象域外传播不可忽视的重要推动力,如"斯诺及其夫人的工作,对美国中国新文学的译介和研究起了开路先锋的作用"③,其他还有如史沫特莱等;四是海外华人学者的研究,如夏志清、李欧梵、王德威等,他们对于扩大中国文学在海外的影响力具有一定的促进作用;五是民间中国文学爱好者的推广,如美国青年艾瑞克·阿布汉森,他在 2006 年创办了"纸托邦"中国文学翻译组织,致力于中国当代文学的译介等。在几类人或几代人的共同努力下,中国新文学的跨文化传播在 20 世纪后半叶发展很快,但总体说来,中国现当代文学的域外传播大多局限在学术层面,且各自为政,缺乏一定的规模效应,社

---

① 宋绍香:《中国新文学 20 世纪域外传播与研究》,北京:学苑出版社 2012 年版,第 57 页。

② 姜智芹:《中国新时期文学在国外的传播与研究》,济南:齐鲁书社 2011 年版,第 30 页。

③ 宋绍香:《中国新文学 20 世纪域外传播与研究》,北京:学苑出版社 2012 年版,第 42 页。

会反响不大。20 世纪 80 年代,李欧梵就曾说:"我认为中国当代文学在美国完全没有地位,完全没有影响。"李陀也说:"我最早得的信息是八三年吧,刘心武从法国回来,他说,所谓中国文学的影响在法国就是不超过一百个人圈子里的影响,出了这一百个人没有人知道中国文学。……张承志刚从日本回来时说,日本文学界和青年中普遍流行一句话:中国无文学。"①当然,现在早已进入 21 世纪,中国当代文学的海外影响力较之 20 世纪 80 年代已有了大幅度提升,特别是在 2012 年莫言荣膺诺贝尔文学奖之后;但莫言之外,中国文学广泛的社会影响力还是不明显。

相对于中国美食、中国体育、中国旅游等在域外的普遍崛起,中国文学的域外他者传播显然亟待拓展,当务之急就是要推动中国现当代文学域外传播的常态化发展,改变长期以来被动与边缘的局面。中国当代文学无疑需要加强与域外的合作,积极探索在域外传播本土文学的新路。

2.传播格局:意识形态性与失衡性

众所周知,中国新文学的域外传播常常受到意识形态与地域文化的影响比较大,由此形成了在不同地域存在不同的传播效应问题。中国新文学的域外传播在东方世界、第三世界的影响力明显高于西方世界,这与东西方不同传播对象的文化接受心理显然不无关联。

在西方世界,中国文学海外传播缺乏广泛的受众群体,在此,政治意识形成的偏见显然是无法跨越的一道鸿沟,美国汉学家伯宁豪森就曾说:"中国革命最不为其他国家所了解、所赞赏的方面也许就是新文学和新艺术的成长。国外对中国革命文学和革命艺术的反应,从充满敌意到阿谀奉承,形形色色,无所不有,但一个比较典型的反应却是迷惑不解地耸耸肩膀。"②政治意识形态所带来的隔膜与疏离在 20 世纪 80 年代前的中国形象域外传播中体现得最为显著,譬如在德国,"20 世纪中国文学在德国的接受完全受政治意识形态左右,这从德国的鲁迅研究中可见一斑。总的趋势如下:无论是中国一方,还是德国那边,一旦意识形态有风吹草动,

---

① [美]李欧梵等:《文学:海外与中国》,《文学自由谈》1986 年第 12 期。

② [美]约翰·伯宁豪森、特德·赫特斯:《〈中国革命文学〉引言》,载《国外中国文学研究论丛》,中国社会科学院文学所国外中国学(文学)研究组编,北京:中国文联出版公司 1985 年版,第 125 页。

学者们的工作就受到莫大的干扰"①。而在美国,"中华人民共和国成立后直至 20 世纪 70 年代初,由于中美关系处于一种非正常状态,美国人受'意识形态'的影响,对'中共'文学非常'警觉',自然存在'冷淡'和'观望'态势"②。政治意识形态的阻隔与偏见成了中国新文学域外传播的显在障碍。20 世纪 80 年代,随着中国改革开放政策的实施与世界格局中东西方冷战局面的结束,中国新文学的域外认同有了一些新进展,但总体说来并没有取得本质上的突破,政治意识形态依然是影响中国文学被域外接受的一个重要因素。1983 年,英国牛津大学出版社出版了一本译介中国新时期文学的著作,书名为《毛泽东的收获》,意识形态性的偏见一目了然。1994 年,王德威等在美国编选了《狂奔:新一代中国作家》小说集,他在后记中说:"现在的中国正向世界敞开胸怀,再以旧的地缘政治视角看待中国的文学,已显得不合时宜。"③但事实上,现在西方世界对中国文学普遍缺乏的仍是社会文化上的认同与接纳,譬如随着《为人民服务》(2004)在国内被禁,它很快便被翻译成英文与法文,成了阎连科的第一本外译作品,而且韩国已经把它改编成了电影,这不禁让人感叹意识形态力量的强大。就连有着"生态文学"之称的《狼图腾》(姜戎,2004)在西方出版时,出版社在作者小传里刻意强调"文革""为人民服务"等西方读者熟悉的敏感词汇,来唤起读者的阅读兴趣。④ 植根于这样文化语境下的西方普通读者长期耳濡目染,自然而然也会惯用有色眼镜去看待中国文学,如在德国,"对于德国普通读者而言,对中国文学的兴趣主要集中在那些记录社会发展和政治变动的作品、以神秘方式表现中国的传记作品、以'在中国大陆遭禁'作为噱头的情色作品等"⑤。中国文学域外传播的这种局面短时间是很难改变的,即便是莫言 2012 年的荣膺诺奖,里面也隐

① 曹卫东:《中国文学在德国》,广州:花城出版社 2002 年版,第 145 页。
② 宋绍香:《中国新文学 20 世纪域外传播与研究》,北京:学苑出版社 2012 年版,第 39 页。
③ 转引自姜智芹:《中国新时期文学在国外的传播与研究》,济南:齐鲁书社 2011 年版,第 28 页。
④ 李永东、李雅博:《论中国新时期文学的西方接受》,《中国现代文学研究丛刊》2011 年第 4 期。
⑤ 谢淼:《新时期文学在德国的传播与德国的中国形象建构》,《中国现代文学研究丛刊》2012 年第 2 期。

含着一定的政治意识形态因素，莫言诺奖授奖词中"嘲笑和讽刺""攻击历史""政治虚伪""政治牢笼"①等关键词分明彰显着西方世界对莫言批评与反思中国政治社会的激赏。中国作协主席铁凝曾说："在中国文学走向世界的过程中，还将不断碰到由文化的不对等带来的冲击。"②葛浩文也曾说："现在当代中国文学的翻译比以前多了。但是，这是不是就意味着，读者群同时也在扩大，这还很难说。我们要考虑到波动原则——每次新闻报道中报道了中国的事情，中国的文学作品销量就会好一些，而新闻报道没有什么中国的消息时，这些书就从书架上消失了。"③在不同社会政治体制与文化形态的异域，中国文学想要摆脱意识形态与文化隔膜的影响显然困难重重，文学上真正的东西方平等对接长路漫漫。

　　相反，中国文学因为与第三世界很多国家和地区存在相同的社会、政治、文化语境，也即"在'冷战'语境中争取民族话语权上，彼此间的愿望与目的却是一致的"④，所以中国文学在第三世界一般都有着良好的传播与接收情况，如智利、古巴、越南等国对中国当代文学的译介是颇具规模的，而且中国形象的影响一般也是正面而积极的。越南作家曾指出："我们从具有十分光荣传统和正在十分美好发展中的中国文学中学习了一些很宝贵的经验，这使我们对于越南文学前途的信心更加无比坚强。"⑤在同属于东方文化圈的东南亚一代，中国文学的认可与中国形象的传播则更有着广泛的社会效应，正如论者所说："就一般而言，域外文学对本体文学的渗透与影响，主要有三种途径，即通过文化、宗教、政治的波及。而中国文学进入东南亚地区，则主要是因为政治和文化的因素，其对主体文学及其审美情趣方面的影响深远而且广泛。"⑥如日本，日本文化与中国文化属于同源文化，两国之间素来有着很深的文化历史关联，中国文学对于日本

---

① ［瑞］瓦斯特伯格：《莫言诺奖授奖辞中英文对照完整版》，载《见证莫言——莫言获诺奖现在进行时》，谭五昌主编，桂林：漓江出版社2012年版，第229页。

② 吴越：《〈长恨歌〉在美差点改名"上海小姐"》，《文汇报》2009年11月9日。

③ ［美］葛浩文：《从翻译视角看中国文学在美国的传播》，《中国文化报》2010年1月25日。

④ 方长安：《冷战·民族·文学》，北京：中国社会科学出版社2009年版，第161页。

⑤ 施建业：《中国文学在世界的传播与影响》，济南：黄河出版社1993年版，第70页。

⑥ 夏康达、王晓平：《二十世纪国外中国文学研究》，天津：天津人民出版社2000年版，第124页。

人来说有种内在的亲近感。中国现代文学在日本的译介是最具规模性与系统性的,一般比较著名的中国现代文学作家作品在日本都有相应的日译本。即便是在中国的抗战期间,日本对中国现代文学的介绍与翻译也没有中止,而在战后中日邦交正常化以后,中国现代文学在日本的传播更有着新的飞跃。"战后30多年间,日本共翻译出版了中国各类图书1780余种,其中文学类就有640余种。至此,可以说,'五四'以后的中国新文学作品在日本都有了译本。"①相应的研究也是全方位展开的,尤其是对鲁迅、郁达夫等文学大家的研究,成果非常突出,在这里文化的抵触与对抗显然是没有的。再如金庸洋溢着浓郁中国传统文化意蕴的新派武侠小说在东南亚一带广泛流传,同样也是属于同种文化圈之内的文化认同与接收。显然,社会、政治、文化语境的相互认同,是文学形象传播与接收不可或缺的重要因素,据统计,2005—2009年,"中国版权输出主要集中于新加坡、日本、韩国等国和中国的台湾、香港、澳门地区,其次是西方国家"②。而"21世纪10年间,翻译出版中国当代文学作品最多的国家竟然是中国的近邻——越南,出版机构达到23家,比法国的20家还多3家,远超过英国的5家、美国10家"③。

20世纪乃至当下,中国形象他者传播的失衡是显见的,这里有我们自身的问题,更有着他者的问题——彼此的文化认同问题,也就是说,世界各国特别是西方在传播中国形象时,事实上有一个超越文化二元对立、对之是否真正认同的问题。尽管跨文化传播多少带有文化改写的意味,要想传播所谓纯粹客观的中国形象是不可能也是不必要的,但至少应该对之持有尊重,其中既包括与自己相异的价值观与艺术观等,也包括与浓重的阶级性、政治性有关的中国特色、中国经验的东西,不能搞简单的排斥、拒绝甚至丑化,要通过多种途径了解中国真实的社会现状及政治、经济、文化发展水平,方能传播比较全面的、有说服力的、具有真实品格和独特个性的中国形象。可见,中国形象的跨文化他者传播还存在着一定的拓展空间。

---

① 宋绍香:《中国新文学20世纪域外传播与研究》,北京:学苑出版社2012年版,第13页。

② 刘少华、高祖吉:《基于文化传播视角的中国国际形象析论》,《中国出版》2011年第5期。

③ 何明星:《中国当代文学海外出版传播60年》,《出版广角》2013年第4期。

第三章　王蒙：建构中国化的主流中国形象

　　法国形象学理论学家巴柔曾指出："一切形象都源于对自我与'他者'，本土与'异域'关系的自觉意识之中，即使这种意识是十分微弱的。因此，形象即为对两种类型文化现实间的差距所作的文学的或非文学，且能说明符指关系的表述。"①也就说凡是形象的产生必定会有来自异域文化的参照，没有异域文化的影响，也就没有形象意识的建构。在比较文学形象学领域，中国形象一般被当作"异国形象"，通常被用来表达创作者对本国文化的隐喻情怀，它本质上是异质化的形象，也就是他者化的形象。而在中国形象的自我建构领域，也必定会有着来自异域文化的参照与影响，但无论如何，这形象的本质理应是本土化的，是具有中国自己的本土特色的，否则自我形象建构的意义也就无从谈起。在中国当代文学创作中，王蒙主流中国形象的建构分别有着来自苏联文化与西方文化的参照影响，并经历了从异质他者化到本土中国化的艰难探索。

　　在当代文坛，王蒙是一位典型的主流作家，作为一个有着"少共"身份的体制中人，王蒙作品的政治情怀不言而喻。用文学来反映政治现实，用文学来建构主流中国形象，这一直是他创作的核心所在，"不管我处在什么情况下，包括最艰难的时候，我对我们的国家的关切是始终如一的，我

---

① ［法］达尼埃尔-亨利・巴柔：《形象》，孟华译，载《比较文学形象学》，孟华主编，北京：北京大学出版社 2000 年版，第 155 页。

和我们的国运是相通的感觉也是始终如一的"①。政治性可以说是王蒙一生创作的主要特性,但不是唯一特性,他的文学创作除了具有现实政治的红色印记外,更有着现实中国蓬勃发展的生动投影,他在作品中所建构起的中国形象是具有典型中国化特色的主流中国形象。

第一节　中国主流话语的感知与建立

法国形象学家布吕奈尔曾说:"形象是加入了文化的和情感的、客观的和主观的因素的个人的或集体的表现。"②也就是说任何国家形象都不会抽离出社会而存在,它是综合了文化、历史与政治等的综合形象,诞生于社会复杂变动之中的中国形象则更是如此。在20世纪世界政治格局的发展变化之中,红色中国的崛起无疑是举世瞩目的,生活在这样的社会中,正如陈独秀所言:"你谈政治也罢,不谈政治也罢,除非逃在深山人迹绝对不到的地方,政治总会寻着你的。"③对于政治,文学显然不能刻意回避,中国现当代文学的创作如果对中国社会的政治视而不见,那文学中的中国形象必定是不真实的,像在比较文学形象学领域中,有一类完全剥离中国社会政治色彩来营造中国乌托邦形象的做法,就是不真实的幻象再造。王蒙的创作诞生于中国如火如荼的革命与建设的氛围中,他的创作紧跟时代政治的发展,在理想与世俗之间游走,一方面展现出与政治中国同向发展的形态,另一方面又不献媚于时代,处处流露着他对于中国形象建构的与时俱进的开放性思考。

一、反抗世俗:中国政治的合法性叙事

美国学者詹姆逊在《政治无意识》中说:"一切事物都是社会的和历史

---

① 王蒙:《岳阳楼说忧乐》,载《王蒙谈话录》,北京:生活·读书·新知三联书店2011年版,第341页。
② [法]布吕奈尔等:《形象与人民心理学》,张联奎译,载《比较文学形象学》,孟华主编,北京:北京大学出版社2000年版,第113页。
③ 陈独秀:《谈政治》,载《陈独秀选集》,胡明编选,天津:天津人民出版社1990年版,第117页。

的,事实上,一切事物'说到底'都是政治的",还说"一切文学,不管多么虚弱,都必定渗透着我们称之为的政治无意识。"①这体现在中国现当代文学发展中尤为如是。文学的政治化是中国现当代文学不可忽视的本质特色,这种政治意识有时以一种显性的状态存在,有时却隐藏在文本之中,成为一种政治无意识,洪子诚就曾说五四时期"是走向'一体化'的起点"②,王蒙的创作就诞生在这样一个文学政治一体化的现代文学发展语境之中。作为一个活跃于主流文化圈的作家,政治性一直是他创作最显著的标签,王蒙也从不讳言自己作品的政治意味,他说:"既然我们的社会充满了政治,我们的生活无处不具有革命的信念和革命的影响。那么,脱离政治,就是脱离了生活,或者是脱离了生活的激流,远离了国家、民族的命运亦即广大人民群众的命运。"③置身于连日常生活都已政治化的社会文化之中,王蒙一直为自己的政治叙事寻找合法性依据,他把对高远政治理想的追求看成对庸常世俗的反抗,行走在社会发展的主流之中,用昂扬的激情来观照政治与时代、政治与人生间的关系,王蒙曾说:"文艺,尤其是文学常常会成为一个革命的因子,从我自己身上,我清楚地看到了这一点。"④王蒙的这种将文学与政治联姻的文学观当然受到了当代文学体制的影响,因为生活在一个泛政治化的时代,要想从整体方面来建构当代中国的新生形象,政治性必定是其最为醒目的标识,但同时这种文学政治观也是他自己对于文学发展的一种自觉认知。

　　王蒙对政治文学的自觉认知主要来自苏联文学的引导,苏联文学是王蒙塑造文学新中国形象的重要参照。在中国社会革命与建设的历程中,苏联曾给予了中国一定现代性的发展参照,面对苏联这一异域国家,很多作家心目中才有了清晰的有关国家发展的文学想象,这在比较文学形象学领域里就属于巴柔所说的这种文化现象:"异国文化现实被一个作

---

　　①　[美]弗雷德里克·詹姆逊:《政治无意识》,王逢振、陈永国译,北京:中国社会科学出版社1999年版,第11页,第60页。

　　②　洪子诚:《关于五十至七十年代的中国文学》,《文学评论》1996年第2期。

　　③　王蒙:《〈冬雨〉后记》,载《论文学与创作(下)》,北京:人民文学出版社2014年版,第118页。

　　④　王蒙:《王蒙文集·半生多事》,北京:人民文学出版社2014年版,第41页。

家或集团视作是绝对优越于本'民族'文化,本土文化的。"①但与比较文学形象学创作不同的是,创作者并没有一味追捧异国文化以隐喻本民族文化的低劣,而是把想象重点放在了本土对异国文化的借鉴与吸收之中,其目的不在建构异国形象,而是塑造本国形象。早在中国现代文学发展之初,现代文学先驱者譬如鲁迅、瞿秋白、曹靖华等就译介了很多苏联进步文学,"以普罗米修斯盗天火给人类的精神,通过介绍普罗文学,向在水深火热中寻求解放的中国读者运送'军火'"②。虽然苏联文学是一个宽泛而复杂的文学整体,但受着中国社会发展的需求与译介者主观取舍的影响,苏联文学中的无产阶级进步文学无疑是中国新文学借鉴与模仿的主要对象。王蒙曾不止一次地表达过苏联文学给其留下的深刻印记:"我们的基本背景是新中国的诞生,这一代人信仰革命信仰苏联,无线光明无限幸福无限胜利无限热情十分骄傲自豪。"③"我们这一代中国作家中的许多人,特别是我自己,从不讳言苏联文学的影响。"④苏联革命文学的光明性给了王蒙一个中国社会的光明梦,王蒙曾在《苏联文学的光明梦》一文中动情说道:"苏联文学表现的是真正的人,是人的理想、尊严、道德、情操,是最美丽的人生。……而西方的文艺是那样的颓废、病态、苍白、狭隘、兽性……年轻时候我曾经想过,两个阵营的优劣、成败、得失……"⑤相对于西方人道主义更注重人生存的自身,苏联文学中的人道主义则更强调整个人类生存的理想性与道德感,这给予了王蒙一定的启发,赋予了他关于中国形象建构的美好想象与反抗世俗生活的理想目标,更为他政治文学的叙事增添了合法性依据。王蒙曾说:"我为我们这一代人——经历了旧社会的土崩瓦解、全国解放的欢欣、解放初期的民主改革与随后的经济建设的高潮的一代少年——青年人感到无比幸福与充实,我以为这

---

① [法]达尼埃尔-亨利·巴柔:《从文化形象到集体想象物》,孟华译,载《比较文学形象学》,孟华主编,北京:北京大学出版社 2000 年版,第 141 页。
② 李萌:《也谈"苏联文学的光明梦"》,《读书》1995 年第 9 期。
③ 王蒙:《你是哪一年人》,《文学自由谈》1997 年第 6 期。
④ 王蒙:《苏联文学的光明梦》,《读书》1993 年第 7 期。
⑤ 王蒙:《关于苏联》,载《苏联祭》,北京:作家出版社 2006 年版,第 175 页。

一切是不会再原封不动地出现的了,我想把这样的生活和人记录下来。"①于是1953年19岁的王蒙开始了处女作《青春万岁》的创作,用文学来表达他的青春理想:"我一直觉得自己有一个使命,把我亲见亲闻亲历的新中国史记录下来,把我这一代新中国建立时期的青年人尤其是青年知识分子与青年革命家们的心路历程表现出来。"②王蒙文学的政治性是一种从情感深处焕发出的使命感与政治情怀,它热情而诚挚,它浪漫又理性。王蒙在《我的写作》中写道:"我为了我们的国家、社会、生活更加美好而写作。我为什么写作? 它的答案与为什么革命为什么活着是一样的。"③用文学来反映时代的激情,特别是年轻人生活的热望与激情,用自己的文学来记录一个时代前行的蓬勃气象,而不是用文学来阐释政治理念,这是王蒙政治文学与一些概念化政治文学的主要区别,这也是20世纪80年代之前他所塑造的中国形象的基调。

王蒙早期的政治文学不是简单的政治传声筒,而是表现出了他不同凡响的政治预见性与判断力,表明他一直在为他的政治叙事寻找合法性的归依并进行了前瞻性的思考,其中最为典型的就是《组织部来了个年轻人》。1955年前后,团中央号召全国青年与团员学习苏联女作家尼古拉耶娃等著的中篇小说《拖拉机站站长与总农艺师》,1956年1月,中国作协创委会对《拖拉机站站长和总农艺师》等几部小说展开讨论。1956年4月王蒙受了这本书的启发,创作了小说《组织部来了个年轻人》(1956年9月7日小说在《人民文学》九月号上发表,题目改为《组织部新来的青年人》),但他不相信《拖拉机站站长与总农艺师》中的乐观主义与廉价的乌托邦倾向,他无意把林震写成娜斯嘉式的英雄,"像一个刚刚走向生活的知识青年能够像娜斯嘉那样。那似乎太理想化了"④,而是借林震之言行对党的作风问题做出了自己的思考,而这种思考极具敏锐性与先锋性,因

---

① 王蒙:《我的第一部小说》,载《王蒙文存》第21卷,北京:人民文学出版社2003年版,第58页。

② 王蒙:《只要坚持,文学前途就光明》,《南国都市报》2013年9月17日。

③ 王蒙:《我的写作》,见《中国国外获奖作家作品集·王蒙卷》,昆明:云南人民出版社2001年版,第1页。

④ 王蒙:《王蒙文存·你为什么写作》(第21卷),北京:人民文学出版社2003年版,第3页。

为它与毛泽东提出的"双百方针"同样诞生在 1956 年 4 月,且又与此后不久开展的党内整风运动不谋而合。1956 年 9 月 15 日,毛泽东曾在中共八大开幕式上指出目前党内存在着"思想上的主观主义、工作上的官僚主义和组织上的宗派主义"①问题,于是 1957 年 4 月 27 日中共中央发出《关于整风运动的指示》,号召在全党范围内进行一次深入的"三反"整风运动。正因如此,王蒙的《组织部新来的青年人》进入了毛泽东的阅读视野,毛泽东先后五次谈到了这部作品,赞扬王蒙"是新生力量,有才华,有希望"②,且认为《组织部新来的青年人》写得不错,作品批评我们工作中的缺点,这是好的,应该鼓励对我们工作的批评。我们应该欢迎批评"③。但是后来王蒙这种切入时弊的文学发现被人利用与夸大甚至诬陷,最终以他被错划为"右派"而收场。总体来说,《组织部新来的青年人》本质上还是一部与主流政治同构的作品,但这同构之中开始有了很多个性化的思考。

20 世纪 70 年代末自愿去新疆下放锻炼的王蒙带着对生活与政治的新体认回归文坛,他没有沉浸在对过去伤痛的诉说之中,而是把自己的创作融进变革的中国现实,承接 20 世纪 50 年代而来的理想与激情继续构筑他有关中国社会的光明梦,执着地为他的政治叙事继续寻找着合法性的凭依。20 世纪 80 年代的王蒙仍认为:"文学与革命天生地是一致的和不可分割的。它们有着共同的目标——旧世界打个落花流水,鲜红的太阳照遍全球。文学是革命的脉搏,革命的讯号,革命的良心;而革命是文学的主导,文学的灵魂,文学的源泉。"④恢复党籍的王蒙体验着被主流重新认同身份的欣喜,既然"党重新把笔交给了我,我重新被确认为光荣的,却是责任沉重、道路艰难的共产党人"⑤,那么自觉地把自己的创作纳入政治叙述的合法性轨道就成了王蒙报效祖国最直接的方式。至于他其后跻身仕途,他的创作就更加成了主流意识的直接代言,那就是刻意塑造经

① 毛泽东:《中国共产党第八次全国代表大会开幕词》,《人民日报》1956 年 9 月 16 日。
② 张光年:《在颐年堂听毛泽东谈双百方针》,《百年潮》1999 年第 4 期。
③ 黎之:《回忆与思考——1957 年纪事》,《新文学史料》1999 年第 3 期。
④ 王蒙:《我在寻找什么?》,《文艺报》1980 年第 10 期。
⑤ 王蒙:《我在寻找什么?》,《文艺报》1980 年第 10 期。

历"文革"磨难的政治英雄形象与受难信徒形象,集中书写这些人对新生中国的欣喜与认同,建构虽历经坎坷但仍充满活力与希望的新生中国形象。虽然未来的中国梦到底指向哪里王蒙并不是很清楚,但是他捕捉到了一种新生的气象,以及人们面对未来的力量和勇气,这种新生的豪情与新中国成立之初的激情并无二致。王蒙通过创作又一次紧握住了时代的脉搏,写下了带有时代先锋意识导向的作品,如《春之声》《蝴蝶》《布礼》等,热情讴歌 20 世纪 80 年代的中国新时代。当然在这讴歌之中,王蒙个性化的探索并没有被时代豪情所淹没,在 20 世纪 80 年代之初,为了从根本上捍卫与维护政权的合法性地位,王蒙也及时发现与反思了当时中国社会滋生的一些问题,如官僚主义、干群关系等,王蒙曾说:"我们从文学对于黑暗的鞭笞当中,可以收到理想的鼓舞,倒不必因为这种对黑暗的鞭笞就产生纯消极的情绪,因为世界上的事物,在这种对黑暗的描写当中表达的正是对光明的礼赞和向往。"①把对黑暗的揭示融于对光明的礼赞当中,把对黑暗的鞭挞看成是走向理想的必经途路,理想与信念代替了困惑与质疑,这就是新时期王蒙对主流政治热爱与拥戴的激进姿态。总体说来,无论身处顺境还是逆境,王蒙一直具有作为新中国主流知识分子的责任感与使命感,因而无论是他 20 世纪 50 年代的初期创作还是 80 年代复出后的创作,呈现的都是与主流意识形态积极同构的形态。

由于中国当代文学与政治关系过于亲密,以至于在后续的文学发展之中,对于政治文学,大多数人具有一种本能的抵触情绪,这是一种文学发展的非正常现象。文学可以不为政治服务,但身处这样一个与时俱进的政治中国,文学却不可避免地会具有一定的政治性,相反,那种厌弃政治与漠视政治的文化心态反而是非理性的。20 世纪 90 年代以来,文学逐渐被商业化,知识分子的主导地位开始陨落,文学的再政治化却成了主流文学自我救赎的重要途径,陆贵山曾说:"不管在什么样的历史条件下,都应该既反对文艺即政治的观点,也反对文艺非政治的观点。文艺是不

---

① 王蒙:《文学的启迪》,载《人文大家谈》,马宁主编,南京:南京师范大学出版社 2010 年版,第 159 页。

可能脱离政治的。文艺总是存在着与政治相联系的一面。"①因此他提出了"重构文学的政治纬度"话题。陶东风也说:"文学必然具有政治性,但文学可以不为政治服务。"②王元骧于是提出了"重审文艺与政治"关系的必要性。而王蒙在20世纪90年代以后陆续推出的带有鲜明政治情怀的"季节"系列与自传系列等作品,无疑又再一次契合了主流知识阶层的话语表达。在王蒙20世纪90年代之后的创作中,根本不见文坛上渐起的阐释中国的焦虑与社会共识消失的彷徨,因为主流政治情怀的表达一直是他创作的隐形主调。

在王蒙看来,在一个激情昂扬的时代抒发时代激情并非就是知识分子个性独立精神丧失的体现,王蒙曾说:"我是中国革命、中国历史、中华人民共和国的建设与发展的追求者、在场者、参与者、体验者、获益者、吃苦者、书写者、求证者与作证者"③,所以他认为他本质上不是拥有自由意志并寻找实现其个人目的的人,而是恰如荣格所说的,是一个"更高意义上的人即'集体的人',是一个负荷并造就人类无意识精神生活的人"④。因此自觉行走在时代主流之上,去积极表现大时代的投影,就是王蒙创作一直具有的姿态。从20世纪50年代社会体制转变后的"新中国"形象,到80年代社会体制调整后的"新生中国"形象,王蒙把自己的话语建构自觉附着于主流意识形态之中,用激情与理想为革命与政治辩护,为时代与政治代言,积极建构中国形象的大气象与大精神。但不可否认的是,文学创作具有多向性的维度,过于注重维度的单一性表现正是王蒙创作的偏颇之处,所以他的作品有时会难免给人一种被异质化与幻象化的华而不实之感,王蒙后来也意识到了这一局限:"泛道德化、泛政治化的思维方式往往限制着中国作家的想象力。……我认识到我有许多所谓的'特点'。"⑤

① 陆贵山:《应该重视文艺与政治的关系问题》,《文艺研究》1999年第4期。

② 陶东风:《关于文学与政治关系的再思考》,《文艺研究》1999年第4期。

③ 王蒙:《王蒙八十自述》,北京:人民文学出版社2013年版,第224页。

④ [瑞士]荣格:《心理学与文学》,冯川、苏克译,北京:生活·读书·新知三联书店1987年版,第141页。

⑤ 王蒙:《敞开心胸,欣赏与接纳大千世界》,载《王蒙文存圈圈点点说文坛》,北京:人民文学出版社2003年版,第123—125页。

"我也曾不满于自己的作品里有着太多的政治事件的背景,包括政治熟语,我曾经努力想少写一点政治,多写一点个人,但是我在这方面并没有取得所期待的成功。"①王蒙后来创作的转向就是他力图调整自己创作形态、回归现实生活的努力,他建构的中国形象也开始越来越具有真正中国化的特色。

二、躲避崇高：中国社会的开放性思考

1984 年 10 月 20 日,中共中央十二届三中全会在北京召开,这次会议讨论并通过了《中共中央关于经济体制改革的决定》,明确了以城市为重点的经济体制的改革是当前中国形势发展的迫切需要,因此自 20 世纪 80 年代中后期以来,中国社会无论在经济体制、社会结构还是社会形态等方面都发生了巨大的转变,中国开始进入一个"去政治化"的真正后革命历史时期。在经历了青春期的激情与理想之后,经历了"文革"的大痛楚与大挫折之后,中国已渐趋不惑之年。面对这一阶段的中国,如何构建与时俱进的中国形象是摆在中国当代文学作家面前的重要问题。

对于文学与社会关系的重新思考是王蒙在 20 世纪 80 年代中期之后创作转型的动因。在当代文学发展之初,王蒙在现实政治体制与苏联文学的影响之下,把文学创作当成了光明梦的叙事工具,文学的济世、拯救与宣传的功能被无限放大与强化,拒绝世俗、追求崇高成为王蒙文学创作的不二选择,于是其作品中的中国形象建构就呈现出单一、片面与异质化的局限。也就是说,在王蒙 20 世纪 80 年代中期之前的创作中,一种凌驾于生活之上的理想之光一直烛照着王蒙中国形象的塑造与主流话语的建构,王蒙自觉将自己的创作主流化与政治化,用自己的创作积极参与当代文学中国革命与政治叙事中。对于这种类型的创作,王蒙后来也进行了深刻的反思："我是将世俗常常与庸俗混为一谈的。我最怕的是自己湮没在俗众之中,怕自己的独一无二的生命重复着俗众的既定轨迹,怕激情与幻想熄灭,怕自己最后会'因一事无成而悔恨……碌碌无为而羞耻'。"②

---

① 王蒙：《道是词典还是小说》,《读书》1997 年第 1 期。
② 王蒙：《革命·世俗与精英诉求》,《读书》1999 年第 4 期。

因此,王蒙躲避世俗与反抗俗化是为了能更有效地进入理想与光明中,因为"世俗化,就会使精英意识极强极敏锐的知识分子失落对于自己的独特性的证明,就会失落自我"①。也就是说,对很多知识分子来说,拒绝俗化是达到自我理想化与精英化的一个有效途径,体现在文学创作中就是对宏大叙事的偏爱,对革命信念的追捧,对处于俗世生活之中的人与情的忽视。经历过近20年的"右派"生活,承受过被开除党籍的重大挫折,体验过16年新疆基层艰苦生活的王蒙,在这一社会转型期,面对着西方现代文化的再次席卷,面对着改革开放以来越来越世俗化的经济社会,开始了对于自己创作及整个中国当代文学创作的深刻反思。

一是对中国形象理想性与现实性的重新思考。在中国社会现代化进程中,20世纪的知识分子有着太多对未来中国的想象,体现在文学上,理想主义与激情主义文学占据了创作相当大的比重,从革命文学到社会主义文学,莫不如此,一种浪漫主义甚至是伪浪漫主义创作之风笼罩着文坛,文学距离真正的中国社会现实隔着千山万水。王蒙早期的创作就是典型代表。王蒙在新中国成立之初的文学创作源自苏联文学的长期熏陶,重在表现时代气象与革命精神,对时代中的"人"缺少更多关注。新疆16年的体验生活使王蒙的创作观发生了重要转变:"我几十年来也总算见过、知道了一些事情,我力求看问题,写小说更全面、更实际、更深沉一些。"②在社会基层摸爬滚打了16年,经历着世俗生活的真切洗礼,王蒙的创作开始摆脱苏联文学虚幻性的影响,他认识到了关注现实生活与"人"的重要性。1982年刚回归文坛后的王蒙这样说道:"文学是人学,文学要表达的是人的思想、情感、心理……它以人为对象、为创作素材……"。③随后,他还认识到了之前信奉的理想主义的虚幻性:"人们需要理想主义的光辉却不要理想主义的偏执与狂妄自大。……单纯的理想易于通向假大空的自欺欺人。"④20世纪末王蒙根据自己的发现与思考曾

---

① 王蒙:《革命·世俗与精英诉求》,《读书》1999年第4期。
② 王蒙:《我在寻找什么?》,《文艺报》1980年第10期。
③ 王蒙:《王蒙文存·中国文学怎么了》,北京:人民文学出版社2003年版,第97页。
④ 王蒙:《理想与务实》,《文学自由谈》1993年第3期。

大胆断言："21世纪的一大遗产正是理想主义的碰壁。"①他也终于意识到："你再伟大，也还生活于俗世，离不开世俗呀。……我们对于世俗化，恐怕还得接受、包容、引导和提高或暂时挂之起来而不宜一味咒骂拒绝。"②

　　20世纪90年代，经历了社会转型期变化的王蒙终于写下属于自己的人生处世哲学——"平庸不是罪，通俗不是罪"③，开始认同文化的此岸性与人间性，认同人类的世俗性与常态性，这种对现实生活的体认对王蒙重新建构中国形象无疑极为重要。1993年，王蒙发表了著名的《躲避崇高》一文，充分肯定了王朔写作的平民化立场，从一直寻求创作的"制高点"到肯定王朔"蹲着写"的文学，王蒙文学视野中开始出现平凡生活的印记，他充分肯定大众化的价值观念与宽容的文化氛围，也使他的作品有了一些可触摸性。王蒙曾在《暗杀3322》(1994)创作谈中这样说："我是太'干部'、太'知识分子'、太理想、太洁癖与太追求了。这次有意识地生活一点、'大众'一点。"④因此，回归日益开放的现实，躲避崇高单一的文学叙述就成为王蒙20世纪80年代中期之后中国形象建构的认知基点。但是王蒙从理想到现实的转变，体现在中国形象的建构上不是中国形象形态的决然转换，对于理想王蒙还是有所留恋，而对于现实他也还是有着精英知识分子的提防，所以王蒙一方面注目现实，但另一方面又不忘精英文学创作的精神所指，这就是王蒙现实性中国形象建构的特质所在。王蒙提倡躲避崇高，指的是躲避那种把崇高唯一化的写作倾向，他倡导正视世俗但也没有把世俗绝对化，他希望在崇高与现实之间寻找到一种兼容并蓄的从容状态，因为在王蒙看来，理想不全然是空洞的，现实也有可能充满了荒诞与虚无。王蒙曾批评王安忆的小说过于入世，缺乏理想与热情的光照；而张承志的小说又过于理性与热情，从而缺乏可触摸性，他自己

①　王蒙：《沪上思絮录》，《上海文学》1995年第1期。
②　王蒙：《革命·世俗与精英诉求》，《读书》1999年第4期。
③　王蒙：《我的处世哲学》，载《王蒙自述：我的人生哲学》，北京：人民文学出版社2014年版，第234页。
④　王蒙：《我写〈暗杀3322〉》，载《论文学与创作（下）》，北京：人民文学出版社2014年版，第90页。

则力图在二者之间寻求一种平衡,既观照可触摸性的生活,又渴望某种精神的烛照。所以在 20 世纪 80 年代中期之后王蒙的创作就开始逐步展示了叙述的多元性,作品中所建构起来的中国形象多了很多人间烟火味,更加接近现实生活中的中国形象本体,但同时又具备着一定新理想主义的精神内核,是一种理想主义与现实主义交融而成的中国形象,理想是其底色,现实是其形态。

二是对中国形象单一性与多元性的重新认知。1987 年,王蒙发表了《文学三元》一文,在文中王蒙指出:文学首先是一种社会现象,文学可以宣传,但这只是它的功能之一,除了社会现象,文学还是一种文化现象与生命现象,文学的这三个棱面,最后都应统一于作为文学主体与客体的"人"身上。王蒙这种对文学的反思无疑契合了当时社会"人的文学"复归的潮流,但他的反思又不仅停留在"人的文学"之上,王蒙所强调的文学乃是一个文学的三元共同体,这里社会性、文化性与人性缺一不可,任何偏执都可能导致文学的偏狭。这种文学创作观念在 20 世纪 80 年代中期文坛上出现意义深远,因为在当时的文坛,文化中国形象的塑造成为一时风潮,寻根文学成为文坛的宠儿,对于这种注重从文化的视角去塑造中国形象,王蒙是有过质疑的:"一味强调文化性,又是寻根,又是深山老林,又是老庄周易,或者一味强调移植引进反省杂交,虽不等于社会进步中的反对派或什么崇洋媚外,却也是另一种类型的画地为牢、一种新的文化八股。"[1]确实,一味注重从文化的角度去观照中国,由此塑造出的中国形象必定是偏狭单一的,同样,一味强调文学的政治教化功能塑造出来的中国形象同样也是偏狭单一的。20 世纪 80 年代中期随着中国社会的发展与转型,王蒙对于文学如何反映现实有了更为深刻的反思,他曾说:"我也坚决反对用政治说教代替文学,反对离开了具体的、活生生的人的观察、体验和表现去表现政治,反对把直接影响政治作为文学创作的首要目标。"[2]而且还说:"本着社会革命、社会改革的热情,强调文学的社会功利性是可以理解的,有时是天经地义的。但只知其一不知其二、其三,就会

---

① 王蒙:《文学三元》,《文学评论》1987 年第 3 期。
② 王蒙:《〈冬雨〉后记》,载《论文学与创作(下)》,北京:人民文学出版社 2014 年版,第 118 页。

造成对文学现象的理解的隔膜与偏颇狭隘,就会使文学乃至整个精神生活贫乏化,令作家生隔行如隔山之叹。"①那种把文学的教化功能绝对化的主张显然是对文学发展的遏制。

面对 20 世纪 90 年代乃至 21 世纪更加纷繁复杂的社会,王蒙对于文学的反思开始走向深入,他发表了诸如《当代中国文学的新话题》(1995)、《市场经济条件下的作家与艺术家》(1996)、《文学与时代精神》(2012)等来探讨如何进行当代文学创作。任何一种文学都不是作家自说自话的艺术,它必须与社会、与时代、与人生产生一定的共时同构关系,当一个以经济建设为中心的经济中国时代到来的时候,如果文学仍然沉浸在对社会革命与政治功利性的关注中,这种文学显然是非正常的滞后文学,因为"今天的文艺,需要一种新的创作,需一种新的体会。"②在《狂欢的季节》(2000)里王蒙写到了钱文的发现,这其实就是他自己的新认知:"钱文认识到,革命只能是少数人的事业,绝大多数民众所要求的只是生活本身。这样的思考,对于革命的重新认识和修正,显然是很有意义的,革命并不是生命的一切,生活的内涵要远远大于革命。"③所以随着创作与人生历练的走向成熟,王蒙不仅要用文学来反映时代政治与记录时代的发展,更想用文学来反映一个时代与社会的全面整体形象。王蒙早期创作过于注重政治教化功能,政治性超越了个人性,集体欲望覆盖了个人欲望,王蒙说:"这样的文学的局限性是排他性强,简单的煽情,一厢情愿地对于生活的反映。"④要想摆脱中国形象建构的单一性,就要走进现实生活深处,因为有时表面的现实是一种虚假的表象,真正生活的真实隐藏在现实生活的深处。从反抗世俗到走进生活,从立足于塑造政治化的中国形象到发现与反思多元化的中国形象,王蒙的创作视野无疑是被打开了,作品中的中国形象建构于是便具有了一定的现实指向性与审美意义,他的《活动变人形》《坚硬的稀粥》《青狐》等创作,就是力图从文化与人性、文化与社会、文

---

① 王蒙:《文学三元》,《文学评论》1987 年第 3 期。
② 王蒙:《文学与时代精神》,《文艺报》2012 年 6 月 1 日。
③ 张志忠:《追忆逝水年华——王蒙"季节"系列长篇小说论》,《文学评论》2001 年第 2 期。
④ 王蒙:《泛漫与经典:当前文艺生活一瞥》,《文艺研究》2010 年第 7 期。

跨文化视域下当代"中国形象"的建构

化与政治等多元化视角建构中国形象的成功尝试。

如今,中国社会发展早已步入新世纪,对于王蒙来说,虽然他的创作一直紧跟时代的发展在不断调整与变化,但他作为精英知识分子的主流话语情怀仍然没有消弭,他仍执着于在世俗与崇高、理想与现实之间构筑中国化的主流中国形象;虽然有些力不从心,虽然饱受争议,但他仍然在努力,《这边风景》(2013)与《闷与狂》(2014)的出版就是明证。

第二节　坚硬与变形的形象变奏

陈思和在评价王蒙创作时曾说:"如果后人需要从文学中了解当代中国的政治文化史,了解这一段少年清纯是怎样在时代的和自我的风暴中发生蜕变,是怎样在与现实的淤泥拥抱中变得污浊不洁,又是怎样在千疮百孔的惨剧以后变得成熟、丰富、藏污纳垢而又有容乃大,那么,王蒙的作品会是最理想的读物。"①确实如此,王蒙作品就是当代中国发展的形象展示史,他的创作与新生的中国一起生长、成长、转化、成熟,但又绝不是当代中国政治、文化与经济发展的如实记录。王蒙游走于时代与社会之中,用主流的视角与知识者的意识努力建构他所观察与感受到的中国形象,这种中国形象既有主流意识形态的渗透,又有着知识分子的反思与批评,更有着从他者异质化到中国本土化的艰难蜕变。

一、青春中国:泛政治化时代的社会集体想象物

在比较文学形象学领域,异国形象多半是建立在社会集体想象物之上的关于异国形象的隐喻认知,而社会集体想象物说到底就是对他者的想象,它是在与其他文化对立、比较中确立的。从社会集体想象物层面来观照王蒙早期的中国形象塑造,不难发现,其实它在本质上也是在对他者(主要指苏联文化)的想象基础上建立起来的,因而这种中国形象带有着

---

① 陈思和:《关于乌托邦语言的一点随想——致郜元宝:谈王蒙小说的特色》,《文艺争鸣》1994年第2期。

66

群体性的想象特质，是一个泛政治化时代的有关中国形象的乌托邦想象。

　　1949 年，新中国的成立在世界范围内树立起了一个红色中国的形象，中国社会的性质发生了重要转变，体现在文学叙事方面，这一时期以"革命与政治"叙事为主的中国形象建构基本取代了以"启蒙与拯救"叙事为主的知识分子想象，中国新文学的格局也随之发生了重要转换，多声部的合唱变成了单一的齐鸣，文学开始进入"共名"的写作状态。在当代文学轰轰烈烈的发展与转换之中，王蒙主动融入时代的洪流，让他的文学想象与时代一起前行，因此，过滤社会的部分负面与阴暗面，记录与想象时代的阳光与正能量，就成了王蒙早期作品中国形象建构的主要色调，这类中国形象的建构因为洋溢着浓郁的理想主义色彩而不可避免地带有着乌托邦的印记。然而，即便如此，在当代文学早期共有的伪浪漫主义的中国形象整体性书写之中，王蒙作品的中国形象建构却并没有被时代的巨浪吞没，反而在"共名"的时代写作中彰显出了自己的位置与意义，成了当代文学发展之初中国形象建构的重要代表。

　　20 世纪中国社会的发展史就是青春中国的奋进史，从梁启超《少年中国说》的倡导、李大钊"发新中华青春中应发之曙光"的呼吁①，到郭沫若"我年轻的女郎"（《炉中煤》）的深情呼唤，再到闻一多与艾青诗作中反复歌咏的太阳、黎明等，相对于铁屋子一般令人窒息的老中国与旧中国，青春中国的形象一直是中国现代作家想象未来中国的基本形态，对青春的歌咏就是对整个中国崭新民族精神的一种呼唤。随着 1949 年新政权的诞生，中国形象更加具有了新生的色彩，如何用文学塑造出与时俱进的新中国形象，是王蒙需要用心思索的一个问题。出生于 20 世纪 30 年代的王蒙虽然有着一定的资历与光环，但他没有经历过战争的洗礼，也不熟悉工农兵的生活，年轻的他尚不具备宏大叙事的能力，更多具有的只是激情与理想，因此避开具体的历史事件，从情绪入手，用理想主义与激情主义照亮自己的写作，用青春的浪漫与诗意来描绘心目中的青春理想国，这就是王蒙政治中国叙事的情感立场，无论是早期的《青春万岁》还是后来

　　① 李大钊：《〈晨钟〉之使命》，《晨钟》创刊号 1916 年 8 月 15 日。

的"季节"系列小说,莫不如是。因此在中国形象的塑造与建构上,王蒙有效地承传了现代文学青春中国这一集体想象物的叙事传统,让他的青春中国形象构建具有了一定文学史的意义与价值;能从青春知识分子的形象塑造角度出发来想象青春中国,更是王蒙对中国现代文学集体想象传统的另一种传承。

　　中国当代文学的发展相对于中国现代文学而言,在很多方面呈现出断裂的状态,尤其是在知识分子形象塑造方面。中国现代文学从鲁迅开始,便开辟了知识分子形象建构的重要领域,如鲁迅作品中沉重的青年知识分子彷徨形象,郁达夫作品中迷惘的青年知识分子感伤形象等,无不表达着现代青年知识分子对建构现代中国的强烈渴望,正如胡适对青年们所说的:"争你们个人的自由,便是为国家争自由! 争你们自己的人格,便是为国家争人格! 自由平等的国家不是一群奴才建造起来的!"①青年知识分子的话语与形象建构在现代文学中一直是与国家形象建构紧密相连的。然而随着中国社会由思想变革进入社会与政治变革,文学中的知识分子叙事开始逐渐被工农兵叙事取代,知识分子则开始成为"懦弱"与"无知"的代表,教育与改造成为他们最为急迫的任务。1942 年,毛泽东在《整顿学风党风文风》一文中说道:"许多所谓知识分子,其实是比较的最无知识的,工农分子的知识有时倒比他们多一点。"②同年毛泽东在延安整风运动中又说:"拿未曾改造的知识分子和工人农民比较,就觉得知识分子不干净了,最干净的还是工人农民,尽管他们手是黑的,脚上有牛屎,还是比资产阶级和小资产阶级知识分子都干净。"③至此,知识分子的改造被提到意识层面,发展到当代文学中的变化就是以工农兵为主人公的革命政治文学逐渐取代了以知识分子为主的家国想象书写,即便是有知识分子出场的作品,知识分子也是被改造的对象,最后最理想的出路就是被工农同化,譬如杨沫《青春之歌》中的林道静。1956 年 1 月,中共中央

　　① 胡适:《介绍我自己的思想》,载《胡适文选》,上海:东亚图书馆 1947 年版,第 10 页。
　　② 毛泽东:《整顿学风党风文风》,载《毛泽东选集》,沈阳:东北书店 1948 年版,第 943 页。
　　③ 毛泽东:《在延安文艺座谈会上的讲话》,载《毛泽东选集》,沈阳:东北书店 1948 年版,第 973 页。

召开了关于知识分子问题的会议,肯定知识分子与解放知识分子是这次会议的重要议题,王蒙敏锐地把握住了时代的先锋气象,创作出一系列关注知识分子题材的作品(其实王蒙的知识分子创作起于 1954 年的《青春万岁》,这更显示出其创作的先锋性)。

王蒙在 20 世纪 50 年代的作品主要是以青年知识分子为写作对象,在他的作品中,青年知识分子不是被改造与被审视的对象,而是被讴歌与赞美的群体,他们用他们年轻的思想去开拓与审视一切,也就是说,青年知识分子在王蒙作品中由新中国成立之前的被审视者变成了新中国成立之后的被赞颂者,这是王蒙青春中国形象塑造最为独特之处。这种青春中国形象的发现与感悟,是他对当时文坛创作题材一体化现象的有力反驳,是对中国现代文学中中国形象塑造传统的一种文化承接,同时更是对时代气象的一种及时性与前瞻性把握。在王蒙看来,青春代表着激情,激情能够创造奇迹,王蒙曾说:"在中国翻天覆地、高唱革命凯歌行进的年代成长起来的少年——青年人的精神风貌是非常动人和迷人的,特别是其中那些政治上相当早熟的'少年布尔什维克',给我终生难忘的印象,当然,我自己也是其中的一个。"[1]王蒙对这类人物情有独钟,他笔下的这些年轻知识分子就是青春中国的代表,他们与年轻的中国一起成长,虽然有些稚嫩,但却充满着灼人的朝气与诗意的理想。王蒙在《青春万岁》(1954)里就热情洋溢地书写了一群高三毕业生的青春生活,郑波、杨蔷云、李春、苏宁、呼玛丽等青年人,他们虽然有着成长的困惑、爱情的迷茫,但对家国的热爱与献身祖国建设的理想却是王蒙刻意张扬的。而复调小说《组织部新来的青年人》(1956)借反官僚主义的小说外相书写的仍是对知识分子先锋性的肯定。由小学教师转行进入组织部门的知识分子林震在新中国里发现、思考与成长,而政治的官僚者则在新中国里麻醉与消磨着自己,知识分子的成长与进步性不言而喻。在这部作品中对官僚主义的发现与思考固然是王蒙政治敏锐性的体现,但他更着意书写的是与新中国一起成长起来的年轻知识分子形象,1980 年王蒙就曾说:"在小说

---

[1]　王蒙:《文学与我——答〈花城〉编辑部××同志问》,载《论文学与创作》,北京:人民文学出版社 2014 年版,第 65 页。

中,我对两个年轻人走向生活、走向社会、走向机关工作以后的心灵的变化的描写,对他们的幻想、追求、真诚、失望、苦恼、自责的描写,远远超过了对官僚主义的揭露和剖析。"①青春中国的年轻人不仅是激情奋进的一代人,他们还敢于把高昂的理想与冰冷的现实进行对接,敢于质疑现实生活,敢于对抗权利话语,他们不是紧跟时代政治的跟跟派与妥协派,这种青年知识分子形象直接呼应了青春中国的锐气与朝气。

在几乎同色调的当代文学政治叙事里,王蒙从青年知识者角度切入建构青春中国的形象叙事显得与众不同,他虽也关注政治,但他却写出了一个时代的新生气象,"未必能有什么人像王蒙那样的歌唱新中国的诞生,新中国的朝气,新中国的第一代青年人了。如果没有《青春万岁》,难道不是一个时代的遗憾吗?"②确实如此,虽然这种气象带有一定理想主义色调与虚幻化的乌托邦色彩,虽然这种中国形象的话语形态缺乏人物更多私人化的个性印记,但它却展现出了一个时代前行的蓬勃身影,体现了王蒙作为一个主流知识分子渴望切入政治中国建设的使命意识,这种话语形态虽是共性的,却也是清新而不落窠臼的;虽写政治与革命,却闪耀着青春的灵动之光,其他如《春节》(1956)、《冬雨》(1957)、《眼睛》(1962)、《夜雨》(1962)等也无不如此。这一时期王蒙注重张扬的是与青春中国朝气相呼应的正能量,虽然写青年知识分子,但作品中没有了鲁迅与郁达夫等的颓丧与悲观。对于现实中存在的问题,王蒙并没有过滤与遮蔽,他敢于触碰与大胆揭示,并展现出乐观与美好的生活期许。当然,王蒙的乐观不是建立在对现实盲视基础上的廉价与虚伪,而是带有着一种宽容与希望的理想与浪漫,这正是一种对青春情怀的揭示,对于自己的这种创作主张,王蒙曾解释道:"虽然对于那些消极的东西我也表现了尖酸刻薄,冷嘲热讽,但是,……尖酸刻薄后面我有温情,冷嘲热讽后面我有谅解,痛心疾首后面我仍然满怀热忱地期待着。我还懂得了人不能没有理想,但理想毕竟不可能一下子变成现实,……所以我写小说的时候,比起来用小说揭露矛盾,推动社会政治问题的解决,我更着眼于给读者以启

---

① 王蒙:《〈冬雨〉后记》,载《论文学与创作(下)》,北京:人民文学出版社 2014 年版,第 118 页。
② 王蒙:《青春万岁》,载《半生多事》,上海:人民文学出版社 2014 年版,第 164 页。

迪、鼓舞和安慰。"①特别是对经历了战争之苦的新生中国人来说,拥有一些希望与美好确实是一种现实之需。

20世纪80年代的中国是经历浩劫之后焕然一新的重生中国,虽然"文革"的磨难还历历在目,虽然生活中仍然存有一种冷峻的调子,但这已不是主调,新的一切才刚刚开始,中国到处洋溢着勃勃生机,所以对于王蒙来说,这一时期中国形象的建构在本质上与新中国成立初期的青春中国是相呼应的。那种对现实中国的乐观与坚守,对未来中国的期盼与信心,直接承接新中国成立之初的精神气象而来,所以20世纪80年代初期王蒙中国形象的建构在本质上也是青春的、充满朝气与诗意的。作为一个回归文坛并开始进入主流话语圈的王蒙来说,干部身份与后革命时期的建设者身份的定位,使王蒙比任何时候都感觉到切入整个时代话语谱系的重要性与紧迫性,"这一身份定位使王蒙没有成为批判的知识分子而成为现实政治的参与者和合作者"②。1979年,王蒙在作协会员代表大会上慷慨陈词:"我们与党的血肉联系是割不断的!……即使在最痛苦的日子里,我们的心向着党。……回顾过去,我们并无伤感或者私人的怨恨。我们把党的挫折看作自己的挫折,我们认为医治我们的母亲——我们的祖国、我们的党身上的创伤远远比抚弄着我们自身上的疮疤要紧得多。"③因此在王蒙的笔下,20世纪50年代积极的知识青年很多变成了从"文革"中走出的政治受难者,他们有的是平凡的知识分子,有的是落难的国家干部,虽然他们大多数已经不年轻了,但拥有一颗乐观不屈的心是他们的共同特征。岁月对于这些政治受难者来说,增加的是现实的磨难,不变的却是坚定乐观的理想主义精神与建设重生中国的积极信念,在《布礼》(1979)中钟亦成就曾这样说:"回顾二十余年的坎坷,我并无伤感,也不怨天尤人。……任何力量都不能妨碍我们沿着让不灭的事实恢复本来面目、让守恒的信念大放光辉的道路走向前去。"④无论是钟亦成,还是张

---

① 王蒙:《我在寻找什么?》,载《王蒙专集》,徐纪明等编,贵州:贵州人民出版社1984年版,第37页。

② 郭宝亮:《论王蒙的文化心态及其传统认同》,《文学评论》2004年第1期。

③ 王蒙:《我们的责任》,载《王蒙文集》(第6卷),北京:华艺出版社1993年版,第752页。

④ 王蒙:《布礼》,载《王蒙文集·中篇小说》,北京:人民文学出版社2013年版,第102页。

思远(《蝴蝶》1980)与曹千里(《杂色》1981),以及翁式含(《相见时难》1982),他们虽然备受磨难与艰辛,但都重整旗鼓,重新出发,他们新生活的身姿,如同《杂色》中那个如风如电般奔跑的老马一样,一旦它跑起来后,所有的毛病都没有了,只知道一味前行。当然,在20世纪80年代初王蒙的创作一如新中国成立之初一样,也有很多对年轻人的正面形象塑造,这些年轻人一般都身处社会基层,如《风筝飘带》(1980)中的佳原,虽然面临着诸多现实问题,但从不悲观绝望,他的心就像风筝一样,在社会问题的洗礼中越飞越高。无论是落魄的曹千里们,还是卑微的佳原们,不屈与乐观都是他们形象共有的特质,他们有的虽然有着事实上被改造与被审视的历史经历,有的虽然仍然存在着比较严峻的现实问题,但实际上在作者的心目中,他们中的大多数同样不是被改造与被审视的对象,而是被肯定与被张扬的对象。在王蒙新时期之初的创作中,这些历经磨难与坎坷的主人公们对这个世界不是如伤痕与反思文学中的主人公一般,对过去充满了"我不相信"的诅咒与痛苦,而是积极摆脱过去的羁绊,去重申"我们相信"的乐观与坚毅,去建构新的自我身份的确认与回归,这乃是王蒙光明梦的基调,也是苏联文学与文化对于王蒙创作根深蒂固的影响体现。王蒙曾说:"是的,从杂色中,从深的湖中,我希望能表现出那最宝贵的东西来,那就是温暖,那就是光明,那就是没有忘怀严冬但毕竟早已跨域了冬天的春之声。……我要倾听新时期新生活的声息,我要表现新时期新人物的新生活,我应该写出更好一点的新篇章。"①王蒙以他敏锐的政治触角用创作直接呼应了邓小平在中共十一届三中全会上所做的《解放思想,实事求是,团结一致向前看》(1978)的报告精神,在作品中建构了拨乱反正之后的重生中国重整旗鼓的新气象,这种乐观的重生中国形象在本质上仍是青春中国形象的延续与再现。

真正健康常态的文学历来都不可能是单一化与同质化的,也并不是附庸政治的,正如新中国成立初期王蒙创作所具有的反思性与先锋性一样,这一时期王蒙在高扬时代主旋律的同时,也并没有彻底单一化自己的

---

① 王蒙:《倾听着生活的声息》,载《论文学与创作(下)》,北京:人民文学出版社2014年版,第41—42页。

创作。王蒙认为在十年浩劫和动乱之后，文坛需要的是能滋补人们心灵的如美酒与香茗般的文学，但文学同时也还要具有"号角、刺刀和手榴弹"①的作用。恰如在新中国成立初期敢于大胆触碰与揭露官僚主义等社会问题一样，这一时期的王蒙同样敢于把笔触深入社会的另一面，没有在高扬的主旋律之下抹去一些社会不和谐之音，像《悠悠寸草心》(1979)、《夜的眼》(1979)、《说客盈门》(1980)、《蝴蝶》(1980)等作品就揭示了在一个新旧交替时代，相伴一切希望而生的党风问题、社会不正之风问题以及干群关系问题等，虽然这些问题的揭示尖锐不足，浮泛有余。不过对于"干预生活"，20世纪80年代的王蒙有自己的理解："我不赞成把'干预生活'这个口号理解得非常狭隘。""文学的首要作用是塑造人类灵魂，培养社会主义新人，治愈人们灵魂上的创伤。"②因而对王蒙来说，在一个百废待兴的时期积极去治愈、去抚慰人们心灵上的创伤，这也是对生活的一种干预，他把暴露与颂扬都融合在他青春中国的更加趋于成熟的想象之中，只不过在颂扬与揭露之间他更倾向于颂扬。

无论是20世纪50年代新生的青春中国形象还是20世纪80年代重生的青春中国形象，激情与乐观始终是王蒙弹奏的主旋律，同时这也是当代政治中国主流话语的核心情绪。王蒙作为一名党员，一名中国社会的体制中人，一名开始走入仕途的党官，他在20世纪80年代之前的创作大多是属于一种体制内的创作，对于政党，他虽有着自己的一些独立思考，但依附关系还是很显在的，他所塑造的中国形象基本是一种体制内的中国形象，这是一种典型的主流中国形象。他就是他笔下所有人物的集中代表，他的中国形象的塑造虽然有来自他经历与体验的个性表达，但从整个文学史写作的角度来看，这种表达不可避免地具有一定的时代共性的色彩，用形象学理论概括可以称之为——"社会集体想象物"。在具体建构中，即便他力图进入社会文化的深处去反思中国形象建构的特色与意义，但这种反思还只停留在体制内的范畴，这一时期体制外沸腾的生活在

① 王蒙：《我们的责任》，载《当你拿起笔》，北京：北京出版社1981年版，第754页。
② 王蒙：《文学的力量在于打动人心》，载《王蒙文存·中国文学怎么了》(第19卷)，北京：人民文学出版社2003年版，第3—4页。

王蒙作品中几乎是被忽略与屏蔽的。王蒙创作这些小说的出发点即在于拥护与爱戴"中国"这一政治体制的国家观念本身,他关心的是中国共产党这一政党的命运与中国社会体制的发展,生活于体制中的人在他的作品中,从某种程度上来说只是他表达对体制与党忠诚的一个个符号而已,《组织部新来的青年人》可以叫林震,也可以姓赵、钱、孙、李,他就是年轻人的一个代名词而已,缺乏真正生动个性化的表达。王蒙的经历、身份等都让他对党与体制表现出一种道德上的绝对忠诚,这种忠诚伴随着新与旧的交遇,挟带着狂热与激情,托举着理想与信念之光,在体制内的大道上奔腾向前,于是,乌托邦的色彩势必相应而生,这是一种时代造就的必然,"因为在一个人格魅力普遍丧失的时代里,其精神的寄寓体只能是超越个人意义的共性语言"①。对于自己创作的这种政治大于生活、概念胜于事实的局限,新世纪的王蒙曾理性地反思:"现在看来,这里面也有很多幼稚,有很多理想和现实的脱节,甚至也有某种简单、片面和'极左'倾向的东西。"②对于自己所倡导的激情写作,王蒙后来也意识到了"有时这种激情甚至妨碍了我更客观地、从容不迫地、有秩序地叙述生活。"③总体说来,这一时期,虽然他力图进入社会生活的深处去建构中国形象,但很多时候他达到的通常只是生活与时代的表层。

从根源上说,王蒙早期中国形象塑造的这种局限与他所受的苏联文学影响密不可分,直到 20 世纪 90 年代王蒙还如此激情洋溢地评论苏联文学:"任何不带偏见的人读了苏联的文学作品都会立即爱上这个国家、这种社会制度、这种意识形态。它们宣扬的是大写的人、崇高的人、健康的人;宣扬的是社会主义的人道主义与历史进取的乐观精神;宣扬的是对于人生的价值,此岸的价值,社会组织与运动的价值即群体的价值的坚持与肯定;一句话——而且是一句极为'苏式'的话:苏联文学的魅力在于它

---

① 陈思和:《关于乌托邦语言的一点随想——致郜元宝:谈王蒙小说的特色》,《文艺争鸣》1994年第 2 期。

② 王蒙:《"只要能用得上的,我都不拒绝"》,载《王蒙谈话录》,北京:生活·读书·新知三联书店 2011 年版,第 28 页。

③ 王蒙:《撰余赘语》,载《论文学与创作(下)》,北京:人民文学出版社 2014 年版,第 72 页。

自始至终地热爱着拥抱着生活。"①从本质上说，王蒙的创作就是苏俄文学光明梦在中国本土的移植与延续，因此，王蒙据此所创造出来的中国形象在本质上来说其实就是一种异质化的形象，但问题是即便形象异质化了，王蒙也只建构了异质化形象的浮表，恰如贺仲明所言："他虽然抵达了苏俄文化的某些领域，但还没有真正体现出苏俄文化的核心精神，尤其是在人道主义关怀和悲悯情怀上有所不足，他的文学视域大都停留在个人生活和政治领域，没能进入真正深切沉静的人性审视中，没有在文化、历史、社会深度上进行深层的思考。"②也就是说，王蒙出发点与落脚点都在"人在政治中的关系，而不是政治关系中的人的命运"，因此"王蒙虽然也写出了人的政治存在的状态，但却忽略了人的存在的根本处境。正是这一重大的缺失，使王蒙的政治小说显得机智有余犀利有余而厚重不足"③。这一时期王蒙所塑造的主流中国形象不仅远未达到发掘社会、历史、文化与人性的深度，同时还由于文化视野的局限，这种主流中国形象的建构只是相对于苏联这个异域而建立起来的中国形象，尚未触及更为广阔的国际化与全球化的发展视野。

尽管如此，正如詹姆逊所说的："乌托邦文学是对欲望的公开表达，它有意识地唤起了人们对一个更美好的存在方式的欲望。"④王蒙就是通过文本叙事在作品中表达了他对于一个美好时代的种种幻想与欲望，从主流中国这一视角来看，王蒙的青春中国形象塑造恰是契合了那个时代政治中国形象的一切表征，其形象建构的局限其实正是那个时代政治中国本身的局限所致。对此王蒙后来也有着清醒的反思："计划经济的悲剧恰恰在于它的伪人文精神，……它实质上是用假想的'大写的人'的乌托邦来无视、抹杀人的欲望与要求。"⑤从这一点上说，他的主流中国形象建构却又是成功的，因为正如他自己所说："我写的关于中国革命的内容，与其

---

① 王蒙：《苏联文学的光明梦》，《读书》1993 年第 7 期。

② 贺仲明、戴俊艳：《论王蒙创作的精神资源》，载《王蒙·革命·文学》，温奉桥编，北京：人民文学出版社 2008 年，第 5 页。

③ 郭宝亮：《王蒙小说文体研究》，北京：北京大学出版社 2006 年版，第 122 页。

④ 林慧：《詹姆逊乌托邦思想研究》，北京：中国人民大学出版社 2007 版，第 42 页。

⑤ 王蒙：《人文精神问题偶感》，《东方》1994 年第 5 期。

说是辩护,与其说是保守,不如说我恢复历史以本来的面目。"①

二、杂色中国:后革命时代的社会发展思考

20 世纪 80 年代中后期以来,随着社会经济的发展与社会结构的转型,中国当代文学创作开始迎来了发展的新局面,那就是:"大写的人"的启蒙神话建构逐渐退场,普通人的人生欲望与理想开始受到关注,更多平民话语得以凸显,拒绝崇高,融入复杂的当下中国开始成为很多作家的创作选择。在这真正的后革命时代,文学中的中国形象不再理想与高昂,她开始向民间与生活靠拢,开始由单一的纯色逐渐转为多元的杂色,而在这之中,王蒙的每一次创作探索都成了关注的焦点。后革命时代王蒙的中国形象建构不仅消解了自己一贯主张的极端理想主义色调,开始更加贴近日益变动的社会现实,而且还与时俱进地展开了关于现实中国社会发展的先锋性思考,其中国形象的建构虽然主流基调仍是属于政治中国的,但本土化色彩却日益彰显,并且带上了鲜明的反乌托邦性,中国形象的建构愈来愈具有中国发展的个性化特色。

身居高位之前的王蒙,作为文学青年位卑却心怀天下,关注主流政治与政治中国,并在创作上努力与主流中国取同一步调,把文学与政治紧密相连,用文学来记录与展现一个时代的新生气象,因此建构成了这一时期王蒙主流中国形象塑造的主要功能。1979 年,被平反的王蒙从新疆体验生活归来,开始步入仕途,从中国作协北京分会副主席(1979)、中央候补委员(1982)、中央委员(1985)到文化部长(1986)以及政协委员、常委(1993)(直到 2008 年才从核心政治圈退隐)等,一跃而至真正的主流政治话语中心,成为一名名正言顺的主流作家。然而也正是在 20 世纪 80 年代中期之后,随着个人政治地位的提高,王蒙的创作却反而呈现出逆转的迹象,从主流开始转向民间。也就是说跻身政权高位之后的王蒙,并没有进一步提升与强化自己的政治文学创作,相反却在社会发展的转型期,在创作中开始逐渐消解鲜明的政治性,把创作与现实生活紧密相连;并且开

---

① 王蒙、张弘:《"天机"何以窥破——作家王蒙访谈录》,《社会科学论坛》2012 年第 12 期。

始反思中国在后革命时代发展道路上遇到的种种问题，政治只是作为创作中的一个元素而存在，而不再是其创作的全部主宰。1985 年正值社会转型发展之际，王蒙推出了《高原的风》与《活动变人形》两部作品，开始在作品中塑造超意识形态的中国形象——反乌托邦的杂色中国，反思于是开始成为后期王蒙中国形象建构的主要功能，正如《高原的风》中特级教师宋朝义所说的："当生活是痛苦的时候，我们为了生活而痛苦。当生活不再痛苦的时候，我们为了自身而痛苦。"①这种对人生、生活与社会的痛苦反思成了王蒙 20 世纪 80 年代中期后中国形象建构的主色调。

第一，这种反思首先体现在对于主流中国形象的个性化建构之上。文学反思功能的恢复应该说是 20 世纪 80 年代以来中国当代文学的最显要变化，无论是"知青文学"抑或"五七作家文学"莫不如是，这些作品大多具有审美上的共性："对（20 世纪）50 年代政治的否定和批判是他们写作的外在基本姿态，控诉和倾诉是他们许多作品的基本心理动机。"②王蒙新时期之初的创作虽同属于反思类文学，却显现出与此相异的叙事格调。在王蒙这类文学创作中，揭露与控诉显然不是他文学表达的目的，过去的曲折与磨难对作品中人物来说，是一种历练，目的在于磨炼人的意志与考验对党的信念，从而指向未来的新建构。正如《布礼》中的钟亦成，随着他个人的被清洗，增强的却是对党的崇高敬意和难以言喻的热爱，这种反思的目的显然在于新时期的社会建设与党性建设，而不在于对个人命运的关注，所以王蒙这类文学可以称之为"反思性的建设文学"，重在建设与坚守。20 世纪 80 年代中期以后，随着中国社会后革命时代的真正到来，政治与社会之间的距离已不再密不可分，文学的社会效应开始涣散，在这种时代背景之下，王蒙的创作立场开始由庙堂转向民间，开始试图站在真正人性、经济与文化等建设层面来反思社会革命与社会发展，这一导向的文学可以称之为"建设性的反思文学"，重在反思与发现，目的在于使政治中

①　王蒙：《高原的风》，载《王蒙文集·短篇小说（下）》，北京：人民文学出版社 2014 年版，第 25 页。

②　贺仲明：《自我的书写——"文革"后"五七作家"笔下的 50 年代》，《文艺争鸣》2003 年第 4 期。

国形象建构得更加丰满与现实。

在这一社会发展的转型时期,王蒙意识到:"中国的作家正在创造新的经验,怎么样最好地对待革命的成果,怎么样去创造更好的新生活,怎么样面对新的挑战新的麻烦。不会是丧失自我与个性,也不可能是不断煽情与呐喊……但不论如何,当年鲁迅式或高尔基式的光环与高调不再了。"①显然同质化的单一政治中国形象的塑造已经不合时宜了,政治中国形象的建构必须要紧跟社会发展生发出新质,对此,王蒙一直在反思与探索。譬如同是反映青春中国形象的作品,王蒙在20世纪90年代之后的"季节"系列中所展现的青春中国形象就没有了之前的纯净色彩,乌托邦的虚幻被打破,作者关注的重心从政治的表象转移到了政治的本质以及政治中的人身上,对中国的过去特别是"反右"与"文革"展开了深刻的反思与辛辣的批判。在《狂欢的季节》(2000)中王蒙这样写道:"眼见全国闹得大乱,凡是有点良心有点本事的人全揪出来了,又不能不忧心忡忡,不寒而栗。……全国人民都跟喝醉了一样,都跟发了功岔了气一样,反正你必须跟着主席走一条史无前例的金光大道!……全中国烧起了无名虚火!没有一个人知道这火为何而烧,向哪儿烧,究竟要烧几时。"②作为一个社会政治发展与变化的亲历者,王蒙反思政治的目的不在于声泪俱下的控诉,而在于一种思考与悲悯,正如童庆炳所言:"王蒙的'季节'系列艺术性地写了四大本,融入了他大半生的刻骨铭心的体验,除了对'青春无悔''爱情美丽'的诗意的感慨外,主要是揭露了新中国成立之后产生的这种流行的'社会心理模式'。"③也就是说,王蒙"季节"系列的意义就在于反思中国当代社会政治文化所给予普通人生活的影响,那种形成于政治年代的社会政治心理模式对人们生存的束缚与伤害,从而发掘它的镜鉴意义,所以很多人都把"季节"系列小说看作是中国革命知识分子精神演变的心灵史。

---

① 王蒙:《关于当代文学的答问》,载《王蒙谈话录》,北京:生活·读书·新知三联书店2011年版,第167页。

② 王蒙:《狂欢的季节》,北京:人民文学出版社2014年版,第70页。

③ 童庆炳:《历史维度与语言维度的双重胜利》,《文艺研究》2001年第4期。

20 世纪 80 年代中后期之后的王蒙还意识到，革命只是生活的部分而不是绝对的全部，能如他一般行走在时代潮头的也不会是大多数，大多数人所经历的只是平凡的生活，因此在王蒙政治中国形象建构的后革命时代，革命生活中也出现了大量革命外的生活描写，如在《恋爱的季节》（1992）中王蒙就写了种种复杂的爱情之思，作品的现实意义更为显著，由此而建立起来的政治中国形象更加真实可信。但是，政治中国形象的逐渐完善并不意味着王蒙写作理想与信念的消解，相反，在王蒙后革命时代的中国形象塑造中，那种如初的信仰一直存在，中国社会革命与发展的合法性仍是王蒙不可置疑的中国形象建构的基点。在《活动变人形》（1985）中的倪藻就曾说："革命并不是神话中的活命水，它并不能立即改变一切，并不能立即重新排列人形活动。不是因为革命不够伟大，而是因为革命的路是那样实在、曲折、漫长。即使可以批评革命没能够那么理想，像有些人所希望，有些人所应承的那样，又难道可以不革命吗？"①纵然革命有着它不可忽视的局限性，但它仍然是一种合法性的必然存在。在《恋爱的季节》中钱文曾说："但是我还是特别怀念一九四八、一九四九、一九五〇、一九五一年的日子。"因为他知道这些记忆里有他激情的青春印记，"他温习这些记忆，他咀嚼这些记忆并且从中得到一些继续奋勇前进的鼓舞"②。历史在给予经历者以局限甚至伤痛之时，也会留下有关新生活的感悟与启示，这就是王蒙作为一个主流知识分子的济世情怀。王蒙把过去与现在相连，力图从对过去的留恋中发掘当下生活的勇气与希望！历经磨难的钱文仍坚信："在中华人民共和国的土地上，生活快要发生变化了。不管怎么说，明天会更好而绝不是更坏。……钱文又来了劲儿啦。钱文身上的火种远远没有熄灭。"③因此，坚守既定的信念，积极融于现实生活，由此而建构起来的政治中国形象没有了形而上的乌托邦色彩，相反却具有追求形而下现实生活的动人印记，即便王蒙的新作《这边风景》与《闷与狂》也莫不如是，正如徐坤所说的："从《这边风景》到《闷与狂》，其意

---

① 王蒙：《活动变人形》，北京：人民文学出版社 2013 年版，第 304 页。
② 王蒙：《恋爱的季节》，北京：人民文学出版社 2014 年版，第 394 页。
③ 王蒙：《狂欢的季节》，北京：人民文学出版社 2014 年版，第 417 页。

义在于,一是信仰、大地、人民,这三个鲜明的主题,在王蒙作品中一以贯之,从不褪色。"①

在王蒙20世纪80年代后的中国形象建构中,政治中国的主流形象仍是其中国形象塑造的本体,与此同时,政治中国形象的内涵也在发生着变化,最大的变化便是政治中国中俗世形象的凸显。20世纪80年代中期之后随着市场经济的崛起,在知识界普遍感叹与呼吁"文学和人文精神的危机"之时,王蒙却提出要"躲避崇高",开始注目俗世生活,他说:"人文精神应该承认人的差别而又承认人的平等,承认人的力量也承认人的弱点,尊重少数的'巨人',也尊重大多数的合理的与哪怕是平庸的要求。"②在20世纪80年代中期之前的王蒙为了追求崇高而拒绝俗化,如今为了融入俗世而提出要躲避崇高,可见任何创作理念都不是一成不变的,它会随着时代与社会的发展而变化。为了纠偏之前主流中国形象建构的不食人间烟火味,这一时期王蒙开始在作品中大量铺写俗世、俗人、俗事来完善政治中国形象的丰富性。虽然在之前的王蒙小说中,这种俗世、俗人、俗事也有显现,如《莫须有事件——荒唐的游戏》(1982)与《在伊犁》系列(1983)等,但还没有成为王蒙叙事的主调。在王蒙的"季节"系列里,尽管叙事的主调仍是政治、革命与青春,但民间话语与俗世生活已大量出现。在《恋爱的季节》(1992)中,虽然故事的发生背景仍是20世纪50年代的中国,可爱情不再遮遮掩掩,人性有了真实的表现,爱情与时代、爱情与理想、爱情与现实等关系有了深入的展现,对爱情本身的思考也开始出现,俗世生活的复杂性与生动性就这样被揭示出来。随着1992年邓小平南方谈话的发表,20世纪90年代的中国迈开了经济大发展的步伐,政治意识形态开始在人们的日常生活中逐渐被淡化,人们开始更加注重与强调平凡的俗世之乐。1995年,王蒙在《沪上思絮录》中就曾说道:"随着二极对立模式的终结,是世界开始结束了以意识形态为中心的运作形态与生活方式,而代之以经济活动为中心。这必然带来理想主义的一时式微与

---

① 舒晋瑜:《王蒙话语活力的思想火焰来自哪里》,《中华读书报》2004年10月29日。
② 王蒙:《人文精神问题偶感》,《东方》1994年第5期。

务实心态、实用主义的泛滥。"①中国自然也不例外，所以这一时期王蒙作品中所建构的中国形象，一方面展示的正是现实政治中国的新发展；另一方面也是对世界形势变化的一种回应。在王蒙的"季节"小说中，不仅革命还原成了生活中的革命，人性也开始被凸显与放大。在《狂欢的季节》(2000)中，革命的钱文开始走向平庸的生活，他养猫养鸡，满足于一家人平凡的小幸福，感叹做一个平庸人的福气，"钱文没有放弃革命，但是，他再也不会自命不凡地将自己想象成驾驭革命战车的救世主。钱文的一个重大觉悟即是，不能蔑视凡夫俗子的生活之中存在的真理。"②这与其说是钱文的转变毋宁说是王蒙的发现，也是 20 世纪 90 年代以来中国社会新转机对作者创作的影响。书写俗世中国，不是在作品中书写日常生活的表象就能达到建构中国形象的目的，现实生活是复杂无边的，善与恶、美与丑、崇高与卑下、现实与理想都汇聚其间，王蒙不仅直面它，更欲走进生活真实，揭示它的本质存在，于是便有了《青狐》(2003)的问世。王蒙曾说："这是我写得最用功的书。我无意掺和缅怀(20 世纪)80 年代，我只是告诉你们真相。"③《青狐》中的卢倩姑一生跌宕起伏，受尽磨难，她是落入凡尘的遭人唾弃的一只野狐，在红尘俗世中苦苦挣扎。在尘世之中，崇高的人性已不复存在，美好与希望早已被浮躁与喧嚣淹没。人要么空洞地活着，如杨巨艇；要么随波逐流，如米其南；要么皈依精神信仰，如卢倩姑。王蒙借文坛来写社会，这部小说既是对政治的反拨，更是对历史与现实的犀利剖析，郜元宝曾说："《青狐》简直就是作者在一场无血的精神杀戮之后对同时代人曾经辉煌的过去唱出的一首告别的挽歌。"④

从政治中国到俗世中国，王蒙作品中中国形象塑造的变化生动阐释了中国社会正在发生着的转变，也表明中国在经历了初创期的不平静之后，开始进入一个平稳发展的新时期，因为"一个国家生活愈正常气氛愈祥和作家就会愈多写一点日常生活，多写一点和平温馨，多写一点闲暇趣

---

① 王蒙：《沪上思絮录》，《上海文学》1995 年第 1 期。
② 南帆：《革命、浪漫与凡俗》，《文学评论》2002 年第 2 期。
③ 王蒙：《王蒙文集·九命七羊》，北京：人民文学出版社 2013 年版，第 429 页。
④ 郜元宝：《当蝴蝶飞舞时——王蒙创作的几个阶段与方面》，《当代作家评论》2007 年第 2 期。

味。到了人人蔑视日常生活,文学拒绝日常生活,作品都在呼风唤雨,作家都在声色俱厉,人人都在气冲霄汉歌冲云天肝胆俱裂刺刀见红的时候,这个国家只怕是又大大的不太平了"①。王蒙的这番文学与国家形象之间关系的解析是很有说服力的,而他的创作恰恰说明了国家形象变化与文学转换之间的互证关系。20世纪80年代中后期之后王蒙在文学创作上的躲避崇高与回看俗世并不是王蒙的新发现,譬如当时王朔、新写实等都已把创作视野投向俗世生活与小人物,但王蒙的俗世中国形象建构与他们不是同一谱系。在王朔与新写实主义等的小说中,创作者不仅关注俗世而且还沉入世俗,零度的叙述情感让读者很难在作品中找到光亮,这也正是他们的创作饱受争议之处。尊重俗世生活却又不沉溺于世俗,反而力图在世俗生活中建构一种新的理想主义,这就是王蒙俗世中国形象的基点。王蒙曾说:"我们的文学界内外已经饱尝假大空的超级口号之苦,人们厌烦了洋洋洒洒的空论,这是可以理解的。但反过来以为堂堂中华文学要走犬儒主义、玩世不恭的无理想无追求无道德的道路,也是荒谬的。这种赶时髦也很可笑可悲。"②因而在经历了《青狐》的自我否定与身份认同焦虑之后,王蒙的中国形象叙事最后又复归到了革命、政治与青春的叙事之上,出版了《王蒙自传》(2008)、《这边风景》(2013)与《闷与狂》(2014)等新作。

第二,这种反思还体现在对于主流中国形象建构的文化性思考之上。20世纪80年代中期之后的中国本质上仍是一个政治中国,但它已然不再是单一化的体制中国,她开始注重经济的发展,注重对俗世生活的建设,这些都能在王蒙小说的中国形象建构中得到及时性的体现。然而,在20世纪80年代中期之后,随着经济的快速发展,社会逐渐俗化,针对于此,文坛上开始掀起一股对抗性的文化复兴思潮,最典型的就是寻根文学的兴起。也就是说,在20世纪80年代中期之后的政治中国,中国形象建构的文化性思考开始进入知识者的视野。但是,中国形象建构的文化性

---

① 王蒙:《沪上思絮录》,《上海文学》1995年第1期。
② 王蒙:《文学:失却轰动效应以后》,载《论文学与创作(上)》,北京:人民文学出版社2014年版,第183页。

本质上不同于"文化中国"的概念。"文化中国"的概念最早起源于 20 世纪 70 年代末，经韦政通、傅伟勋、杜维明等人的提倡，风行于 80 年代后的英语世界乃至中国文坛。"文化中国"是一个抽象的概念，杜维明提倡"文化中国"的概念是"为了突出价值理念，强调人文反思，使得中国也成为超越特定的族群、地域和语言含意的想象社群"①。所以"文化中国"的中国概念不是指一个政治实体意义上的中国概念，也不仅限于中国本土，在本质上它是属于历史文化范畴与精神意义世界的概念，它不同于中国形象的文化意蕴说。20 世纪 80 年代后的中国，除了政治文化之外，传统文化、现代文化、西方文化等文化概念开始进入中国形象建构的视野，文化的建构与反思开始成为主流中国形象建构的重要特征。王蒙作为一个伫立时代潮头的弄潮儿，他总能及时把握住中国社会发生的一切新变，并把它汇聚到他笔下的中国形象建构中。

在 20 世纪 80 年代中期文坛，《活动变人形》（1985）的发表无疑具有石破天惊的意义，惯于政治思维的王蒙调转了创作方向，在缺失了政治色彩的背景下，在 80 年代中期寻根传统文化的热潮中，开始了对于中国传统文化的质疑与批判。在小说中，倪吾诚一直处于中国传统文化与西方文化的痛苦交遇里，他厌弃中国传统文化："我要告诉你，在中国，几千年来，根本就没有幸福，也没有爱情。"②但同时对于西方文化他又感到无法触及，这种觉醒了的痛苦与无法把控自己命运的苍凉，让倪吾诚变成了一个非常态化的文化受难者。从之前作品中的政治受难者到这一时期作品中的文化受难者，王蒙将笔触深入社会历史、文化与人性的深层，来反思中国传统文化与中国知识分子的命运，"倪吾诚的心灵历程，正是 20 世纪中国知识分子心灵历程的缩影"③，也是中国现代知识分子无法规避的文化之悟与现实之痛，作者借中西文化的交遇对"那些沉湎于幻想而行动无能的知识分子人生"④进行了必要的反讽。陈思和曾断言这部作品"几乎

①　杜维明：《杜维明文集》第 5 卷，郭齐勇、郑文龙编，武汉：武汉出版社 2002 年版，第 425 页。

②　王蒙：《活动变人形》，北京：人民文学出版社 2013 年版，第 242 页。

③　刘再复：《挚爱到冷峻的精神审判——评王蒙的〈活动变人形〉》，《文艺报》1986 年 7 月 26 日。

④　郭宝亮：《论王蒙的文化心态及其传统认同》，《文学评论》2004 年第 1 期。

预言了中国人在未来道路上的宿命"①,确实如此,在文化全球化的今天,如何对待传统文化与现代文化、民族文化与西方文化,这不仅是现在中国所面临的问题,同时也必将是未来中国所亟待解决的重要课题。在《冬天的话题》(1985)中,王蒙就把中西文化间的差异性转化为"早浴"与"晚浴"之争,同时对中国社会上的一些不良现象进行了深刻思考:"为什么有意义的争论最后都变成人事关系之争,变成钩心斗角之争,变成'狗咬狗一嘴毛'呢?为什么这种争论逼着你搞形而上学与绝对化呢?……也许明天就好了吧?"②并把这种思考延伸到了未来。王蒙常常通过中西文化之辩,对传统文化与本土文化进行深刻的自省,将文化批判与人性批判相融合,通过反思来揭示民族生存的寓言,传达出王蒙发展民族文化的现代性焦虑。《坚硬的稀粥》(1989)同样是对中国形象建构进行文化性反思的一篇佳作。王蒙写的显然不是一碗普通的稀粥,它是文化的稀粥,它形态虽稀却内质坚硬,不易改变,如何在上稀粥的同时掺杂其他一些早餐,这是王蒙带给社会的文化思考。王蒙就曾说过他爱喝稀粥,但又希望能不断尝试新经验,补充新营养,这样我们才会吃得更美好、更丰富、更营养、更文明、更快乐。③全盘西化与古板守旧都是中国社会文化固有的二元两级思维的体现,这种简单地对待文化的态度显然不是主流中国所应具有的文化情怀,王蒙的这些文化小说在表明自己文化价值判断与取向的同时,也无疑给当时文坛的"现代派"和"寻根派"注入了一股清醒剂。

在 20 世纪 90 年代愈来愈多元化的社会中,"倡扬多元,反对独断,崇尚理解和宽容的人际关系与文艺学术氛围,就成为王蒙 90 年代的基本思想。"④在中餐与西餐之间,在早浴与晚浴之间,在文化的激进与保守之间,在中学与西学之间,王蒙希望能够找到相融的通道,但在这之中,中国文化的立足点是不能撼动的。在《活动变人形》中作者借欧洲人史福岗之

---

① 陈思和:《关于乌托邦语言的一点随想——致郜元宝:谈王蒙小说的特色》,《文艺争鸣》1994年第 2 期。

② 王蒙:《冬天的话题》,载《王蒙文集·短篇小说(下)》,北京:人民文学出版社 2014 年版,第73 页。

③ 王蒙:《我爱喝稀粥》,《新闻出版交流》1994 年第 11 期。

④ 郭宝亮:《论王蒙的文化心态及其传统认同》,《文学评论》2004 年第 1 期。

口说道："我相信未来的中国肯定会回到自己的民族文化本位上来,不管形态发生什么变化。只有站在民族文化的本位上,中国才能对世界是重要的。"①但王蒙又不是一个彻底的文化保守主义者,"多年来我坚持一种说法:可以党同,慎于或不要伐异。最好是党同喜异、党同学异。……提倡多元互补,……认同世界的复杂性与多元性。……我一贯致力寻找不同的矛盾诸方面的契合点。我相信正常情势下的和为贵"②。王蒙的创作就是他思想的生动展现,从注重中国形象建构的政治性到反思中国形象的文化意味,王蒙作品中的中国形象开始日趋丰满与厚重,在呼应现实文化争议的同时,又使中国形象的建构指向了未来。

在中国当代文学的发展历程中,类似王蒙主流中国形象建构的创作实非王蒙所独有,但王蒙主流中国形象的建构无疑是独一无二的,正如孙郁所言:"不是所有的人都具有王蒙的背景、王蒙的视野、王蒙的先觉条件。"③作为诞生于 20 世纪 30 年代的作家,王蒙经历了新中国的诞生、成长与发展的历程,作为一个行走于中国主流政治文化圈的主流知识分子,王蒙的创作贴近时代,生动地勾勒了 20 世纪 50 年代以来新中国的发展变化,"这些作品写作时间和所涉及的时代(20 世纪 50 年代到 21 世纪初)基本吻合,几乎对当代中国生活进行了编年叙述,包罗宏富,气象森然"④。但他又不是简单地依附于这个时代,在当代中国社会的每一个发展阶段,王蒙创作的前沿性与复杂性却又有目共睹。对此,王蒙自己曾说:"说我依附,当然依附,今天我做的很多事情也是离不开这个体制的。可是,与此同时我要说明,我是一个很文学的一个人,我写东西从来不写教条,……如果讲独立思考,那我没有一分钟停止过我的独立思考。"⑤王蒙作为一个主流作家,在主流中国形象建构方面,是独一无二且不可替代的。

---

① 王蒙:《活动变人形》,北京:人民文学出版社 2013 年版,第 240 页。
② 王蒙:《我的处世哲学》,载《王蒙自述》,北京:人民文学出版社 2014 年版,第 233—238 页。
③ 孙郁:《王蒙:从纯粹到杂色》,《当代作家评论》1997 年第 6 期。
④ 郜元宝:《当蝴蝶飞舞时——王蒙创作的几个阶段与方面》,《当代作家评论》2007 年第 2 期。
⑤ 王蒙、张弘:《"天机"何以窥破——作家王蒙访谈录》,《社会科学论坛》2012 年第 12 期。

第三节　传播主体突显的形象传播

在比较文学形象学领域,形象学研究不仅包含形象塑造本身研究,而且还涵盖对形象文本的阅读与接受一方的研究(即传播研究),这是考察形象意义与影响的重要方面。从跨文化传播的视角来看王蒙,不难发现其在海外是具有一定影响力的。在美国,王蒙作品的外译种类超过五种①;在德国,王蒙的影响很大,"到目前为止,德国出版他的译作不下十种"②;在俄罗斯,王蒙则是当代中国作家"在俄罗斯最受到重视的一位"③;在日本,王蒙也是"成为受欢迎的作品最多的作家"④。作为中国当代文学中的第一代主流作家,一个党内体制中人,王蒙的作品在海外能有如此的影响力委实不易,因为王蒙作品的传播是很容易受到很多因素的制约的,如早期传播条件的局限、作品形象的意识形态性制约等,因此研究王蒙作品的域外传播,对于在域外如何塑造与传播主流中国形象有积极的借鉴意义。

一、域外译介:主体的显性干预效应

要想在世界性跨文化视野下确立文学中的中国形象,文本创作只是形象建构的第一步,文本的译介与传播则是后续的一项重要工作。中国文学没有一定的外译量,世界范围内的影响根本就无从谈起,中国形象的确立也就成了无源之水。中国当代文学最早最多的域外传播见于苏联,中国当代文学在 20 世纪 50 年代就已经开始传播到苏联,俄罗斯学者曾说当时苏联"出版了不少新中国成立以后的创作。……20 世纪 50 年代中期这种中国文学的翻译热达到了高潮,全国各地的出版社都积极出版

---

① 刘江凯:《认同与"延异"——中国当代文学的海外接受》,北京:北京大学出版社 2012 年版,第 61 页。

② 曹卫东:《中国文学在德国》,广州:花城出版社 2002 年版,第 147 页。

③ [俄]罗季奥诺夫:《中国文学走出去的步伐》,《小说评论》2009 年第 5 期。

④ 赵晋华:《中国当代文学在国外》,《中华读书报》1998 年 11 月 11 日。

中国文学,发行量很大,广大读者对新中国的态度很热情"①。但总体说来,20世纪50年代中国当代文学这种域外传播呈现的还是比较单一的局面,尚未建立起正常的国际传播范式。中国当代文学被世界显性关注显然始于20世纪80年代,这一时期随着中国社会发展进入新阶段,国门重新打开,西方文学蜂拥而入,与此同时,一些中国当代作家作品也开始远播海外。在20世纪八九十年代中国文学的域外传播中,王蒙作品外译量在同时期作家当中可以说是"很少有人能够企及的"②。王蒙也曾说在中国作家中,"我所知道的,莫言译出的作品最多,我可能是老二吧"③。由于王蒙作品在世界很多地方都有外译,这对于传播红色中国形象起到了一定的促进作用,因为这是来自红色中国本土的中国形象建构,显然与异域红色中国形象的他塑有着文化本体上的本质差异。

王蒙作品最早的外译本是捷克文的《冬雨》(1959),关于这已经得到了王蒙自己的确认:"捷克从1959年就翻译介绍了我的作品《冬雨》。"④但那一时期的译介基本是呈零散状态的。从20世纪80年代开始,王蒙作品的外译开始呈现出向世界各地扩散的局面,一共被译成20余种文字,外译量比较多的是俄文、德文、法语、英文、意大利文与日语等六种语言,大致翻译情况如表1:

表1 王蒙作品外译情况表

语种	翻译作品
俄文	《组织部新来的青年人》与《夜的眼》(1982)、《蝴蝶》(1983)、《春之声》与《海的梦》(1984)、《杂色》(1985)、《夜的眼》(1987)、《王蒙选集》(1988)、《春堤六桥》(1999)、《风筝飘带》(2002)、《春堤六桥》(2002)、《山坡上向上的脚印》(2004)、《王蒙中短篇小说集》(2004)等
英文	《夜的眼》(1982)、《组织部新来的青年人》(1982)、《不如酸辣汤及其他》(1983)、《夜的眼》(1984)、《布礼》与《相见集》(1989)、《高原的风》与《轮下》(1990)、《新疆下放故事》(1991)、《坚硬的稀粥及其他》(1994)等

① [俄]罗季奥诺夫:《中国文学走出去的步伐》,《小说评论》2009年第9期。
② 姜智芹:《中国新时期文学在国外的传播与研究》,济南:齐鲁书社2011年版,第221页。
③ 王蒙:《关于当代文学的答问》,载《王蒙谈话录》,北京:生活·读书·新知三联书店2011年版,第162页。
④ 王蒙:《王蒙自传·九命七羊》,广州:花城出版社2008年版,第260页。

续表

语种	翻译作品
德文	《组织部新来的青年人》(1980)、《风筝飘带》(1982)、《夜的眼》(1987)、《蝴蝶》(1988)、《王蒙小说选》(1988)、《说客盈门及其他》(1989)、《王蒙小说集》(1990)、《活动变人形》(1994)等
法文	《布礼》(1989)、《我又梦见了你》(1994)、《王蒙作品选》(1994)、《淡灰色的眼珠》(2002)、《新疆下放故事》(2002)、《哦,穆罕默德·阿梦德》(2002)、《葡萄的精灵》(2002)、《智者的笑容》(2003)、《跳舞》(2004)等
意大利文	《西藏的遐思》(1987)、《活动变人形》(1989)、《不如酸辣汤及其他》(1998)、《坚硬的稀粥》(1998)等
日文	《蝴蝶》(1981)、《风筝飘带》、《淡灰色的眼珠——在伊犁》(1987)、《活动变人形》(1992)等

　　王蒙作品外译表现出这样几个特点:一是出口以西方世界为主,特别是以欧洲为主的西方国家,这说明王蒙作品在西方世界具有一定的传播力;二是外译主要是以20世纪80年代作品为主,表明西方世界对处在改革开放之中的中国具有一定的了解欲望;三是译作中翻译量最多的作品是《活动变人形》,王蒙自己也印证这本书"先后被翻译成意大利文(康薇玛译)、俄文(华克生译)、日文(林芳译)、英文、韩文、德文(用名《难得糊涂》)"①。特别在苏联,"一次就印了十万册,抢售一空。……中国这边第一次印刷是平装两万九千册,精装若干,总数远比俄文版为少"②。从《活动变人形》的受欢迎程度可以看出,西方世界读者更为感兴趣的是面临中西文化交遇问题的中国形象,因为文化的交遇是全球化时代中国乃至世界任何一国都必须面临的问题。

　　王蒙作品在中国当代老一辈作家中首屈一指的外译量是如何形成的呢? 最主要与他大量参加国际文化与文学交流活动有关,俄国学者就说王蒙作品畅销俄国的外因就是因为王蒙"参与中俄文化交流活动中表现得最积极,他们与俄罗斯汉学界的交往最密切"③。西方世界对于中国文

① 王蒙:《王蒙八十自述》,北京:人民出版社2013年版,第146页。
② 王蒙:《王蒙文集·大块文章》,北京:人民出版社2013年版,第291页。
③ [俄]罗季奥诺夫:《中国文学走出去的步伐》,《小说评论》2009年第9期。

学历来有着根深蒂固的文化上的隔膜与政治上的偏见，在东西学交遇的不对等的背景之下，中国文学要想与世界文学进行真正对等意义上的交流，一定的主动传送就显得非常重要，对此，季羡林就曾说："今天的中国，对西方的了解远远超过西方人对中国的了解。……既然西方人不肯来拿我们的好东西，那我们只好送去了。"①王蒙在这方面为中国文学的域外传播建立了一个很好的范例。王蒙作品在 20 世纪八九十年代高产的外译量，与他作为中国主流知识分子大量出访所营造的影响力不无关联，因为出访本身就是对新中国形象的生动推广，这对文学外译起到了一种宣传造势的作用。王蒙从 1980 年任职作协书记处书记开始起经常参加一些国际出访活动，到他担任文化部部长之后，出访活动更加频繁与密集，他的行踪遍及欧、亚、非、北美及大洋洲等近 60 多个国家和地区，每到一处，他都会积极参与当地的文化交流，这在一定程度上提升了中国文学与中国形象的影响力。同时，这些文学交流活动又在一定层面上影响并改变了王蒙的创作，完善着他作品中的中国形象的塑造，因为 20 世纪 80 年代后的王蒙作品无论是艺术性还是思想性，对于之前的创作都是一种拓展，王蒙自己也说："我在国外的经验也是重要的，对许多事物的看法，我有时与众不同，除了独树一帜的自我表现的因素之外，……也和我周游列国的经验有关。"②具体说来就是驱散了"自己的坐井观天、抱残守缺、少见多怪与听见风就是雨（只是靠道听途说来认识世界）"③的局限。只有眼睛里有了世界，才有可能在作品里投射出世界性的眼光与经验，再加上创作主体的主动造势，其作品才有被世界性接受的可能。王蒙参加重要国际文化与文学交流的情况见表 2：

---

① 季羡林：《东学西渐与"东化"》，《光明日报》2004 年 12 月 24 日。
② 王蒙：《王蒙文集·九命七羊》，北京：人民文学出版社 2013 年版，第 314 页。
③ 王蒙：《王蒙自传·大块文章》，北京：人民文学出版社 2013 年版，第 399 页。

表2　王蒙参加重要国际文化与文学交流情况表

时间	出访地点	交流活动
20世纪80年代	德国、美国、墨西哥、苏联、朝鲜、阿尔及利亚、泰国、日本、意大利、罗马尼亚、波兰、匈牙利、英国、摩洛哥、土耳其、保加利亚、澳大利亚、新西兰、法国、埃及、约旦等20余国	聂华苓主办的"国际写作计划活动"(1980) 墨西哥"现实主义与现实"圆桌会议(1982) 苏联塔什干电影节(1984) 西柏林"地平线艺术节"与王蒙作品专题研讨会(1985) 纽约第48届国际笔会(1986) 日本创价学会和平与文化奖(1987) 获第13届意大利蒙德罗国际文学奖特别奖(1987) 伦敦国际出版年会(1988) 澳大利亚堪培拉"文学节"开幕式(1989) 戛纳电影节开幕式(1989) 意大利都灵书市(1989)
20世纪90年代	新加坡、澳大利亚、马来西亚、美国、日本、加拿大、韩国、英国、德国、奥地利、挪威、瑞典、西班牙、法国、德国、意大利等近20国	新加坡"国际作家周"活动(1991) 澳大利亚"全澳作家周活动"(1992) 哈佛三个月的研究访问讲学(1993) 美国"投资中国问题研究"(1994) 加拿大哥伦比亚大学东亚研究所春季研讨会(1995) 韩国"21世纪与东方文明"研讨会(1995) 美国康州三一学院讲学(1998) 联合国"全球文化研讨会"(1999) 西班牙"大众传媒及其他"国际研讨会(1999) 罗马"中国当代文学论坛"(1999)
21世纪	挪威、爱尔兰、瑞士、新加坡、韩国、墨西哥、美国、印度、日本、韩国、不丹、尼泊尔、毛里求斯、南非、喀麦隆、突尼斯、法国、埃及、荷兰、瑞典、菲律宾、印度尼西亚、越南、伊朗、俄罗斯、英国、乌克兰、爱沙尼亚、立陶宛、捷克、斯洛伐克等30余国	奥地利"社会、集团与个人"国际研讨会(2000) 香港"新纪元全球华文青年文学奖"颁奖典礼(2000) 韩国"中韩未来论坛"(2001) 新德里"中国印度名人论坛"(2001) 爱尔兰"尤利西斯节"(2002) 菲律宾文学讲座(2004) 俄罗斯科学院远东委员会荣誉博士(2004) 俄罗斯中国年、书展活动(2007) 韩国高丽大学王蒙作品研讨会(2007)

　　这只是一个不完全统计表格,但足以说明王蒙参与国际文化与文学交流活动的频繁,每个年代平均每年都有出访交流活动。笔者之所以不

厌其烦地收集整理王蒙大量的出访交流活动,是想为他作品的大量外译提供佐证。因为王蒙频繁地参与国际文化与文学交流活动,而且常常在会上发表演讲与言论,为中国文学的海外推广起到了一定舆论上的宣传造势作用。可以这样说,没有一定程度上的主动出击,作为中国主流文学是很难在西方世界占有一定影响力的。从意识形态角度来看,20世纪以来中国作家作品如果带有一定的政治性话题,往往都会在西方世界受到不一般的关注;而王蒙的作品确是带有意识形态性,但这种意识形态却是中国主流政治意识形态的体现,而非西方感兴趣的反思体制性的意识形态性,所以王蒙作品的外译就需要自己主动的传送。对于中国主流政治,西方的偏见一直存在,所以放低身姿积极融入世界文学的交流之中,对于中国主流文学的传播来说尤为重要:一方面可以为中国文学的发展积极谋求世界性的沟通;另一方面可以在世界范围内树立来自中国本土的主流中国形象。这无论对于世界文学的繁荣,还是对于中国形象的传播,都是极其有益的,王蒙在这方面做出了很好的传播营销范例。当然,在王蒙作品的域外传播中,完全依靠中国政府有限的努力与传送显然是力不从心的,王蒙非常清醒地认识到建立域外传播力的重要性,因此他每到一个地方都与域外汉学家、翻译家们建立起一定的联系,经常性召开一些文学交流与座谈会,这一点我们可从王蒙自传中得到大量印证。王蒙在同时代作家中能保持高产的外译量,就在于有很多致力于他作品翻译的域外汉学家与翻译家的推动,王蒙曾说:"德国的顾彬曾经于1985年在西柏林主持过王某作品的国际研讨会,法国的傅玉霜、俄国的华克生与托洛甫采夫、意大利的费龙佐、韩国的金良守、墨西哥的白佩兰、日本的林芳等都下了很大功夫介绍我的作品给本国读者。"①没有汉学家与翻译家的介入,广泛的传播效应是很难建立的。

　　当然,从今天更加多元立体的传播视角来看,即便是在当时看来已经相当可观的王蒙作品的外译传播,也还是存在着一定的局限性,因为王蒙一生著述颇丰,其作品的外译量还没占到其创作总量的一半,原因何在?

---

① 舒晋瑜:《十问王蒙》,《中华读书报》2006年8月30日。

在那个时代王蒙作为创作主体,在传播中尽可能地发挥了积极作用,然而传播是一项复杂综合的工程,传播渠道的不畅应该是首要症结,当然这其中有着不可忽视的时代局限。对于中国作家作品如何走出去的问题,王蒙有着深刻的认知:除了依靠作家与出版工作者之外,"还要逐步培育中国当代文学书籍的经纪人,像冯骥才、舒婷、张洁、王安忆、张贤亮、铁凝、韩少功、张抗抗、张辛欣、陆文夫、史铁生、张炜、苏童、残雪、余华等的作品,都已有了国外的影响,他们的经验值得注意。反正不通过市场,作品是不会进入外国的千家万户的"①。在王蒙作品被陆续外译的那个时代,市场的运作尚未兴起,传播还受着明显的传播媒介的制约。此外,王蒙作品中意识形态因素也是影响其作品大量外译的不可忽视的要因之一。王蒙作品特别是带有着很强时代政治因素的《青春之歌》《组织部新来的青年人》与"季节"系列等就很少受到世界性关注,这些带有着一定苏联文学影响印记的作品在其他西方世界很难打开销路。即便是在俄罗斯,随着苏联的解体,随着对王蒙作品有着很深情感共鸣的俄罗斯老一辈知识分子退出文坛,王蒙作品在俄罗斯也渐渐缺乏译介与传播的后劲。与此同时,在王蒙政治中国形象塑造的作品中,大量政治术语的出现也给译介带来了一定的障碍,要想打开这类作品的域外传播局面,创作本身的调整显然也是必要的。

译介是传播之本,没有一定作品的外译,中国形象的域外传播显然都是无源之水、无本之木。王蒙作品的外译与后来的莫言及余华等虽不可相提并论,但从主流知识分子创作的传播角度来看,王蒙作品的域外传播终究还是成功的范例,是同时代作家无法比拟的,为政治中国形象的传播提供了一定的可以借鉴与思考的经验。

二、域外传播:主流文本的创作反思

跨文化视域下中国形象的世界性确立关键还在于作品文本的建构,因为中国形象的塑造是直接诞生于文本世界的,因此分析海外读者对中

---

① 舒晋瑜:《十问王蒙》,《中华读书报》2006 年 8 月 30 日。

国作家文本的研究就能够发现中国形象海外传播的大致情况。换句话说，作品的译介只是中国形象传播的第一步，传播效应的考量是中国形象真正确立的所在，这主要从读者接受关注上得以体现。只有对作品本身有了一定的关注与研究，中国形象才有被认识与接受的可能。

域外王蒙研究从20世纪60年代就开始了，最早的研究文章是大卫在《中国评论》(1964年第18期)上发表的《"百花之一"——王蒙的〈组织部新来的青年人〉》，这种研究视角与研究时间基本与国内呈同步状态。20世纪80年代以来，世界文坛对王蒙的关注日渐增多。在王蒙的海外研究中，比较多的是对他作品做社会政治层面上的思考，譬如澳大利亚菲尔·威廉姆的《一只有光明尾巴的现实主义"蝴蝶"》(1983)、美国安妮的《王蒙的故事〈坚硬的稀粥〉：一种社会—政治讽刺》(1992)、澳大利亚汉学家白杰明的《稀粥的风暴——王蒙和虚幻的中国政治》(1992)以及德国吴漠汀《1991—1992年中国的政治文学：王蒙的早餐改革》(德国波鸿大学出版社，1994年版)等。通过王蒙小说来考察中国政治与社会生活是王蒙研究的一个非常重要的视角。西方世界看中国文学，政治性历来是一个无法回避的重要因素，王蒙作品的政治性也是他作品域外研究的关注点。王蒙作为中国主流知识分子与仕途党官，政治性本来就是他作品的显著特征，虽然光明论是王蒙作品政治性的基调，但他的作品绝不是那种附庸于时代的简单创作，对社会政治他常常有着深刻的个性反思，无论是早期的《组织部新来的青年人》，还是后期的《活动变人形》及"季节"系列等，都是如此，没有个性的作品是很难打开西方读者市场的。从海外很多王蒙研究的文章当中，不难发现，很多研究者关注王蒙只限于这一层面上的认识与理解，那就是对中国政治的讽刺与反思，有的甚至会夸大其作品的批判性与否定性。顾彬就曾说："一个著名的例子就是1989年发表的《坚硬的稀粥》。很多人把这篇小说看成是给改革时期抹黑的作品。可我不认为这篇作品是在攻击国家的权威，而应该是对笼罩中国的无道德无纪律状态的一种批判。"①虽然顾彬反感对王蒙作品作过度政治化的解

①　[德]顾彬：《评王蒙的幽默》，《当代作家评论》2004年第3期。

读,但他的解读还是囿于批判中国的思维之中。对于很多西方的中国文学爱好者与研究者来说,没有对中国现实政治的批判,文学就不是真正意义上深刻的中国文学;没有与中国政府发生思想上的对抗,这样的作家都不算是真正有思想的作家。王蒙在他的自传当中就曾提到,一次他参加笔会的发言曾受到《纽约时报》的嘲笑,"他们说,所有的作家都抨击和蔑视他们的政府,除了王蒙,与会的所有作家只有王蒙在与政府的关系上感到舒服"①。但王蒙对这类批评向来不以为意,他创作作品不是为了取悦西方读者,他的作品首先面对的是中国读者,这点是王蒙创作的根基。作为一个主流作家,王蒙有着与别的作家不一样的政治情怀,在一个发展中国家,王蒙认为他的作品首先"是为了对人民有点好处"②,是为了在一个建设与发展的时代能给社会带来一点正能量,正如智利作家哈米耶·瓦尔迪维耶索所说的:"在王蒙的小说里,充溢着的正是对于革命的信念,对于社会主义制度的信心,中国人民将能解决他们面临的问题,这是肯定的。"③对一个自己从少儿时代就积极呼唤、期盼而来的新中国,王蒙一直是抱有着真诚的欢迎与期待的,所以他反映时代的创作有着他思想认知的合理性与必然性的一面,这确确实实代表了那个时代相当一部分人的生存之思。一个作家作品思想上的深刻性不一定非得要通过对抗政府来体现,刻意迎合西方读者的创作这本身就不是真正本土化的创作,在王蒙的作品中所建构的中国形象来自中国本土,西方世界为此而起的争议都是一种必然,正如王蒙所说:"一个以欧洲为中心的世界对于中国的少知与忽视,对于中国当代文学与当代作家的无知与忽视,这些都不足为奇,这些都令人觉得无趣。"④所以王蒙作品的政治性是一种立足于本土的政治性,他的拥护与反思都是奔着中国现实政治而发的,而不是立足于西方世界的一种反意识形态性的刻意流露。王蒙的创作本质上就是一种真正中国化、本土化与个性化的创作,它所确立的中国形象具有一定

① 王蒙:《王蒙自传·大块文章》,北京:人民文学出版社 2013 年版,第 314 页。
② 王蒙:《王蒙自传·大块文章》,北京:人民文学出版社 2013 年版,第 301 页。
③ 转引自王蒙:《王蒙自传·大块文章》,北京:人民文学出版社 2013 年版,第 301—302 页。
④ 王蒙:《王蒙自传·大块文章》,北京:人民文学出版社 2013 年版,第 317 页。

的文化主体意识,特别是他 20 世纪 80 年代中期以后的创作,莫不如是。

对王蒙小说新生叙述话语的研究也是海外王蒙研究的另一个重要视角,如意识流、幽默等,这是王蒙中国形象建构的外在形态。这方面代表性的成果有俄国谢尔盖·托罗普采夫的《王蒙小说中的"意识流"》(1988)、德国顾彬的《评王蒙的幽默》(2004)、美国查培德的《中国当代小说中的意识流叙述:以王蒙为个案研究》(1990)等。美国汉学家金介甫等西方学者充分肯定了王蒙创作当中的先锋意识:"在文学试验方面,王蒙总是比国内的同行先行一步。"①作为主流文学的创作,王蒙作品不是政治的简单图解与枯燥说教,相反,它常常充满着作者极度现代的表达,无论是在思想内涵上还是在艺术探索上都是如此,在这其中,王蒙意识流的创作手法备受世界读者肯定。王蒙意识流代表作《春之声》是被誉为中国当代文学史上开风气之先的创作,体现着王蒙创作求新求变的开拓。《春之声》创作于 1980 年,那个时候国门刚刚被打开,很多西方现代主义的思潮尚未蜂拥而入,对于意识流手法的运用实则是王蒙创作的一次本土化与现实化的尝试而已,王蒙说:"我自己的关于'意识流'的谈论是绝对皮相的与廉价的。我至今没有认真读过例如乔伊斯,例如福克纳,例如伍尔芙,例如任何意识流的理论与果实。对于意识流的理解不过是我对于这三个汉字的望文生义。"②意识流手法的运用是王蒙在后"文革"时代对改革开放与新生活激情期盼的意识体现,是王蒙文学创造力的生动展现,它彰显了一个新时代的诗意涌动,如《春之声》《海的梦》《深的湖》等。这些作品对王蒙来说都是他真情实感的流露,而非食洋不化的模仿,同时也是他试图开拓创作新空间的尝试与努力,王蒙曾自信地说:"一旦放开手脚,一旦打开心胸,如鱼得水,如鸟升空,如马撒欢;哪儿不是素材,哪儿不是结构,哪儿不是灵感,哪儿不是多情应笑我有无华发?"③王蒙四面开花的创作常令评论家有瞠乎其后之感,他的创造力与创新精神令人惊叹。而

① 转引自朱静宇:《域外风景:王蒙作品在海外》,《中国比较文学》2012 年第 3 期。
② 王蒙:《王蒙自传·大块文章》,北京:人民文学出版社 2013 年版,第 117 页。
③ 王蒙:《王蒙自传·大块文章》,北京:人民文学出版社 2013 年版,第 121 页。

他紧随其后抛出的《活动变人形》《坚硬的稀粥》、"季节"系列、《青狐》等作,在叙述话语上更有新的探索,在现代艺术手法的运用上更为大胆,在国内均产生过不一般的社会影响力,同时也引起了很多国外研究者的关注。金介甫就说从《坚硬的稀粥》中"洞见了王蒙不断的语言实验以及他为取得幽默讽刺效果而巧妙运用的先锋派技巧"①。在"王蒙文学创作国际学术研讨会"上,印度作家巴迪亚也曾说:"王蒙的小说超越了国家和意识形态的界限……思想大胆、意图清晰是王蒙小说的显著特点。"②毫无疑问,在中国本土,剥去王蒙身上主流政治者的光环,他的作品也足以让他在中国现当代文学史上留下深厚的印记。在一个多元开放的时代,那种墙内开花墙外香的作家是不多见的(意识形态因素除外),一个作家倘若没有一定的本土影响力,在海外也是很难进入汉学家与翻译家以及读者的阅读与研究视野的。

可见,没有一定程度上的对中国现实的先锋性思考,没有一定程度上的对于艺术探索的大胆追求,即便王蒙社会政治地位如何主流,其作品也很难在国外受到普遍的关注。中国作家作品在海外受关注的最重要因素还是在于作品本身,王蒙深知这一点,所以20世纪80年代他在海外出访时通常这样介绍自己:"我是一个作家,同时是一个部长。"同时又说:"我过去、现在和将来,都只想当一个作家。"③主流政治官员的身份也许会带来一些注意力与吸引力,但作家作品传播依凭的终究还是创作文本。在王蒙的外译作品中,我们发现还有部分是王蒙有关新疆题材的写作,譬如英文版与法文版的《新疆下放故事》以及日文版的《在伊犁》等,一些相关研究文章也开始涌现,譬如西方学者比克的《买买提处长轶事——维吾尔人的幽默:王蒙作品中的民间文学要素》,查玲的《王蒙的乡村生活和进展》等。其实在西方世界,中国本土民族化的文学还是存在一定的传播空间的,但王蒙这方面的译作与研究还不是很多,有待进一步推广与传播。

---

① 金介甫:《中国文学(1949—1999)的英译本出版情况述评》,《当代作家评论》2006年第3期。

② 温奉桥:《多维视野中的王蒙——"王蒙文学创作国际学术研讨会"述要》,《中国海洋大学学报》(社科版)2004年第3期。

③ 王蒙:《王蒙自传·大块文章》,北京:人民文学出版社2013年版,第397页。

塞缪尔·亨廷顿在《文明的冲突与世界秩序的重建》中曾指出:"在未来的岁月里,世界上将不会出现一个单一的普世文化,而是将有许多不同的文化和文明相互并存。"①在如今全球化的文化发展视域下,全球化不等于一体化,中国文学面对全球化的思潮无须产生认同的焦虑,特别是中国主流文学,坚守自己该坚守的,发展自己该发展的,适时与世界对接,这样的文学才是具有个性与充满活力的文学,文学中的中国形象才有可能真正具有中国化与本土化特质,同时又具有普世性与世界性的品质。

①　［美］塞缪尔·亨廷顿:《文明的冲突与世界秩序的重建·中文版序言》,北京:新华出版社2010 年版,第 1 页。

第四章　莫言:重塑东方化的中国民间形象

　　任何比较文学领域里的形象生成都有着相异文化交遇的创作背景,形象学家巴柔曾把两种文化交遇时的形态分为四种,也即认同、贬低、尊重与统一①,而比较文学形象学中的中国形象则通常具有鲜明的两极形象:贬低(常态)与认同(非常态)。无论是想象性的乌托邦式认同(偶尔闪现),还是成见性的意识形态性贬低(学体倾向),比较形象学领域里的中国形象都是非常东方化的,但这种东方化距离真正的东方中国其实比较遥远,正如赛义德在《东方学》中曾说的:“东方主义的所有一切都与东方无甚相关;东方主义之所以具有意义完全是取决于西方而不是东方本身。”②周宁通过大量的域外史实研究,发现:“西方自我批判自我改造时,中国形象就展示为肯定面(天堂),而西方自我认同自我扩张时,中国形象就表现为其否定面(地狱)。”③可见,西方的东方化本质上都是异质化的,误解误判随处可见,鲁迅在评论赛珍珠创作时就曾说:“中国的事情,总是中国人做来,才可以见真相。”④故而,极具东方化意蕴的中国本土创作在域外的传播,对于重塑东方化的中国形象具有深远意义。

　　在中国当代作家中,莫言无疑是最具世界影响力的一位,“是中国当

---

　　① [法]达尼埃尔-亨利·巴柔:《从文化形象到集体想象物》,孟华译,载《比较文学形象学》,孟华主编,北京:北京大学出版社 2000 年版,第 141—143 页。

　　② [美]爱德华·W.萨义德:《东方学》,王宇根译,北京:生活·读书·新知三联书店 1999 年版,第 29 页。

　　③ 周宁:《永远的乌托邦》,武汉:湖北教育出版社 2000 年版,第 22 页。

　　④ 鲁迅:《致姚克》,载《鲁迅书信集》,北京:人民文学出版社 1976 年版,第 444 页。

代作家中作品被译介到国外最多的一位"①，2012年，莫言问鼎了诺贝尔文学奖，让世界上更多的读者认识了他，并通过他了解到了一定东方本土化的中国形象。莫言曾说："如果说我的作品在国外有一点点影响，那是因为我的小说有个性，思想的个性，人物的个性，语言的个性，这些个性使我的小说中国特色浓厚。我小说中的人物确实是在中国这块土地上土生土长起来的。我不了解很多种人，但我了解农民。土是我走向世界的一个重要原因。"②莫言所说的"土"就是"本土"与"民间"之意，尤指来自乡土民间的民族文化特性，它是绝对东方化的，莫言曾说："一个作家要想成功，还是要从民间、从民族文化里吸取营养，创作出有中国气派的作品。"③莫言的创作来自民间，最终民间也成了他想象与建构中国形象的主要表现形态。在中国当代文坛，莫言所建构的中国民间形象个性鲜明，独树一帜，他的创作充分印证了鲁迅所说的"有地方色彩的，倒容易成为世界的，即为别国所注意"④的著名论断。

第一节　民间中国的发现与认知

　　形象学家巴柔曾说，研究比较文学形象学领域的形象时"不仅考虑到文学文本，其生产及传播的条件，且要考虑到人们写作、思想、生活所使用的一切文化材料"⑤，因为这些都是影响形象产生的主要因素，鉴于此，考察莫言笔下复杂多元的中国民间形象的建构缘由，将有助于我们更深入地洞察莫言笔下中国民间形象的表现形态、建构意义及价值。作为一个出生于农村的作家，莫言有着深厚的民间生活积淀，这对他的创作产生了深远的影响。对生于斯长于斯的民间的发现与思考，给予了莫言创作非

　　① 许方：《莫言获奖及其作品的翻译》，《中华读书报》2013年6月25日。
　　② 舒晋瑜：《莫言：土是我走向世界的重要原因》，《人民日报》海外版2012年10月9日。
　　③ 莫言、王尧：《从〈红高粱〉到〈檀香刑〉》，《当代作家评论》2002年第1期。
　　④ 鲁迅：《致陈烟桥》，载《鲁迅全集》第13卷，北京：人民文学出版社2005年版，第81页。
　　⑤ ［法］达尼埃尔-亨利·巴柔：《从文化形象到集体想象物》，孟华译，载《比较文学形象学》，孟华主编，北京：北京大学出版社2000年版，第120页。

一般的活力与意义,莫言曾说:"我能不断地写作,没有枯竭之感,农村生活二十年给我打下了坚实的基础。……它起到了发现自我的作用。……我大言不惭地说:'在 20 世纪 50 年代出生的作家中,如果列举前十五名,我应该榜上有名。'"①显然,莫言的小说创作多以观照农村乡土世界为主,莫言笔下的民间主要是以农村乡土为主的乡土民间,从 20世纪 80 年代的《红高粱家族》到 21 世纪的《生死疲劳》等莫不如是。对乡土民间的发现与思考使莫言的创作在中国当代文学中显得与众不同,这种发现与思考不同于鲁迅的乡土启蒙,也不同于沈从文的乡土迷恋,更不同于赵树理的乡土抒情,而是有着他自己独特生命体验的乡土发现。

一、形象视角:作为老百姓的写作

以乡土民间为观照对象的中国乡土文学创作是中国现代文学发展史中的一条非常显性的创作河流,在莫言之前就已成就卓著。回顾中国现代乡土文学创作,虽然出现过如鲁镇、未庄、湘西及白洋淀等一些民间中国的原乡形象,它们或代表着落后闭塞的民间,或象征着浪漫温婉的故土,反思也好,怀旧也罢,这样的创作总是充满着对现实人生的观照与批判,在取得了深刻性与前瞻性的同时,也存在着单一性与片面性的遗憾,特别是在鲁迅、沈从文、赵树理等乡土大家之后,中国乡土文学创作似乎很难再有新的突破与创新的可行性。新时期之后的乡土文学创作该向何处拓展? 新时期的乡土文学如何在跨文化视域下塑造与传播正处于转型期的民间中国形象? 这是摆在当代作家面前的重要挑战。因为在 20 世纪 80 年代,中国社会形态正在慢慢发生变化,在乡土文学创作中一味展现地方色彩与风俗画面,或一味地承接五四时期鲁迅式的启蒙情怀,显然都不能完全观照正愈来愈展现多元化色调的当代中国,正如丁帆所说:"在前现代、现代和后现代三种文明相互冲突、缠绕和交融的特殊而复杂的文化背景下,中国乡土小说既面临着种种思想和审美选择的挑战,同时也蕴含着重新整合'乡土经验',使乡土小说走向新的辉煌的契机。所有

---

① 莫言、王尧:《从〈红高粱〉到〈檀香刑〉》,《当代作家评论》2002 年第 1 期。

这些,正是中国的乡土小说作家们和研究者们应该深刻反思的问题。唯有反思,我们才能获得新生。"①中国乡土文学的创作显然面临着新的探索与变革。在这种背景之下,特别是在对西方文学的模仿胜于对中国民间文学开掘的 20 世纪 80 年代,莫言的出现就让人惊喜且惊艳。

在中国现代乡土文学创作中,无论是鲁迅、沈从文还是赵树理等,他们创作所秉持的视角无一不是一种知识分子的先验视角,很少有人能真正做到用"乡下人"的眼光来创作乡土文学。作为"侨寓文学"的乡土文学,很多创作者都是用一种"城里人"的视角与身份来进行创作的,所以当他们回望乡土之时,常不可避免地会表达他们作为"地之子"的知识分子对故土的焦灼与忧患。中国乡土文学的创作,如果都从类似的视角切入,那反映出的乡土世界必将是大同小异的,建构起的中国乡土形象也必然是类型化的。从中国现当代乡土文学的创作实际来看,"看与被看"早已成为中国乡土文学写作的既定模式,这种身份与思想上的互不相通显然在一定程度上制约着"看人者"的观照,形成他们认知的盲区,一些真实的乡土民间形象就很容易被遮蔽与被忽略。中国乡土文学的创作在鲁迅、沈从文与赵树理等之后要寻求突破,首先必须要突破知识分子惯用的启蒙与怀旧的创作模式,寻找新的进入乡土的方式。对于莫言来说,虽然他也是一个"侨寓城市"的"城里人",但他一直努力摆脱的正是这样一个"看人者"、"城里人"的知识分子叙述身份,所以正如王蒙所说的:"莫言他喜欢说自己是农民。莫言倒是没有那种思想家或者社会良心的姿态"②,而莫言自己也说:"我从来不认为我是个知识分子。"③他还说:"所谓的民间写作,就要求你丢掉你的知识分子立场,你要用老百姓的思维来思维。否则,你写出来的民间就是粉刷过的民间,就是伪民间。我想可以大胆地说,真正的民间写作,'作为老百姓的写作',也就是写自我的写作。"④这就是莫言塑造中国民间形象的基点:"作为老百姓的写作",而不是"为老

---

① 丁帆:《中国乡土小说史》,北京:北京大学出版社 2007 年版,第 18 页。

② 王蒙、郜元宝:《谈谈我们时代的文学》,《当代作家评论》2003 年第 5 期。

③ 莫言:《文学个性化刍议》,《文艺研究》2004 年第 4 期。

④ 莫言:《作为老百姓写作》,载《用耳朵阅读》,北京:作家出版社 2012 年版,第 70 页。

百姓写作"。如此才有可能摆脱知识分子叙述视角的束缚,摧毁叙述者与叙述对象之间的隔膜,才有可能发现不一样的乡土世界。

"为老百姓写作"即是为民代言,这是一种带有启蒙色彩的理性创作,本质上仍是一种知识分子写作,充斥着知识分子立场的思考倾向与价值判断,这样写出的民间其实与真正的民间仍然隔着一定的距离,所塑造出来的中国民间形象是经过创作者思想过滤后的局部民间,而非中国民间的整体,即便是鲁迅笔下黯淡的未庄与鲁镇亦是如此,因为鲁迅在创作这些乡土文学时采用的正是知识分子"'超人'式的'俯视视角'"①。其实在20世纪20年代的中国现代乡土文学创作中,大多数创作者采取的都是这般知识分子全知俯视视角,"人的文学"的发现与思考是启蒙知识分子惯有的且是必要的创作纬度,想要真正做到与叙述对象的平视其实很难。30年代,自称是"乡下人"的沈从文在创作乡土文学时努力"要贴到人物来写"②,但他所展现的乡土世界仍是经他过滤了的,且以此来对抗现代文明的诗意湘西。40年代,被誉为"人民艺术家"的赵树理,虽然努力采取的是"'平视'的目光,即以'乡下人'看'乡下人'而非'城市人'看'乡下人'的目光"③,但其文学叙述仍逃脱不了阶级论与革命论的范畴,其很多创作基本可以纳入"按当时需要授意写"④的框架。因而,在中国现代乡土文学的创作中,不难发现由于受社会时代因素的影响与创作者创作身份的局限,更多的乡土文学创作是属于"为老百姓写作"的文学范畴,"作为老百姓的写作"的中国现代乡土文学创作相对比较缺乏;而中国当代社会的快速发展与转型,以及创作者思想的自由与多元,这一切为当代乡土文学写作的真正民间化提供了一定的可能。

莫言的创作就是从发现乡土民间开始的。莫言10岁时就辍学回家当了农民,在农村度过了漫长的青少年时期,作为农村老百姓中的一员,他熟悉农村的山山水水,懂得民间的过往,了解民间生活的丰富与广阔。

① 丁帆:《中国乡土小说史》,北京:北京大学出版社2007年版,第38页。
② 汪曾祺:《我的老师沈从文》,载《我的老师沈从文》,郑州:大象出版社2009年版,第4页。
③ 丁帆:《中国乡土小说史》,北京:北京大学出版社2007年版,第166页。
④ 赵树理:《回忆历史,认识自己》,载《赵树理论创作》,上海:上海文艺出版社1985年版,第55页。

作为一个有着深厚农村生活阅历的作家,莫言深深了解中国乡土文学创作的流弊与遗憾,他想用自己的笔去发现以前被遮蔽、被忽视的中国乡土民间,首先需要做的就是忘掉自己的知识分子身份,真正以农民视角来看待乡村与土地。因而莫言常常提醒自己:"我是农民出身的作家,有一颗农民的良心,……我的观点是跟农民一致的。我绝对站在农民的一边。"①"我本质上还是一个农民。我身上流淌着的还是农民的血液。农村的一切,农民的一切都和我息息相关。"②其次就是选取相对平视的创作视角。正因为是"作为老百姓的写作",所以莫言在具体写作时,没有故作高深,没有把自己凌驾于叙述对象之上,而是努力选取与写作对象平视的叙述视角,意在发现前行者没有发现的另一种乡土民间的存在。再次就是不做任何知识分子的价值判断与取舍,以一个真正农民的身份去接近自己的叙述对象。莫言曾说:"作为小说家,轻易不要作出思想方面的判断,不要轻易说谁对谁不对。"③因为对于乡土民间这样辽阔的写作对象来说,任何轻易地判断都显得比较零碎而有限,任何有倾向性的叙述展现的都是局部而不是整体,只有对于乡土民间怀有尊重与敬畏之心,才有可能发现未被揭示的一切。当莫言采取这样的创作态度与创作视角去回望乡间之时,莫言感到"眼前豁然开朗,故乡的山川河流、风土人情,我的家庭中人的传奇经历,我自己在乡村二十年的痛苦生活,我从乡亲们口中听说过的传奇往事,都桩桩件件活灵活现地出现在我的脑海里,许多个性鲜明的人物,都争先恐后地奔涌到我的面前,向我讲述着他们的故事,请求我把他们写进小说"④。不进行简单地价值判断与道德评判,不进行粗暴地叙述干预,用这种平等的态度去发现民间,对所有的人物都一视同仁,这样就能发现民间被遮蔽的所在,所有的人物也才有可能进入莫言的写作视野。莫言在《四十一炮》创作谈中说:"我写这部小说时,是用一种

①　莫言:《大江健三郎与莫言在中国》,载《碎语文学》,北京:作家出版社 2012 年版,第 24—27 页。
②　莫言:《试论当代文学创作中的十大关系》,载《用耳朵阅读》,北京:作家出版社 2012 年版,第 208 页。
③　莫言:《细节与真实》,载《用耳朵阅读》,北京:作家出版社 2012 年版,第 132 页。
④　莫言:《没有个性就没有共性》,载《用耳朵阅读》,北京:作家出版社 2012 年版,第 136 页。

慈悲的平等的态度,来对待在欲望的泥潭里痛苦挣扎的芸芸众生。在我的心目中,好人和坏人、穷人和富人,都没有明显的区别,他们都是欲望的奴隶,都是值得同情的,也都是必须批判的。"①一个新的叙事视角会创造出一个新的叙述天地,一个新的叙事视角也会带来中国民间形象塑造的真正变革,正由于莫言创作"不含有知识分子装腔作态的斯文风格,总是把叙述的元点置放在民间最本质的物质层面——生命形态上启动发轫"②,所以他才能创作出如《透明的红萝卜》《红高粱》等让他一炮而红的与众不同的作品。在这种超越知识分子的叙述视角观照之下,中国乡土文学才有可能真正摆脱中国现当代文学创作中惯有的趋同化倾向,才有可能站在真正人性与民间文化的立场来建构与众不同的中国民间形象。

当然,任何知识分子的写作本质上都是属于知识分子视角与立场的范畴,真正纯粹的老百姓立场与民间话语是很难确立的,莫言也不例外。因为当莫言在强调自己身上的农民性时,这本身就是在建构一种新的知识分子话语体系,他的启蒙命意与价值判断终究还是存在的,譬如他对原始生命力的崇拜以及对于现代人性的批判等,只不过这些以一种更为隐形的方式不露痕迹地存在着。尽管如此,莫言还是努力摆脱叙述者的知识分子"他者"眼光,力图用一种作为老百姓的亲历视角来观照与叙述民间,这一切显示了他欲摆脱同质化与异质化东方化中国民间形象的努力,而实际上他所塑造出来的中国民间形象确是与众不同与焕然一新的,在一定程度上更接近了中国乡土民间的博大与深厚。

二、形象认知:民间的发现与思考

"作为老百姓的写作"是莫言所有写作一直努力站立的位置与进入的视角,何谓老百姓?老百姓的范围是广泛而笼统的,但是从莫言的小说中不难发现,他所言的老百姓就是处于社会底层的平民,"作为老百姓的写

---

① 莫言:《小说与社会生活》,载《用耳朵阅读》,北京:作家出版社 2012 年版,第 146 页。

② 陈思和:《莫言近年小说的民间叙述》,载《中国当代文学关键词十讲》,上海:复旦大学出版社 2002 年版,第 179 页。

作"就是要发现这些底层老百姓生活的民间，因此莫言十分肯定地说："我认为真正的民间写作就是'作为老百姓的写作'。"①也就是说，发现与建构被遮蔽的中国民间形象是莫言小说中国形象塑造的核心语码。

　　民间是一个相当宽泛的概念，它的多维度与多层次决定了它内涵的丰富性与多义性。莫言所指的民间是一种社会学意义上的民间形态，也就是民间社会，莫言说："'民间'实际上和当下的所谓'关注底层'、'描写底层'的口号是相互关联的。前三五年的'民间'实际上就是现在的'底层'。现在的'底层'和前些年的'民间'单独存在都是没有意义的，它们只有跟体制、庙堂、官方产生一种对抗才有它的价值。"②他又说："每个人只要不是生活在达官贵族之家，就是在'民间'生活，每个人都有自己的故乡，每个人也都有自己的'民间'。"③也就是说莫言的民间存在于一切非官方、非体制、非庙堂之外，莫言想在作品中建构的就是这种来自中国底层的、在政治话语与知识分子话语之外的民间话语空间，也就是如王光东所说的民间形态的一种，即"现实的自在民间文化空间"④。在中国新文学的发展历程中，中国真正民间形象的塑造一直未能引起足够的重视，在启蒙话语与革命话语两种主流话语模式主控之下，民间话语模式未曾真正确立。作为长期关注乡土民间的作家，赵树理就曾鲜明指出："新文艺是有进步思想领导的，是生气勃勃的，但可惜也与人民大众无缘——在这方面却和他们打倒的正统之'文'一样。"⑤因此，新时期文学以来，真正民间话语模式的建立成了很多作家寻求创作突破的所在。要想构建真正的中国民间形象，确立独特的民间话语创作模式，就必须关注与社会主流文化相异的民间文化形态。这种文化形态就是余英时所说的小传统文化形态，且这种文化形态常以"农民为主体，基本上是在农村中传衍的"⑥。陈

---

①　莫言：《作为老百姓的写作》，载《用耳朵阅读》，北京：作家出版社 2012 年版，第 66 页。

②　莫言：《先锋·民间·底层》，载《碎语文学》，北京：作家出版社 2012 年版，第 309 页。

③　莫言：《先锋·民间·底层》，载《碎语文学》，北京：作家出版社 2012 年版，第 308 页。

④　王光东：《民间与启蒙》，《当代作家评论》2000 年第 5 期。

⑤　赵树理：《'普及'工作旧话重提》，载《赵树理论创作》，上海：上海文艺出版社 1985 年版，第 157 页。

⑥　余英时：《中国文化的大传统与小传统》，载《内在超越之路》，北京：中国广播电视出版社 1992 年版，第 193 页。

思和也曾说:"中国真正的民间是在农村,事实上没有一个阶层,包括城市里的居民,含有农民那样对待土地的感情。"①而莫言也认为:"作为一个中国的作家,必然地会从本土的文化里去汲取创作的营养,必然地会从民间的生活中去寻找创作的资源,根本的目的是要写出具有中国特色和个性的小说。"②因此,对莫言来说,回望民间就成了他建构中国文学民间形象最为重要的文化选择,莫言的小说创作虽然也涉及了一些城镇书写,但主要还是以乡村民间为主,莫言曾说:"我是从乡村出发的,我也坚持写乡村中国。"③社会乡村民间给了莫言创作最新鲜的活力,赋予了他不拘一格的突破与创新的可能,正如陈思和所说:"如果以莫言创作中的民间因素来立论,莫言在20世纪80年代的创作就是一个标志。从《透明的红萝卜》到《红高粱》,莫言小说的奇异艺术世界有力解构了传统的审美精神与审美方式,他的小说一向具有革命性与破坏性的双重魅力,……正是他得天独厚地把自己的艺术语言深深扎植于高密东北乡的民族土壤里,吸收的是民间文化的生命元气,才得以天马行空般地充沛着淋漓的大精神大气象。"④

在世界文学范围内,真正东方化的中国形象建构必须从具有中国特色的本土文学中诞生,所谓中国特色的本土文学指的就是真正具有原创性的创作,而极具地域本土特色的民间与民间文化即是中国原创性创作的重要源头之一。为此,在进入21世纪后,莫言曾提出"大踏步撤退"的说法,他说:"所谓'大踏步地撤退',我的本意是要离西方文学远一点,……向我们的民间文化靠拢,向我们自己的人生感悟贴近,向我们的文学传统进军。我认为这个撤退,看起来是撤退,实际上是前进,向创作

---

① 陈思和:《民间的浮沉——对抗战到"文革"文学史的一个尝试性解释》,《上海文学》1994年第1期。

② 莫言:《关于福冈文化奖答新华社记者平悦问》,载《碎语文学》,北京:作家出版社2012年版,第281页。

③ 莫言:《大江健三郎与莫言在中国》,载《碎语文学》,北京:作家出版社2012年版,第29页。

④ 陈思和:《民间的浮沉——对抗战到"文革"文学史的一个尝试性解释》,《上海文学》1994年第1期。

出具有中国特色的、具有个性特征的文学作品大踏步地前进！"①因为民间是一个取之不尽用之不竭的文化资源所在地，且目前民间文化形态尚存有比较大的认知空间，"乡村文化的内核、结构、外在形式等（尤其是它在进入'现代中国'境遇之下的动态流变情形）至今散落在民间的、自生自灭的部分比起已经得到现代学术文化界不同程度的整理与表现的部分不知要多出多少"②。因此莫言的这种回望民间，目的不是在于揭示民间文化形态的落后与守旧，而是在于发现民间文化形态的原生性与创造性，建构被忽视被遮蔽的中国民间形象——一个混杂着丑陋与美好、平庸与光辉，一个令人爱恨交织的文化原生形态！正如莫言在《红高粱》中告白的："我曾对高密东北乡极端热爱，曾经对高密东北乡极端仇恨，……高密东北乡无疑是地球上最美丽最丑陋、最超脱最世俗、最圣洁最龌龊、最英雄好汉最王八蛋、最能喝酒最能爱的地方。"③

在莫言小说创作中，本着对于民间的发现与认知，他为我们创造了一个鲜活的中国民间形象——高密东北乡。作为一个从社会底层走出来的作家，莫言创作的关注点始终定位在他的故乡，那就是他写作赖以依靠的民间，他说："每个人都有自己的故乡，因此每个人也都有自己的民间。我写高密东北乡，那是属于我的民间。"④但莫言作品中的高密东北乡并不等同于他的出生地高密河崖镇大栏乡，它是莫言在作品中所建构的文学民间形象，是基于现实大栏乡基础之上的想象再造，莫言也说："高密东北乡不是一个封闭的概念而是一个开放的概念。"⑤它是一个用文学的想象力与创造力虚构出来的一个文学王国，它并不仅仅代表着山东高密这一地域的民间形象，而且还具有普遍性的所指。随着中国社会形态的发展，农村与城市之间的联系日益密切，单纯驻足中国乡村很难完整建构中国

---

① 莫言：《试论当代文学创作中的十大关系》，载《用耳朵阅读》，北京：作家出版社2012年版，第223页。

② 范家进：《现代乡土小说三家论》，上海：上海三联书店2002年版，第62页。

③ 莫言：《红高粱》，载《红高粱家族》，北京：作家出版社2012年版，第3页。

④ 莫言：《上海大学演讲》，载《用耳朵阅读》，北京：作家出版社2012年版，第169页。

⑤ 莫言：《作家应该爱他小说里的所有人物》，载《碎语文学》，北京：作家出版社2012年版，第335页。

民间的整体形象,因此莫言说"我想对故乡和'民间'的理解应该有所扩展。"①为此,他说:"我的高密东北乡实际上里面包括了城市,因为我前面的几部小说里面,像《丰乳肥臀》,包括这个《生死疲劳》里面,其中一半的内容已经到了城里去了。所以这个高密东北乡不能看成是一个纯粹的农村的符号,这个地方有城市,也有乡村。"②莫言后来写《十三步》《酒国》《怀抱鲜花的女人》等小说时,故乡的特征开始模糊起来,替而代之的是小县城与小集镇,但莫言说"尽管写的不再是故乡,不再是高密东北乡的地理环境,但依靠的还是那些记忆和体验"③。在莫言这里,"民间"概念本质上就是一个多元发展的概念,它包蕴深厚,指向广泛。总而言之,在莫言天马行空的想象之下,高密东北乡虽然是一个文学上的民间形象,指向的却是社会学意义上的广义民间;高密东北乡虽然是一个以农村为主的乡土民间,但指向的却是包含城市在内的整个底层民间。莫言甚至说:"我努力地要使它成为中国的缩影,我努力地想使那里的痛苦和欢乐,与全人类的痛苦和欢乐保持一致,我努力地想使我的高密东北乡故事能够打动各个国家的读者,这将是我终生的奋斗目标。"④因此,莫言这种来源于中国现实社会民间的文学民间形象一方面具有独特的东方化色调,但另一方面,莫言又努力使它具有人类学意义上的所指。

"作为老百姓的写作"是一种试图最大限度地接近老百姓的写作,这是一种具个性化与原创性的中国民间写作,这种原创性与个性化并不代表着封闭与落后、自我与自大,它是有着世界性文学视野的发展参照的,因为在20世纪80年代,莫言的创作始终是在世界性的文学视野之下进行的,莫言曾说:"只有个性化的作品,才是真正的文学","为了这种个性化的追求,我们都立足于本国家、本民族的现实,从自己的故乡出发,走向广大的世界,积极地向外国的作家学习,然后再回到自己的民间,千方百计地创作出具有原创性的作品。"⑤只有秉持世界性的创作眼光,坚守真

① 莫言:《先锋·民间·底层》,载《碎语文学》,北京:作家出版社2012年版,第308页。
② 莫言:《莫言八大关键词》,载《碎语文学》,北京:作家出版社2012年版,第292页。
③ 莫言:《茂腔大戏》,载《碎语文学》,北京:作家出版社2012年版,第7页。
④ 莫言:《福克纳大叔,你好吗?》,载《用耳朵阅读》,北京:作家出版社2012年版,第27页。
⑤ 莫言:《没有个性就没有共性》,载《用耳朵阅读》,北京:作家出版社2012年版,第138页。

正东方化的本土原创文学创作,才有可能在世界范围内重构人们对于东方化中国形象的概念认知。莫言"作为老百姓的写作"的民间发现,无疑是极具文学史意义与现实意义的创作探索。

第二节　生态民间形象的确立与精神建构

形象学家巴柔曾明确指出:"比较文学意义上的形象,并非现实的复制品(或相似物);它是按照注视者文化中的模式、程序而重组、重写的,这些模式和程式均先存于形象。"①形象学家利科甚至强调形象"想象就是对现实进行批判的工具"②。虽然形象自塑与他塑分属于形象学建构的不同体系,但本质上形象的文学想象性却是相通的,形象学任何体系内的文学形象都是作家想象的产物,它来自现实但不等同于现实。莫言的高密东北乡就是以现实社会民间为基础的中国民间形象的审美想象,高密东北乡在莫言的小说中,它不仅可以是喧闹的马桑镇(《民间音乐》)与西门屯(《生死疲劳》),也可以是变动中的大栏镇(《丰乳肥臀》)与朝阳区(《蛙》),总之,它力图接近的是中国原生态的民间形象,并以此折射出独特的中国气象与中国精神。

"生态"一词是属于生物学范畴的术语,一般指生物在自然状态下的生存与发展状态,从生态学角度观照民间,就是考察作家在塑造民间形象时有无克服狭隘的思维观念束缚,有无真正从人性的角度来建构民间形象。在民间形象建构中,生态意识的具备与否非常重要,因为它是以人的生命意识为本源的对民间的发现与思考,正如吴秀明所说:"生命的家本来就是绿色的。生态意识就是以寻求和培育人类的这种整体绿色为最高

---

① 〔法〕达尼埃尔-亨利·巴柔:《比较文学意义上的形象学》,孟华译,《中国比较文学》1998年第4期。

② 〔法〕保尔·利科:《在话语和行动中的想象》,孟华译,《比较文学形象学》,孟华主编,北京:北京大学出版社2000年版,第44页。

追求,这也是现代人对人类整体的'类关怀'———一种真正的绿色关怀。"①生态民间可谓是民间形象最本源也是最终极的存在形态,它原始粗鄙又纯朴自然,既扑朔迷离又强悍逼人,它既藏污纳垢又饱含生机,它就是莫言一直寻找、发现并努力建构的理想民间形态。

一、传奇化的民间形象:原生性的生命形态

在比较文学形象学内外,无论是中国形象的自塑还是他塑,中国民间形象的存在形态不外乎有这样两种:一是粗鄙化,一是理想化,体现着域内外作家类同的审美价值取向。新时期以来,随着中国社会的发展与变化,中国民间形象已不可能再用粗鄙化或理想化就能简单地加以定型与定性的了,中国民间形象的建构亟待新的突破。虽然民间总是会在一定限度内接受到来自国家权力或主流文化对它的渗透与影响,但总体来说,文学上的民间形象应该是活泼自在且良莠并存的,就像莫言所说的,能让他极端热爱又能让他极端仇恨,"民主性的精华与封建性的糟粕交杂在一起"②,既藏龙卧虎又藏污纳垢,这才是最接近真正原生态式民间的文学民间形象。对于在 20 世纪 80 年代走上文坛的莫言来说,他有关中国民间形象的文学建构从一开始便具有了反同质化与类型化的特质。建构中国生态民间形象最关键在于恢复民间的生态性,对莫言来说,民间生态性的最大特色在于它的传奇性,这是任何一套先验理论与政治意识形态都难以统摄的。传奇性的民间不是指民间的志怪、神秘与蛮荒,而是指它的复杂、包容与多向,因为真正从"作为老百姓的写作"立场出发,所看到的民间不可能泾渭分明,色调清晰,更多时候它具有一定的模糊性与难以分辨的色彩。真正民间的原生形态不是任何一个阶级意识与党派意识所能加以规约与阐释的,因此莫言常说:"我认为一个好的作家,是超阶级的,因之也应该是超越了狭隘的党派政治的。"③并且又说:"我觉得从《红高

---

① 吴秀明:《新世纪文学现象与文化生态环境研究·绪论》,杭州:浙江工商大学出版社 2010年版,第 5 页。

② 陈思和:《民间的浮沉——对抗战到"文革"文学史的一个尝试性解释》,《上海文学》1994 年第 1 期。

③ 莫言:《答法国〈新观察报〉记者问》,载《碎语文学》,北京:作家出版社 2012 年版,第 249 页。

梁》开始我就在做这样的反叛，就想在小说里面淡化这种阶级的意识，把人作为自己描写的最终极的目的，不是站在这个阶级或是那个阶级的立场，而是站在全人类的立场上。"①"我的小说很难分出正面人物、反面人物，……我的小说都是把他们当人来进行描写的。"②真正的民间就是由形形色色的底层民众所组成的，而这些人是很难从意识形态或精神理性的层面予以准确的定位或评判的，民间的原生性与传奇性就在于此。

　　在《红高粱》之前，莫言就已尝试站在老百姓立场去书写原生民间了，如《白狗秋千架》中的暖姑，她的美好与粗鄙，她的认命与不认命，各种相互矛盾的性格混杂在一起，知识分子"我"面对她，更多的时候竟是无言以对，甚至有被她启蒙的可能性，特别是小说结尾的"借种"一说显得尤为意味深长。《筑路》中杨六九为了拯救白荞麦而杀死了拖累她六年的植物人丈夫，在这里杀人的目的是为了救人，而为了救人却又不得不杀人，这些原生复杂的人与事已远超二元判断的简单思维模式。到了《红高粱》中，莫言更加肆无忌惮地书写他所发现与感悟的原生民间。抗日时期的高密东北乡处处都充满着传奇，历史与人物在这里都有了新的存在形态与面貌。在民间，传奇不仅普遍存在，而且还随着时代的发展生长出不同的形态。《丰乳肥臀》中莫言就以一个家庭的视角来书写民间的博大传奇，土匪、汉奸、国民党、共产党、民间艺人，甚至洋人等分别作为中国普通家庭的一名成员，融入这个家庭与社会的历史变迁中，于是惊心动魄的传奇故事层出不穷。小说的核心人物母亲为了抗击命运，倔强生存，与不同的男人借种生子，九个孩子来自七个不同的爹，这样的事件与人物已远超出伦理道德与价值评判的范畴了。在莫言的民间想象与民间塑造中，中国民间底层民众的形象无疑是丰富又复杂的，而民间小官僚的形象也同样立体多元。《檀香刑》中的小官僚县令钱丁懦弱自私、媚上欺下，但又心怀仁善、为民申冤，最后悲壮身亡，这样生活在民间敢于和民间女子真诚相恋，已沾染上民间活泼热辣气息的朝廷官员形象，在中国现代文学史上确是

---

①　莫言：《我的文学经验》，载《用耳朵阅读》，北京：作家出版社2012年版，第255页。
②　莫言：《作家应该爱他小说里的所有人物》，载《碎语文学》，北京：作家出版社2012年版，第334页。

独一无二的。传奇的民间不仅有着传奇的人或事,还处处散发着民间文化的传奇色彩。《生死疲劳》中作者就运用中国民间生死轮回之说,将阴阳打通,把历史与现实相连,将人道与畜道相接,从牲畜之眼来看社会变迁,传奇色彩跃然纸上。还有《檀香刑》中动人心魄的"猫腔"大戏,它既是让高密东北乡民众快乐的狂欢曲,更是让他们激昂的催生曲,同时也是让他们的灵魂得以安息的安魂曲。"孙丙唱猫腔,女人泪汪汪"①,但为它所动的又岂止是女人?《檀香刑》中那一曲曲格调不同的猫腔就是东北乡人的精神写照,原生、神秘而又粗犷。在莫言作品中这些民间故事、民间人物与民间文化充满着一定的原始性、粗鄙性、创新性与颠覆性,这一切都来自博大的社会民间蕴藏,莫言曾说:"整个高密东北乡的每一个家庭都带传奇色彩。……我的小说里面所利用的素材、人物,连实际生活的百分之一都不到。"②在民间,历史与现实远比先验的理性与思想来得复杂,传奇在四处疯长,原生各异的生命形态俯拾皆是。莫言"作为老百姓的写作"的立场让他在作品中建构了传奇的生态民间形象,它粗鄙又美好,低贱又高贵,亲切又神秘,颠覆了之前文学对于民间形象的单一化认知。

形象学理论学家莫哈曾说:"一个形象最大的创新力,即它的文学性,存在于使其脱离集体描述总和(因而也就是因袭传统、约定俗成的描述)的距离中,而集体描述是由产生形象的社会制作的。"③也就是说文学史上的任何创新性文学形象的确立,都是脱离社会集体想象物的极具个性化的存在。莫言笔下传奇化的中国生态民间形象显然是经过文学想象而成的极具创造性的个性化形象,但莫言小说带有传奇色彩的人和事的建构,目的不在猎奇民间文化的神秘色彩,而是旨在彰显源自民间的生命意识与生命气象,莫言曾说:"我的长处就是对大自然和动植物的敏感,对生命的丰富的感受,……如果小说不把作家对生命的感觉移植进去的话,即便您写了现实生活中确实发生的一件事,那也不会真实。"④"没有生命感

---

① 莫言:《檀香刑》,北京:作家出版社 2012 年版,第 26 页。
② 莫言:《与王尧长谈》,载《碎语文学》,北京:作家出版社 2012 年版,第 78—83 页。
③ [法]让-马克·莫哈:《试论文学形象学的研究史及方法论》,孟华译,《中国比较文学》1995年第 1 期。
④ 莫言:《大江健三郎与莫言在中国》,载《碎语文学》,北京:作家出版社 2012 年版,第 29 页。

觉的小说，不可能打动人心。"①这种从生态民间激荡而出的生命意识就是莫言所塑造的传奇化民间形象的内核所在。对生命意识的发现、思考与推崇使莫言对中国民间形象的塑造摆脱了神秘性与原始性之弊，从而生发出了一定的当代意义，正如王光东所说的："民间的那种自由自在、富有活力的生活方式，不仅启示知识分子应有的自由的精神品性，而且也会使知识分子在民间的自由与丰富中获得新的精神生长。"②莫言自己就曾说："小说中的故乡和我现实中的故乡差别已经很大了，我小说里的故乡既不是过去的也不是现在的，而是我想象中的，我是在想象中生活。"③莫言的生态民间建构是借写作来寻找现实生活中已经失落的精神家园，并彰显出鲜明的时代精神所需——"敢说、敢想、敢做"④的生命意识。虽然莫言的生态民间形象有一些原生粗鄙化与自然主义的倾向，但"正是这种'生命精神'照亮了乡土民间藏污纳垢的文化形态，使这种文化形态中潜在的生命自由精神迸射出了耀眼的艺术光彩"⑤。在莫言的小说系统中，对生命意识的彰显通常以复调的形式呈现，他为我们塑造了两类民间形象，一是历史民间，一是现实民间，两种民间形象互为烘托，共同完成了莫言对传奇化的中国生态民间形象的整体建构。

在莫言笔下，中国历史民间形象显然指的就是原生的高密东北乡，这是莫言中国生态民间形象建构的核心所在。那是一片神奇的土地，旺盛的生命力犹如那火红的红高粱一样无处不在，红高粱无疑就是莫言历史生态民间中泼辣生命意识的生动图腾，莫言的高密东北乡就是泼泼辣辣的民间精神与民间气象的所有能指，"精彩地活"是他笔下民间生命意识的动人写照，用《丰乳肥臀》中母亲的话说就是："死容易，活难，越难越要活，越不怕死越要挣扎着活。"⑥一部《红高粱家族》就建构出历史民间土地上动人的生命意象，莫言曾说："我当年写小说的时候，实际上是把高粱

① 莫言：《莫言讲演新篇》，北京：文化艺术出版社2010年版，第3页。
② 王光东：《民间与启蒙》，《当代作家评论》2000年第5期。
③ 莫言：《大江健三郎与莫言在中国》，载《碎语文学》，北京：作家出版社2012年版，第46页。
④ 莫言：《大江健三郎与莫言在中国》，载《碎语文学》，北京：作家出版社2012年版，第48页。
⑤ 王光东等：《20世纪中国文学与民间文化》，上海：复旦大学出版社2007年版，第224页。
⑥ 莫言：《丰乳肥臀》，北京：作家出版社2012年版，第364页。

当成了一个人物写的,红高粱不仅仅是一种植物,而且是一种象征。"①这种象征指向的是一种旺盛的生命力,这种力是民间原生生命自然绽放的内驱力,也是质疑与颠覆社会主流秩序的外驱力。在一个不自由的年代,对自由生命的追求在一定程度上使历史民间的乡民言行具有了一定的悲壮色彩。从路见不平拔刀相助的民间游侠余占鳌,到勇敢生猛的传奇人物司马库,再到不为强权所压起而抗之的民间艺人孙丙;从《红高粱》中走出的刚强能干的"我奶奶",到在纯洁的《白棉花》中追逐火热爱情的奇女子方碧玉,再到《檀香刑》中敢于和县令相爱的倔强泼辣的孙媚娘。这些男男女女无一不是果敢骁勇的所在,他们天不怕地不怕,不依附不堕落,生命就如野地里的红高粱一样肆意生长,"我的身体是我的,我为自己做主"②。"活要活得铁金刚,死要死得悲且壮"③,不愿平庸而选择轰轰烈烈,不为苟活而宁愿慷慨赴死,在这里,生命力的原生与勇猛、坚定与执着耀眼夺目!他们虽是一介平民,但常常却能做出惊天动地的举动,正如《檀香刑》中县令钱丁在评价孙丙时所感叹的:"在这高密小县的偏僻乡村生长起来的孙丙,是一个天才,是一个英雄,是一个进入太史公的列传也毫不逊色的人物,他必将千古留名,在后人们的口碑上,在猫腔的戏文里。"④虽然他们也难免狭隘自私与凶狠恶毒,但那种追求生命自由的果敢精神之光照耀了一切,而莫言的意义,正在于他"把为伦理学所遮蔽的壮丽的生存之诗鲜活地呈现出来"⑤。历史通常是在强力中走向发展与延伸的,而生命也通常只有在强力中才得以生长与张扬。但问题是,随着社会与时代的发展,这种历史民间中充满强力的人物在现实民间却正日渐消弭,上官鲁氏就曾这样褒扬司马库:"这样的人,从前的岁月里,隔上十年八年就会出一个,今后,怕是要绝种了。"⑥这些人物在现实民间即便会存在,也迟早会被时代社会消磨得面目全非,恰如《生死疲劳》中生猛彪

---

① 莫言:《细节与真实》,载《用耳朵阅读》,北京:作家出版社 2012 年版,第 108 页。
② 莫言:《红高粱家族》,北京:作家出版社 2012 年版,第 64—65 页。
③ 莫言:《檀香刑》,北京:作家出版社 2012 年版,第 417 页。
④ 莫言:《檀香刑》,北京:作家出版社 2012 年版,第 475—476 页。
⑤ 张清华:《叙述的极限》,《当代作家评论》2003 年第 2 期。
⑥ 莫言:《丰乳肥臀》,北京:作家出版社 2012 年版,第 365 页。

悍的硬汉子西门闹与野气刺人的大头婴儿间的命运流转,从处于阎王淫威之下的逼投畜道,到最终投胎为变异婴儿,这显然是莫言对现实民间社会的辛辣嘲讽与批判。

在莫言笔下,现实民间总是作为历史民间形象的衬托而存在。这类现实民间形象指的是相对于原生高密东北乡的变异民间,它是"酒国"也是"天堂",是动荡中的东北乡也是城镇化进程中的东北乡,总之它是高密东北乡的参照,是一种"种的退化"的现实时空,莫言在《罪过》中就曾这样写道:"我在一个繁华的市廛上行走,见人们都用铁钎子插着良心在旺盛的炭火上烤着,香气扑鼻,我于是明白了这里为什么会成为繁华的市廛。"①在这个变异的现实民间,野性的红高粱早已不见,取而代之的是味道苦涩的杂种高粱(《奇死》)。不仅如此,生命也被任意阉割,如《你的行为使我们恐惧》中吕乐之的自阉,《牛》中马叔的被阉割,而《蛙》中的姑姑更是亲手毁掉了 2800 个孩子的生命! 与此同时,酣畅的生命意识已变异为导向物欲与贪欲的伪生命意识(如《红树林》中南江市的众生相),自由精神也已发酵成以牟取私利为指向的不择手段的伪自由(如《四十一炮》里屠宰专业村中注水肉的合法生产与销售)。表面上看处于前行中的社会现实民间热闹非凡,但真实的境况却是危机四伏(如《蛙》中的东北乡,虽已经发展成朝阳区,但它"土洋混杂,泥沙俱下,美丑难分,是非莫辨"②),有些地方蝗虫开始肆虐(《红蝗》),食草家族的生命退化已成必然。莫言在《弃婴》中不由深深感叹:"我以前总认为我的故乡是个人杰地灵的地方,几天的奔波完全改变了我的印象。我见到了那么多丑陋的男孩,他们都大睁着死鱼样的眼睛盯着我看,……他们全都行动迟缓,腰背佝偻,像老头一样咳嗽着。我更加深刻地体会到了人种的退化。……我为故乡的未来深深担忧,我不敢设想这批未老先衰的人种会繁殖出一些什么样的后代。"③这里的"丑陋的男孩"当然"不是指单个的'人'而言,指

---

① 莫言:《罪过》,载《白狗秋千架》,北京:作家出版社 2012 年版,第 316 页。
② 莫言:《蛙》,北京:作家出版社 2012 年版,第 260 页。
③ 莫言:《弃婴》,载《白狗秋千架》,北京:作家出版社 2012 年版,第 349 页。

的是民族集体无意识的心理在某个历史阶段的特殊表现"①。在这些颓废的现实民间形象中,莫言的"作为老百姓的写作"的平视视角让我们看到了民间中某些真实的场景,他无情撕开了现实繁华虚伪的表象,把破碎与衰败的民间一一呈现。现实民间已真正成为藏污纳垢的所在,所有神性的光芒已不复存在,民间精神的衰败已成大势!叱咤风云的余占鳌(《红高粱》)早已成为历史,现实中有着恋乳癖的上官金童(《丰乳肥臀》)最终变成了只能仰仗别人而活的废人!视角下移展现的是以前被遮蔽的场域,但这并非意味着作者创作精神的完全退场与缺席,莫言在他作为老百姓的叙述中隐现着强烈的现代性焦虑,正如刘再复所说:"20 世纪下半叶的中国作家,没有一个像莫言这样强烈地意识到:中国,这人类的一'种',种性退化了,生命委顿了,血液凝滞了。这一古老的种族是被层层累累、积重难返的教条所窒息,正在丧失最后的勇敢与生机。"②

从传奇化的历史民间到变异化的现实民间,莫言有关民间精神的价值重构意识是显在的,真正原生态的传奇化民间是他向往的所在。一部《生死疲劳》就是莫言笔下两种民间形象的复杂交遇,在《生死疲劳》中,蓝脸与西门闹代表着历史民间形象的生存形态,与代表着现实民间形象生存形态的西门金龙、蓝解放、庞抗美等,构成了小说鲜明的复调结构形式,在互为映衬的建构中,彰显着历史民间那来自土地的生命坚守,莫言曾这样礼赞蓝脸:"小说中那位以一己之身与时代潮流对抗的蓝脸,在我心中是一位真正的英雄。"③这就是民间精神的生动诠释,莫言曾说:"人,不能像狗一样活着。……这些普通人身上的高贵品质,是一个民族能够在苦难中不堕落的根本保障。"④无论是在对历史的回溯中,还是在对现实的观照中,莫言创作一直凸显的是历史生态民间原生性的生命形态,这些原

---

① 陈思和:《人畜混杂,阴阳并存的叙事结构及其意义》,载《当代文学与文化批评书系·陈思和卷》,北京:北京师范大学出版社 2010 年版,第 224 页。

② 刘再复:《中国大地上的野性呼唤》,《明报》1997 年 9 月 17 日。

③ 莫言:《讲故事的人》,载《盛典——诺奖之行》,莫言编著,武汉:长江文艺出版社 2013 年版,第 82 页。

④ 莫言:《我的文学历程》,载《莫言文集·用耳朵阅读》,北京:作家出版社 2012 年版,第 193—194 页。

生生命形态虽然带有一定的腥臭气息与野蛮落后的偏执，却渗透着深厚的生活气息与民族文化精神，同时也与西方文学注重生命与人性的表达气息相通。正是由于他们的存在，一个生态性的东方化传奇民间形象得以建立；也唯有他们存在，现实的民间形象才有改变的参照与可能。

二、狂欢化的民间形象：原生性的东方智慧

在中国现代乡土文学创作中，悲剧审美总是乡土文学固有的审美品格，正如丁帆所说："不论有多少不同，贯注于乡土小说中的悲情色彩，不仅是构成作品内涵的基本要素，而且也是形成乡土小说叙述模式的重要元色之一。"[①]无论是在哪一种话语模式之下，中国的乡村民间大多都是被救赎的存在，落后闭塞与痛苦绝望的中国民间形象已然概念化与单一化了，这些形象无一例外都是从"侨寓城市"的"城里人"身份来看乡村世界的，这也是这些乡土文学启蒙价值的体现。对于这种已经固化的中国民间形象，莫言是质疑的，莫言"作为老百姓的写作"需要摆脱的就是这种固化的写作模式，莫言曾说："我们生来就在这个地方，没有见过外面繁华的世界，所以我们本身也没感到生活有多么痛苦，所以即使我在小说里写痛苦，但里面还是有一种狂欢的热闹的精神。"[②]而且又说："我有时在想，我们不少写农村生活的作品，总是把农村写得凄苦得很，似乎农村生活没有一丝一毫的乐趣，这实在是太不了解农村了。在一些作家眼中，中国农村只有像鲁迅先生笔下那种待启蒙、待别人去拯救的绝望境地，而不可能有自己的欢乐。事实上，中国农村是有自己的乡野生活，有自己的欢乐和苦恼。"[③]莫言更是在小说《白狗秋千架》中明确写道："即便是那时的农村，在我们高密东北乡这种荒僻地方，还是有不少乐趣。"[④]作为一个有着深厚民间生活体验的"地之子"，莫言的乡村世界注定了它的与众不同。在莫言笔下，中国民间充斥着魑魅魍魉但又充满勃勃生机，既悲情化又狂

---

① 丁帆：《中国乡土小说史》，北京：北京大学出版社 2007 年版，第 206 页。
② 莫言：《大江健三郎与莫言在中国》，载《碎语文学》，北京：作家出版社 2012 年版，第 40 页。
③ 莫言、杨扬：《小说是越来越难写了》，载《莫言研究资料》，天津：天津人民出版社 2005 年版，第 10 页。
④ 莫言：《白狗秋千架》，载《白狗秋千架》，北京：作家出版社 2012 年版，第 222 页。

欢化;既充满痛苦,但苦中作乐也随处可见。

　　"狂欢化"这一理论最早源自巴赫金的理论倡导,巴赫金的狂欢化理论在一定程度之上发掘了民间文化的生动形态。狂欢化生活形态始自西方的狂欢节,狂欢节是西方人民大众的节日,是"以诙谐因素组成的第二种生活"①,狂欢化文学与狂欢节有着不可分割的联系,巴赫金说:"如果文学直接地或通过一些中介环节间接地受到这种或那种狂欢节民间文学(古希腊罗马时期或中世纪的民间文学)的影响,那么,这种文学我们可以拟称为狂欢化的文学。庄谐体的整个领域,便是这一文学的第一例证。"②可见,对民间诙谐文化的发现与重视,是巴赫金狂欢化文学理论建构的重要内容,巴赫金强调:"只有用非官方的诙谐的本能武装起来,才能够贴近对一切严肃性持怀疑态度并习惯于把坦率、自由的真理与诙谐联系在一起的人民大众。"③狂欢化理论虽然始于西方理论界,但在中国狂欢化的民众集庆活动自古就存在,民间诙谐文化也是一直存在的,这也是一种原生性的东方智慧体现,并非从西方文化中借鉴而来。宋人黄震曾在《读诸子·庄子》中就认为庄子乃中国"千万世诙谐小说之祖也"。但在中国文学长期以来的"文以载道""文学为政治服务"等创作思想制约之下,民间诙谐文化在一定程度上被遮蔽了。在对民间文化的感知方面,莫言无疑有着超越前人的自觉意识。拥有丰富民间生活积淀的莫言发现:"农民这个整体虽然有很多苦难,但是他们依然有很多解脱自己苦难的或者说缓冲苦难的方式,这就是农民的幽默,或者说民间的诙谐文化。我觉得民间的诙谐文化是民间文化重要的构成部分。我们一定很了解民间文化对现实主义创作产生的巨大的作用。我的小说里面在写农村的时候会产生一些诗意,是因为农村生活本身就具备这个东西,这不是我的发明。"④莫言倡导的"作为老百姓的写作"如果忽视对民间诙谐文化的自觉意

---

　　① 夏忠宪:《巴赫金狂欢化诗学研究》,北京:北京师范大学出版社2000年版,第70页。

　　② [苏]巴赫金:《陀思妥耶夫斯基诗学问题》,白春仁、顾亚铃译,北京:生活·读书·新知三联书店1988年版,第157页。

　　③ [苏]巴赫金:《弗朗索瓦·拉伯雷的创作与中世纪和文艺复兴时期的民间文化》,莫斯科:文艺出版社1990年版,第114页。

　　④ 莫言:《上海大学演讲》,载《用耳朵阅读》,莫言著,北京:作家出版社2012年版,第171页。

识,显然就不能展示完整的生态民间,因此在莫言的中国民间形象塑造中,民间诙谐文化的发现就成了他生态民间形象建构的又一重要表现形态。

虽然巴赫金的狂欢化理论所指与莫言创作的狂欢化意蕴并不是完全契合,但在对民间诙谐文化的发现方面,莫言无疑与巴赫金心灵相通。从本质上说,民间诙谐文化是一种自由自在而又充满着叛逆性的文化形态,它能释放人的思想,使人的自我意识得到极度彰显。狂欢文化的本质就是对民间诙谐文化精神的肯定,而民间诙谐文化的精神在本质上即是一种民间生命精神的体现。巴赫金曾充分肯定狂欢节所洋溢的乐观精神,"他认为'狂欢节'中的话语、行为在嘲弄、讽刺旧事物的时候,对新事物充满着希望,也预示着新事物的诞生与成长"[①]。莫言也曾发现,在农村,"无论是可怜的农民还是狡猾的农民,根据我自己的乡村经验,我发现,他们战胜痛苦的最大的法宝就是幽默,这幽默包括讽刺他人也包括调侃自己,这一点我觉得是非常宝贵的,中国农民千百年来在如此艰苦的条件下,能够生生不息地延续下来,而且在那么黑暗的时代里都能够看到光明,还能坚持着活下去,就是因为这种幽默拯救了他们"[②]。在艰难困苦的岁月中,幽默是一种乐观与诙谐的生存态度与生存智慧的体现,它是对苦难的一种超越,渗透着的是喜悦,指向的是生命的永恒。正如尼采曾说:"生命意志在其最高类型的牺牲中,为自身的不可穷竭而欢欣鼓舞——我称这为酒神精神,我把这看作通往悲剧诗人心理的桥梁,不是为了摆脱恐惧和怜悯,不是为了通过猛烈的宣泄而从一种危险的激情中净化自己(亚里士多德如此误解);而是为了超越恐惧和怜悯,为了成为生命之永恒喜悦本身——这种喜悦在自身中也包含着毁灭的喜悦。"[③]所以,在莫言中国民间形象建构中,狂欢化民间形象的塑造就是为了凸显这种原生性的东方生存智慧——诙谐与乐观。

---

① 胡沛萍:《"狂欢节"写作:莫言小说的艺术特征与叛逆精神》,济南:山东大学出版社 2014 年版,第 178 页。

② 莫言、夏谷:《莫言与夏谷的对谈》,载《盛典——诺奖之行》,莫言编著,武汉:长江文艺出版社 2013 年版,第 182 页。

③ 〔德〕尼采:《悲剧的诞生——尼采美学文选》,上海:上海人民文学出版社 2009 年版,第334 页。

　　程光炜曾说:"如果都市题材最能表现这个民族社会变革的脉动的话,那么乡村题材却最容易凝聚、集结和沉淀'中国'的历史经验,那里隐含着中国人最为隐秘的精神冲突和更深沉的隐痛。"①事实确是如此,中国民间形象的苦与痛一般来说就是中国民间形象的基调,莫言也曾说:"我的小说不可能给人提供欢乐,因为我在写的时候,总是沉浸在痛苦之中。"②无论是在历史民间还是在现实民间,底层百姓常常生活在一个动荡不安的世界,惨烈的战争与革命刚刚过去,激烈的运动与变动常又接踵而至,生活在这样一个变幻莫测的民间,不是每一个男子都可以去做余占鳌似的叱咤风云的民间英雄,不是每一个女子都可以成为戴凤莲似的我行我素的民间奇女子,生命在更多时候呈现的是苦难与艰辛,如《欢乐》中的永乐面对高考的重压真的是不快乐;《天堂蒜薹之歌》中"天堂县"里上演的却是来自地狱的哀歌;《师傅越来越幽默》中师傅的生活越来越窘迫等。但是,苦难并不意味着绝望与叹息,悲戚与冷漠,面对着这样苦难多过幸福的民间,莫言发现生活中仍有亮色与希望,笑声与欢腾,莫言曾说:"从我自己对农村生活的感受出发,我觉得农村生活并不像'右派'作家、'知青'作家笔下所表现的那样暗无天日、悲悲戚戚。农村生活的确很艰苦,但农村生活并不是一点欢乐也没有。我自己从小在农村长大,我能够体会农村生活的欢乐与痛苦。为什么不能写农村生活欢乐的一面呢?"③所以莫言又说:"即使我在小说里写痛苦,但里面还是有一种狂欢的热闹的精神。"④这种狂欢热闹就是一种苦中作乐的诙谐生命精神的显现。譬如《飞艇》中,孩子们在集体去讨饭的路上,一面艰难地行走,一面在与寒冷饥饿作战,一路上不乏作乐的笑声,而"文革"期间村里每次忆苦大会则更是充满着欢声笑语。诙谐文化的产生多与狂欢形式相连,在莫言的民间世界中也向来不缺这种集体性的狂欢场面或场景的描绘,如《红高粱》

---

　　①　程光炜:《魔幻化、本土化与民间资源——莫言与文学批评》,《当代作家评论》2006 年第 6 期。

　　②　莫言:《写小说就像过大年(代序)》,载《十三步》,沈阳:春风文艺出版社 2003 年版,第 15 页。

　　③　莫言:《小说是越来越难写了》,载《莫言研究资料》,天津:天津人民出版社 2005 年版,第 10—11 页。

　　④　莫言:《大江健三郎与莫言在中国》,载《碎语文学》,北京:作家出版社 2012 年版,第 40 页。

中的迎亲场面、《红蝗》中的祭蝗场景、《四十一炮》中的肉食节、《檀香刑》中的猫腔演出以及《丰乳肥臀》中的雪节等,但这些狂欢形式的描绘显然不是莫言写作的真正旨归,莫言的诙谐文化展示不是指小说场景或小说语言的狂欢气象,也不是指那种假模假样的伪乐观,而是指伴随着苦难而来的苦中作乐的宽厚与博大,这是对现实苦难的超越精神。也就是说,在充满了各种苦难的民间社会中,作为一介细民要想生存,甚至抗争,有时就需要具备一定的诙谐乐观的生存智慧。

显然,在莫言的民间形象建构中,莫言的"对民间悲苦的生活的表达和讲述,既不是哭诉,也不是记账式的恐吓,而是充盈着一种'欢乐'力量"①,这种欢乐的力量就是莫言所要放大与凸显的东方民族的生存智慧,就是民间诙谐文化的体现,它指向的是一种民间精神。对于深陷苦难中的民间普通大众来说,期待于被拯救是不可知的,在苦难中人唯有自我救赎才能真正解救自己,正如《拇指铐》中的孩子最终还是通过自救才得以解脱拇指铐的痛苦,虽然最终死亡降临了,但灵魂却得到了自由,回到了温暖的母亲身边,他的灵魂是欢乐的。然而,在面对生命的艰难与多舛时,自我毁灭式的救赎在现实生活中是存在的,也是悲壮与可歌可泣的,可这显然不能成为生命的主流。生态民间的存在需要的是群体生命的延续而不是一个个体生命的消亡,活着就是一种抗争,特别是有尊严地活着,快乐地活着,这才是生命最动人之处。在巴赫金的狂欢化理论中,民间诙谐文化有着与教会和封建中世纪的官方严肃文化相抗衡之意,所以巴赫金指出狂欢节是"不断生成、交替和更新的节日。它与一切永存、完成和终结相敌对。它面向未完成的将来"②。弗洛伊德也曾说诙谐"代表了对权威的反叛,一种来自压力的解放"③。也就是说,诙谐文化作为一种乐感文化,本质上具有与官方文化、严肃文化对抗的性质,它不是为了乐而乐,而是为了反抗而乐。面对民间悲苦,莫言提倡的就是这种快乐与

---

① 张柠:《文学与民间性——莫言小说里的中国经验》,《南方文坛》2001年第6期。

② [俄]巴赫金:《拉伯雷的创作与中世纪和文艺复兴时期的民间文化》,钱中文主编,《巴赫金全集》第6卷,石家庄:河北教育出版社1998年版,第11—12页。

③ [奥]弗洛伊德:《诙谐及其与无意识的关系》,北京:国际文化出版公司2007年版,第106页。

诙谐的力量,这是生命面对现实与苦难的一种提升与超越,这是莫言笔下生态民间形象的另一种光辉。

在《三十年前的一次长跑比赛》中,莫言就直接写出了"文革"时期民间欢腾的右派生活,"一群'右派'分子正在庆典般的欢乐气氛中奔跑,三十年的时光滤去了他们身上的意识形态内容,他们进入了乡村传奇"①。特别是大羊栏小学的代课老师朱立人,一个被埋没的天才人物。他因为长相丑陋、身材驼背常遭人耻笑,"文革"中因为走路先迈右脚被偶然性地定为右派,无论在身体上还是精神上,朱立人都是一个值得同情与悲悯的人物,但他从来不自惭形秽,反而生性乐观,开心生活。面对别人的嘲笑,他淡定从容,我行我素,而且常常自我解嘲,他卑微的生命在乐观与幽默之中绽放出异样的绚烂,正如他自己所说的:"如果我能够选择,一定要到原始森林里去死,让肉身尽快地加入大自然的循环。当与我同死的人还在地下腐烂发臭时,我已经化作了奔跑或是飞翔。"②这种原生的不受外界束缚的乐观生命意识在消解生活的沉重与变异,以及死亡的乖戾与恐怖气象时,让他们的生命最终达到了寓言化的境界,他们在自己"羽化成仙"的同时也带给世人以激荡的生命洗礼。再如《生死疲劳》中的西门闹在第一次沦入畜道轮回之时,面对自己转化为驴的身躯,西门闹曾说:"尽管我不甘为驴,但无法摆脱驴的躯体。……我在驴和人之间摇摆,……刚为了人的记忆而痛苦,又为了驴的生活而欢乐。"③从苦难中寻求生命的自适,从挫折中彰显生命的坚韧,如此才更显生命的本质与意义。因此,西门闹历经畜道轮回,每一次虽都有不甘,但更多的是呈现融入新生活的热情与欢腾。莫言通过各种生与死的挣扎,各种生存疲劳的抗争,彰显的就是这种面对生活的坚韧、乐观与永不屈服的民间精神!这种乐观主义精神也正是中国东方生存智慧的生动体现,正如张志忠在《莫言论》中所言:"中华民族的特定心理,总是与彻底的悲观绝望无缘,……祸福相依,

---

① 李敬泽:《莫言与中国精神》,《小说评论》2003 年第 1 期。
② 莫言:《三十年前的一次长跑比赛》,载《师傅越来越幽默》,北京:作家出版社 2012 年版,第 131 页。
③ 莫言:《生死疲劳》,北京:作家出版社 2012 年版,第 19 页。

苦乐相随,永远不会绝望,……中华民族性格中的优点和缺点,也都在这永恒的乐观主义中显现出来。"①《四十一炮》中的母亲在被丈夫抛弃之后,没有绝望,而是乐观应对一切:"你父亲那个没良心的,扔下咱娘儿两个跑了,咱要干出个样子让他看看,也让村子里的人看看,没有他咱们比有他过得还要好!"②这是对夫权文化的一种反抗,也是对社会主流文化的一种抗争!在莫言的中国生态民间形象中,充满着形态各异的敢说敢想敢做的传奇人物,如《红高粱》中的余占鳌,但也普遍存在着众多的平凡民众,如《牛》中的饲养员杜大爷,尽管他们生存的形态是各不相同的,有的大胆鲁莽,有的淡定从容,但从广义的层面上来说,无一不充满着乐观主义的精神,在艰难中昂首前行。莫言是一个对土地抱有深重热情的乡土作家,他对诙谐文化的发掘其实就是对生活重负的一种反抗,"貌似轻松,实则辛酸,这特殊的'乐观主义'或许正是沉重的历史与现实赋予中国作家的疗救方式"③,而这种疗救不是莫言作为知识分子的一种理性思考,而是一种对民间生存智慧的发现与张扬。

在 20 世纪 80 年代以来的中国民间形象的文学建构中,莫言生态民间形象的建构在一定层面上具有詹姆逊所说的"民族寓言"的意味,本质上呈示的是有关"民族/国家"问题的文学反思,且这种反思不是用一种他者化的视角来进行的,而是以一种内视角的方式从民族文化历史深处来寻觅的。当然,莫言的生态民间不是一个完美无瑕的神性世界,它不仅支离破碎而且还藏污纳垢,这些也是莫言"金沙俱下"的备受争议之处。然而无论如何,莫言的生态民间形象作为复杂多元的中国民间形象的一面,其深刻的文化意义不容忽视,因为在 21 世纪全球化的发展背景之下,"我们要接续我们的根,建构我们的传统,确立我们不可泯灭的文化特性"④,如此,我们的中国形象建构才有可能不会失却自己东方性的特质,这是中国文学面对全球化挑战做出回应的基点所在。

---

① 张志忠:《莫言论》,北京:北京联合出版公司 2012 年版,第 104 页。
② 莫言:《四十一炮》,北京:作家出版社 2012 年版,第 16 页。
③ 付艳霞:《莫言的小说世界》,北京:中国文史出版社 2011 年版,第 59 页。
④ 李敬泽:《莫言与中国精神》,《小说评论》2003 年第 1 期。

第三节　走向诺奖的形象传播与形象认同

　　在世界文学范围内,莫言有着巨大的影响力,这种影响力不是在诺奖之后才发生的,在获得诺奖之前,莫言作品就已经获得了世界性的认可,2012年莫言荣膺诺奖,更加促进了其作品在海外的传播。汉学家如马悦然、葛浩文等都曾"不约而同地表述过这样一个事实:莫言是被介绍到国外译本最多、影响最广的中国当代作家"①。日本翻译家谷川毅也说:"莫言几乎可以说是在日本代表着中国当代文学形象的最主要人物之一。无论是研究者还是普通百姓,莫言都是他们最熟悉的中国作家之一。"②在海外,莫言俨然成了中国文学的代表,其作品已经成为海外读者了解中国的一扇窗。反之,通过莫言这扇窗,我们可以进一步探寻中国文学与中国形象在海外的传播与接受情况,以及中国文学在全球化视野中如何建构自己民族与民间形象等问题。

一、形象传递:同步性与广泛性

　　莫言在20世纪80年代的中国文坛影响巨大,他的乡土文学创作颠覆了中国乡土文学的创作格局,开创了中国乡土文学创作的新视野与新局面。在国内,莫言先后摘取了很多有影响力的文学大奖,譬如1987年第四届全国中篇小说奖(《红高粱》)、1988年台湾联合文学奖(《白狗秋千架》)、1996年首届红河大家文学奖(《丰乳肥臀》)、1999年《小说月报》百花奖(《牛》)、2001年第二届冯牧文学奖(《红高粱家族》)、2001年台湾联合报"2001年十大好书奖"(《檀香刑》)、2002年台湾首届21世纪"鼎钧文学奖"(《檀香刑》)、2004年"华语文学传媒大奖·年度杰出成就奖"(《四

---

① 姜智芹:《中国当代文学海外传播研究的方法及存在的问题》,《青海社会科学》2013年第3期。
② 王研:《日本文学界只关注仨中国作家:莫言、阎连科和残雪》,《辽宁日报》2009年10月19日。

十一炮》)、2008年香港浸会大学第二届世界华文长篇小说奖、2011年第八届"茅盾文学奖"(《蛙》)等,这些都是在诺奖之前斩获的奖项。一个作家唯有在本土产生了很大的影响力,这种影响力才有可能辐射到域外。莫言作为一个在中国本土已经成就卓然的作家,其作品的传播与受到域外的关注自是水到渠成,而且莫言作品的译介与传播与其创作呈现的是同效性状态。

从20世纪90年代开始,莫言作品就陆续被译介,至获得诺贝尔文学奖止,莫言所有在国内产生过一定影响力的作品基本都被译介到域外,而且被译介的语言也多达20余种,如法语、英语、韩语、日语、德语、瑞典语、意大利语、西班牙语、挪威语、越南语、波兰语、荷兰语、塞尔维亚语、希伯来语等。莫言最为幸运的是,其作品很多语种的翻译者都是该国汉学界或学术界比较有影响力的、学术造诣相当高深的汉学家与学者,以英语、法语、瑞典语、日语为例(因为诺奖评委只阅读英、法和瑞典语等语言作品,而莫言获诺奖的推荐人之一就是日本的大江健三郎,这些版本的译本自然比较受关注),大体从表3中可略见一斑:

表3　莫言作品翻译者及其影响力表

语种	译作	翻译者	影响力
英语	《红高粱家族》(1993)、《天堂蒜薹之歌》(1995)、《酒国》(2000)、《师傅越来越幽默》(2001)、《丰乳肥臀》(2004)、《生死疲劳》(2008)、《变》(2010)、《檀香刑》(2013)	葛浩文(Howard Goldblatt)	印第安纳大学中国文学博士,美国科罗拉多州大学教授,中国当代文学的首席翻译家,长期从事中国文学的研究与翻译,已翻译了50余部中文小说。
法语	《酒国》(2000)《丰乳肥臀》(2004)《四十一炮》(2008)《师傅越来越幽默》(2005)	诺埃尔·杜特莱(Noel Dutrait)	法国著名的汉学家、翻译家,法国普罗旺斯大学亚洲研究系中国语言文学教授。曾因翻译莫言的《酒国》而获得了2001年法国最佳外国文学奖——"卢尔巴泰隆"奖,同年还因翻译成就突出被授予"法兰西骑士勋章"。

续表

语种	译作	翻译者	影响力
瑞典	《红高粱家族》(1997)《天堂蒜薹之歌》(2001)《生死疲劳》(2012)	陈安娜（Anna Gustafsson Chen）	师从著名汉学家、诺贝尔文学奖评委马悦然，资深的汉学家和翻译家，从事现代中文作品翻译 20 多年，先后翻译了约 20 部中文小说。
日语	《丰乳肥臀》(1999)、《师傅越来越幽默：莫言中短篇选集》(2002)、《最幸福的时刻：莫言中短篇集》(2002)、《檀香刑》(2002)、《白狗秋千架：莫言自选短篇集》(2003)、《四十一炮》(2006)、《生死疲劳》(2008)、《蛙》(2011)、《天堂蒜薹之歌》(2012)	吉田富夫（Yoshida Tomio）	日本佛教大学文学部大学教授，中国现当代文学研究领域的著名学者和专家。

从表 3 可知,这些译作出现的时间距离莫言作品问世时间一般不长,有的甚至只有一两年的时间,传播速度之快令人惊叹,与莫言创作呈现出同效性状态。莫言作品在国外大量被译介使其影响力与日俱增,越来越多的翻译家开始尝试着向他们国内的读者介绍莫言,如法国就出现了很多莫言小说的翻译者,除了诺埃尔·杜特莱外,还有帕斯卡尔·桂诺和希尔韦·让蒂尔、安东尼·法拉涅、玛丽·劳雷拉等,他们在 1990 年就译出了莫言的《红高粱家族》,比英译本还要早。在法译本中,翻译莫言作品数量最多的应该是陈安多,共翻译了六部莫言作品。莫言日语版本的翻译中,除了吉田富夫之外,还有藤井省三,他是日本东京大学文学部教授,被公认为是日本最有地位的莫言作品翻译家兼研究家;此外还有山口晃,他是莫言作品最早的翻译者,1989 年他就翻译了莫言的《红高粱》,比英译本也要早。莫言曾不止一次地在很多公开场合表达翻译工作的重要性,他说:"文学作品被翻译成外文,在海外出版,实际上才是传播的真正开始。"①

---

① 莫言:《当众人都哭时,应该允许有的人不哭》,载《用耳朵阅读》,北京:作家出版社 2012 年版,第 317 页。

"我之所以能够获得诺贝尔文学奖,是跟各个国家的、各种语言翻译的创造性工作分不开的。我觉得有时候翻译比原创还要艰苦。我写《生死疲劳》这本书的初稿,只用了 43 天,但是瑞典的女汉学家陈安娜翻译《生死疲劳》这本书,用了整整 6 年。……通过翻译,我们的文学才能够走向其他的国家。"[①]在这些域外译者的共同努力下,莫言的作品不仅大量进入西方图书市场,同时也开始进入文学研究者与大众传媒的视野。以海外汉学研究中心美国为例,在一些专业性强的期刊上常常能见到有关莫言的研究文章,譬如《当代世界文学》(美国俄克拉荷马大学)、《形势:东亚文化批评》(杜克大学)、《近代中国》(加州大学洛杉矶分校)、《中国现代文学与文化》(俄亥俄州大学)等。一些专业性研究论著也相继出现,譬如《20世纪 80 年代莫言小说中的过去、现在与未来》(杜迈克,哈佛大学出版社1993 年)、《中国一个颠覆性的声音:莫言的小说世界》(陈雪莉,布里亚出版社 2011 年)等。此外,在一些大众报刊传媒上,有关莫言的评论和消息也常常出现,譬如《纽约时报》《出版者周刊》《华盛顿邮报》《洛杉矶时报》《新闻周刊》《华尔街日报》等。系统性的研究与大众性的评鉴相得益彰,共同合力,推动着莫言创作影响力的逐步提升。莫言与日俱增的影响力可从表 4 他屡获世界性的重要文学奖项中得到证明:

表 4　莫言获奖时间表

时间	奖项
2001 年	《酒国》获法国"Laure Bataillin(儒尔·巴泰庸)外国文学奖"。
2004 年	获"法兰西文化艺术骑士勋章"
2005 年	获意大利"NONINO(诺尼诺)国际文学奖"
2006 年	《生死疲劳》获日本"第 17 届福冈亚洲文化大奖"
2008 年	《生死疲劳》获美国俄克拉荷马大学首届"纽曼华语文学奖"
2011 年	获韩国万海大奖
2012 年	获诺贝尔文学奖

---

① 莫言:《在中国驻瑞典大使馆的讲话》,载《盛典——诺奖之行》,莫言编著,武汉:长江文艺出版社 2013 年版,第 58 页。

在海外,莫言显然成了一个研究热点。海外莫言研究范围比较广泛,涉及很多领域,论及中国形象的建构主要体现为两点:

首先是对中国农村形象的认识方面,很多域外研究者都认为莫言的作品建构了不一样的中国形象:充满了冒险精神与异域风情。海外学者王德威的《想象中的原乡:沈从文、宋泽莱、莫言和李永平》、孔海立的《端木蕻良与莫言小说世界中的"乡土"精神》等作品通过对莫言作品的比较分析,肯定了莫言对中国农村的想象性重构——展示了不一样的野性中国乡村形象。意大利罗马大学孔子学院校长费德里克·马西尼也说,莫言给读者印象深刻的是其文学作品里关于中国农村的叙述,而这个中国农村是远离城市的,这对于那些对中国农村社会一无所知的外国人来说,具有很大的吸引力。① 在西方学者对莫言的研究评价中,讨论《红高粱》占了很大比重,它给西方学者带来了不一样的中国农村形象。葛浩文曾说:"莫言的《红高粱》在美国有很多好评,十多年来一直未绝版。到现在卖了15万册。在美国有这个数量就已经不错了。"②因为莫言的这部作品"展现了中国的文化和家庭,是了解那个时代的中国的窗口"③。1991年日本《新日本文学》夏季号刊登了关于莫言文学的座谈会文章——《莫言与现代中国的农民形象》,同样提到莫言的小说颠覆了日本国内对于中国农村及农民形象的认知。也就是说,莫言作品中所塑造的带有野性与诗意生存特征的中国乡村民间形象更新了海外读者对中国农村的感知,因为在比较文学形象学视域下,中国农村向来都是愚昧落后与闭塞荒芜的形象。在海外,莫言作品显然成了域外读者与研究者了解中国农村形象的一扇窗,这里有着独特的异域风情,有着不一样的农村生活,这些红高粱似的鲜活生动的中国农村形象,在一定程度上对域外中国农村沉寂衰败的固化形象起到了一定的纠偏作用。

---

① [意]芭芭拉:《在意大利看莫言》,载《全球视野与本土经验》,张志忠、贺立华主编,济南:山东大学出版社2014年版,第306页。

② [美]葛浩文:《美国人喜欢唱反调的作品》,《新世纪周刊》2008年第10期。

③ 转引自龙慧萍:《〈红高粱〉与中国形象》,载《全球视野与本土经验》,张志忠、贺立华主编,济南:山东大学出版社2014年版,第314页。

其次在对中国社会形象的认识方面,很多论者认为莫言的作品是对中国社会现实的写照,其中充满着对政治社会与中国现状的反思,代表性的研究成果有:(1)美国:美国杜迈克在《20世纪80年代莫言小说中的过去、现在和未来》中通过对莫言作品的分析,将作品意义落实在了党的政策的地方推行者,也就是少数农村腐化干部,对农民悲惨命运负责的中国现实的揭示之上。① 葛浩文曾举例分析说,莫言的《酒国》"其暴露嘲讽后毛中国之政治结构或中国人在饮食上之持久沉耽,既妙趣横生又怨恨流露,在当代文学中并不多见"②,而且他还在《莫言的"阴郁的"禁食》一文中,分析了莫言小说中的"吃人"主题,揭示出莫言"对吃人的描写是讽刺那些'人民政府'的代表对普通老百姓的压制"③。(2)法国:法国学者张寅德在《生物政治学小说:刍议莫言小说〈蛙〉》中也对中国国家强制力提出了尖锐的批判。(3)德国:德国法兰克福大学的汉学教授韦荷雅在《莫言〈酒国〉中的享乐与权利》一文中"认为莫言的小说《酒国》运用了与鲁迅相同的表现手法来表现中国整个社会的自欺欺人"④。(4)瑞士:瑞士《时代》日报这样评论莫言:"他不会吝惜批评当局,只是隐晦但却真实。"⑤可见,在海外莫言研究中,挖掘莫言作品中隐藏着的现实政治批判是研究的一个显在倾向性,正如法国大众媒介评价的:"通过他现实主义的甚至有些粗野的笔触,莫言描绘了在中国发生的突然的变革,从共产主义中国前的日本侵略时期,一直到'文革'和其他的共产主义风暴时期"⑥。这些评论引发了很多学术上及社会上的关注。总的来说,在域外,莫言小说中"在艺术形式上有探索,同时有深刻社会批判内涵的小说比较受欢迎,如《酒国》和《丰乳肥臀》"⑦。国外研究者普遍具有的对中国红色政治的偏

---

① 宁明编译:《海外莫言研究》,济南:山东大学出版社2013年版,第12—15页。

② [美]葛浩文:《莫言英译本序言两篇》,吴耀宗译,《当代作家评论》2010年第3期。

③ 宁明:《莫言海外研究述评》,《东岳论丛》2012年第6期。

④ 宁明编译:《海外莫言研究》,济南:山东大学出版社2013年版,第49页。

⑤ 宁明编译:《海外莫言研究》,济南:山东大学出版社2013年版,第127页。

⑥ 转引自周新凯、高反:《莫言作品在法国的译介与解读》,《小说译介与传播研究》2013年第2期。

⑦ 刘江凯:《本土性、民族性的世界写作——莫言的海外传播与接受》,《当代作家评论》2011年第4期。

见促使他们在研究莫言作品社会批判性方面大做文章,这其中当然有很多误读误判的研究。

综上所述,在中国形象塑造方面,异域读者对来自中国本土自塑的中国民间形象还是比较感兴趣的,可见,地域性、民族性与现实性是中国形象走向世界的重要保证,这点也从张清华教授的国外调研中得到证明,那就是西方人最喜欢莫言作品中的"中国文化的色彩"①,因为很多海外读者读莫言作品"是为了通过他们的作品来了解当代中国社会"②。在域外,莫言所形成的传播效应是广泛的,对莫言作品的阅读与研究兴趣不仅仅停留在汉学界与华裔研究者那里,从精英媒介到大众传媒,都有莫言影响的痕迹,莫言文学传播的形态是多元立体的。究其传播成功要因不外乎三点:一是具有高质量的创作与译作。这是文学传播的前提,没有了高质量的原创与译作,所有的文学传播与域外中国形象的建立都是空谈。一个作家的作品在海外能否引起翻译家、研究者与读者的持续性关注,关键还是在于创作者能否源源不断地提供高质量的原创作品。葛浩文就曾说他很喜欢莫言的作品,而且说莫言写的东西不会不好,"绝对不会,所以他的新作我都会看"③。这就是高质量原创之作的魅力与吸引力。二是多元化传播媒介的合力促进了莫言作品的风行。莫言在国外知名度的打响与张艺谋电影《红高粱》的获奖密不可分,由电影再追溯到原作,这就是多媒体介质传播成功的典范。三是莫言近些年频繁的文化交流活动的推动。签名售书、与读者交流、参加书展与访谈等,使莫言密切了他与读者市场的联系,营造了其作品广泛的传播效应。

二、形象认同:政治性与艺术性

莫言荣膺诺奖是中国文学的胜利,还是诺奖政治上的妥协?莫言是"乡愿"作家还是个性主义作家?自从莫言获得诺奖之后,如此的争议之声便纷至沓来。中国作家摘取诺奖,人们首先想到的当然是中国文学的

---

① 张清华:《关于文学性与中国经验的问题》,《文艺争鸣》2007年第10期。
② [美]葛浩文:《从翻译视角看中国文学在美国的传播》,《中国文化报》2010年1月25日。
③ 季进:《我译故我在——葛浩文访谈》,《当代作家评论》2009年第6期。

胜利。莫言获得诺奖被很多学者解读为政治对文学的一种妥协，因为西方终于摆脱了意识形态上的偏见，把如此重要的奖项颁给了一个生活在特殊政治意识形态中的中国作家。对于此，诺奖评审委员会主席佩尔·韦斯特伯格也曾强调："我必须强调，根据诺贝尔文学奖评选法则，我们选择的是作家个人及其作品，候选人的性别、宗教信仰、国别等因素都不在我们的考虑之列，我们只选择那些在文学领域有突出成就的作家。因此，从理论上说，只要有足够杰出的文学成就，我们会连续五次把这个奖授予中国作家。"①国内评论界也有这样的声音："这不仅是莫言的光荣，也是中国文学的光荣，中国作家的光荣，全体中国人的光荣。……莫言获得诺贝尔文学奖，当然是因为莫言的作品达到了诺贝尔文学奖的标准。"②"我之前说中国十年内出不了诺贝尔文学奖是出于政治因素的考量，这次莫言能够获奖恰恰说明了评委会对文学标准的重视。"③莫言自己也这样说："诺贝尔奖从来都是颁给一个作家，而不是颁给国家。"④"文学是没有国界的，文学也是超越了政治的，所以瑞典的文学院认可了我，中国也认可了我。"⑤这次莫言的获奖表面上确可以看成文学对政治的超越。反观之前几个获得诺奖的中国人，大多与意识形态有着紧密的联系，即反体制，而莫言身上却有着浓厚的官方政治意识标签，他是一个中共党员，一个体制内的中共官员，一个在《在延安文艺座谈会上的讲话》70周年之际抄写过《讲话》的人，一个在法兰克福书展上用离席的方式抗议"异见人士"的人，诺奖所标明的文学对政治的超越确是非常凸显。但诺奖的这种超越并不是始于莫言，在莫言之前属于共产党员的获奖作家就有很多，譬如肖洛霍夫（1965）、聂鲁达（1971）、希姆博尔斯卡（1996）、萨拉马戈（1998）、耶利内克（2004）、莱辛（2007）等。如果仅因为中国共产党体制中

---

① 转引自宁明编译：《海外莫言研究》，济南：山东大学出版社2013年版，第120页。

② 陈国恩：《中国魅力与人类命题——有感于莫言荣获诺贝尔文学奖》，《武汉大学学报》2013年第1期。

③ 周斌：《莫言，你怎么看》，《文史参考》2012年第21期。

④ 莫言：《瑞典学院记者招待会答记者问》，载《盛典——诺奖之行》，莫言编著，武汉：长江文艺出版社2013年版，第29页。

⑤ 莫言：《在斯德哥尔摩大学的演讲》，载《盛典——诺奖之行》，莫言编著，武汉：长江文艺出版社2013年版，第115页。

人莫言获得了诺奖,就直言诺奖真正做到了艺术性至上的价值取向,这是对诺奖的过誉,因为在莫言的获奖中不难发现,那种隐秘的政治色彩是一直存在着的。2012 年 12 月 10 日,瑞典学院院士维斯特拜里耶在诺奖典礼上有个重要致辞,在这个致辞中可以显见莫言获得诺奖是与其作品中的政治色彩不无关联的,其中这样几句很是意味深长:"莫言是一个诗人,一个能撕下那些典型人物宣传广告而把一个单独生命体从无名的人群中提升起来的诗人。他能用讥笑和嘲讽来抨击历史及其弄虚作假,也鞭挞社会的不幸和政治的虚伪。"①2012 年,在诺奖颁奖期间,莫言在斯德哥尔摩大学做了场演讲,在演讲中莫言也直陈自己创作与政治相关,莫言说:"我的小说里有政治,你们可以在我的小说里发现非常丰富的政治。如果你是一个高明的读者,就会发现,文学远远比政治要美好。政治就是教人打架,钩心斗角,这是政治要达到的目的。文学是教人恋爱,很多不恋爱的人看了小说之后会恋爱,所以我建议大家都多关心一点教人恋爱的文学,少关心一点让人打架的政治。"②也就是说,对政治的表现与反思是莫言小说创作不可或缺的一面,他的小说就是要让人厌弃与反感政治,而这也正是让西方感兴趣的所在,特别是对于一个体制中人的反思与反击来说,这种政治色彩显得更为意味深长。没有了政治性的莫言,在西方人眼里也许就没有了最耀眼的光亮;而这种政治性又正是莫言不愿摆脱的,是其作品现实意义的显现。

其实对于莫言来说,他的创作一直在政治性与反政治性当中穿梭与挣扎。莫言需要摆脱的是身份的政治性对他的束缚与影响,而要进入的是文学现实性与艺术性的表达。在 20 世纪 80 年代的文坛上,莫言的创作目的就是要摆脱陈旧的文学思维,站在超阶级超政治的立场,"为写出跟别人不一样的小说而写作"③,而在这之中就包含有反附庸政治的一面。作为从农村走出的莫言,他的创作绝对不可能流于对先锋技巧的实

---

① [瑞典]维斯特拜里耶:《在诺贝尔颁奖典礼上的致辞》,载《盛典——诺奖之行》,莫言编著,武汉:长江文艺出版社 2013 年版,第 142—145 页。

② 莫言:《在斯德哥尔摩大学的演讲》,载《盛典——诺奖之行》,莫言编著,武汉:长江文艺出版社 2013 年版,第 115 页。

③ 莫言:《我为什么写作》,载《用耳朵阅读》,北京:作家出版社 2012 年版,第 276 页。

验，莫言说："到1987年的时候，我的创作目的又发生了一个变化，这个时候我真的是要为农民说话，为农民写作。……写了好几部，就是为农民鸣不平的，反映当时农村的农民生活的种种不公平境遇，譬如各种各样的'苛捐杂税'，农民的卖粮难、卖棉花难这一类题材的小说。"①因此，莫言这一时期的很多作品无一不直视着社会与政治的不公与不平，如《白棉花》《透明的红萝卜》《筑路》《牛》《三十年前的一次长跑比赛》《司令的女人》《枯河》等，这些基本都是"声讨极'左'路线的檄文，在不正常的社会，人是没有爱的，环境使人残酷无情"②，"如果在20个世纪六七十年代这样写小说，我小说没写完，人就已经被抓到监狱里去了。"③因为针砭社会的大胆创作，20世纪80年代的莫言曾多次被扣上"文化汉奸""民族败类""流氓""蛀虫"等帽子，为了在文学禁区尚未彻底解禁的20世纪80年代文坛继续创作下去，一段时期内莫言曾"试探着打'擦边球'，希望能够写出一部小说，既触及到了敏感的问题，又能勉强地通过"④。显然，身份的政治性并没有成为束缚莫言创作的有效绳索，反而让他从另一个层面更清醒地认清现实与反思政治。

　　但随着对社会思考的深入与创作的走向成熟，莫言发现用小说来解决某一社会问题的想法是非常天真幼稚的，因为文学不同于社会调查报告，文学强调的是文学性与艺术性，而非功利性与实用性，所以从《天堂蒜薹之歌》之后，莫言的创作开始进入了一个思想与艺术并重的时期，那就是"一方面，我要对社会上存在的黑暗现象、腐败现象猛烈抨击，大胆地讽刺、挖苦，甚至进行一种恶作剧般的嘲弄；另外一方面，我要大胆地进行小说的技巧实验，主要在小说里玩技巧、玩结构，要进行各种各样文体的戏仿和实验"⑤。也就是说，除了一贯对于历史与现实政治的大胆反思之外，艺术性上的实验追求也开始成为莫言创作的重要探索，譬如《酒国》

①　莫言：《我为什么写作》，载《用耳朵阅读》，北京：作家出版社2012年版，第283页。
②　莫言：《会唱歌的墙——莫言散文选》，北京：人民日报出版社1998年版，第236页。
③　莫言：《作家应该爱他小说中的所有人物》，载《碎语文学》，北京：作家出版社2012年版，第334页。
④　莫言：《先锋·民间·底层》，载《碎语文学》，北京：作家出版社2012年版，第305页。
⑤　莫言：《我为什么写作》，载《用耳朵阅读》，北京：作家出版社2012年版，第284页。

《十三步》《丰乳肥臀》《檀香刑》《四十一炮》《生死疲劳》《蛙》等,莫言开始
意味深长地在作品中讲述一个个精彩的现实故事,并且把故事讲到了诺
奖的颁奖现场。在莫言获得诺奖之后,有人批评莫言是"乡愿作家",刘再
复忍不住为莫言辩解:"就精神倾向而言,莫言并非面对黑暗不语'不言'。
他的正直声音布满天下,每一部作品都有巨大的良知呐喊和良知力量。
对于数十年在中国土地上发生的政治荒诞现象,他的每一部作品都给了
充满正义感的回应。从《红高粱家族》《酒国》《天堂蒜薹之歌》《十三步》到
《檀香刑》《丰乳肥臀》《蛙》以及《食草家族》《红树林》,甚至短篇小说集《白
狗秋千架》《与大师约会》等等,哪一部不是对时代的回应?哪一部没有良
知的呼吁?如果真要从'政治标准'苛求,把莫言放回'文革'中,那么他的
每一部作品都是'大毒草'。"①确实如此,莫言的很多作品都是从现实中
来,表达着他作为一个农民作家对社会最严肃的审视与反思。2011 年,
莫言当上了作协副主席,对于这个身份,莫言曾说:"我这个副主席是挂名
的,不在职的,所以一切照旧。"②"也没什么工作,就是一年开几次会,不
会影响我的创作。"③体制内的身份与职位对于莫言来说很难成为他创
作的羁绊,因为莫言始终认为,"如果一个作家认为他在一种完全自由
的状态下必定能够写出伟大的作品,那一定是假话。如果说一个作家
在不自由甚至不太自由的环境下必定写不出伟大的作品,那也是假话。
关键是作家内心深处的想法,关键是作家是否能够站在一个超越了政
治和阶级的立场上来写作"④。显然,超越政治、党派与阶级的写作一直
是莫言创作的基点,他的所有创作都是努力接近作为一个普通老百姓的
写作场域。

其实,纵览莫言的创作,不难发现,政治性与艺术性就是附着在他创

① 刘再复:《再说"黄土地上的奇迹"》,载《莫言了不起》,北京:人民文学出版社 2013 年版,第
39 页。
② 莫言:《文学与我们的时代》,《明报月刊》2012 年第 11 期。
③ 林梢青、王湛:《莫言谈当选作协副主席:只是虚名不会影响我创作》,《钱江晚报》2011 年 11
月 25 日。
④ 莫言:《瑞典学院记者招待会答记者问》,载《盛典——诺奖之行》,莫言编著,武汉:长江文艺
出版社 2013 年版,第 32 页。

作上的两个重要标记,缺一不可。说诺奖看重的只是莫言小说的艺术性显然有些自欺欺人,对于莫言来说,他小说的灵魂就是他的政治与社会的反思性;说诺奖只看重莫言小说的政治性也是言过其实,在诺奖的颁奖词里就有对莫言艺术性的褒扬。对于莫言斩获诺奖,从中国形象的塑造角度看有两个方面值得我们深刻反思。

一是有关中国形象的政治性问题。在世界范围内,中国是一个具有独立社会意识形态的国家,政治上的特立独行使西方世界看中国一直带有着属于他们意识形态的有色眼镜,只要中国这个社会体制一直存在,这种政治偏见就不会消失。而生活于中国这样一个意识形态意味比较浓厚的国家,一个有良心的中国作家在观照社会现实、塑造中国形象之时,想要在作品中清除政治的影响这是不可能的,文学不关心政治、不反思现实事实上就是一种对于现实的逃避。莫言就说:"我认为敢于展示残酷和暴露丑恶是一个作家的良知和勇气的表现,只有正视生活中的人性中的黑暗与丑恶,才能彰显光明与美好,才能使人们透过现实的黑暗云雾看到理想的光芒。"①"批判精神应该是支撑小说的时代精神。……任何一个时代的好作家都是扮演了一个批判者的角色。"②但莫言的特异之处就在于,作为一个体制中人,他虽受到很多意识形态的束缚,但却又能够挣脱这些束缚的影响,从另一个精神自由的层面更深层次地切入中国社会政治的深处,塑造政治意识笼罩下的中国社会与中国形象。莫言曾说,"所谓作家跟体制的对抗,不是指公然地违反公德,而是一种精神的警惕,一种精神上的独立"③,也就是说中国作家对于社会体制的反思与批判,不一定非得脱离于这个体制之外才能得以完成,所以,正如有的论者所说的:"莫言获奖的特殊意义在于,他并没有兴趣去做一个'持不同政见者',他没有表现出一种脱离中国社会和体制才能创作的形象,这对国内的年轻作者是个非常好的例证。他有一个普通的中国人能够享受的权利,也

---

① 莫言:《我的文学历程》,载《用耳朵阅读》,北京:作家出版社 2012 年版,第 195 页。
② 莫言:《与〈文艺报〉记者刘颋对谈》,载《碎语文学》,北京:作家出版社 2012 年版,第 243 页。
③ 莫言:《文学个性化刍议》,载《用耳朵阅读》,北京:作家出版社 2012 年版,第 93 页。

分担所有人都受到的限制,但是在这样的条件下,也可以写出最好的文学。"①正是由于莫言是一个体制中人,他对这个体制有着深刻的体验与认识,才具备了对这个体制反思与评说的话语权,任何体制外的隔岸观火的言论,都带有着不同程度的"他说"色彩,都是不真实或夸大其词的。作为一个体制中人,莫言的创作向来就不存在任何迎合之说,迎合主流社会,就不会在作品中揭起批判与反思的大旗;作为一个中国作家,为了要迎合西方世界,他就不会在作品中将自己的批判隐藏在含蓄的魔幻或者幻觉故事里。正由于要在这个体制内具备一定的话语自由与话语可能,有时莫言就不得不采取打擦边球的方法,不得不采取曲笔的方式,将自己批判的锋芒伪装起来。但不管怎样,莫言所有的创作都是来自现实的反映与喟叹,甚至连《丰乳肥臀》中瑞典传教士的描写也是来自高密县志的记载,虽然这被某些人解读成刻意迎合诺奖评委之举。当然,莫言确实深知西方世界的政治趣味,他说:"我知道有一些国外的读者希望从中国作家的小说里读出中国社会的政治、经济等种种现实,这是他们的自由,我们无权干涉。但我也相信,肯定会有很多的读者,是用文学的眼光来读我们的作品,如果我们的作品写的足够好,这些海外的读者会忘记我们小说中的环境,他们会从我们小说的人物身上,读到他自己的情感和思想。"②通过文学来反思人类的生存,这是莫言民间形象创作的内核,对于自己的创作,莫言曾自信地说,"我的作品之所以能走向世界,主要是我站在人类的立场上写作,我的写作超越了阶级、政党、国族的限制,描写了人类共同关心的问题,揭示了人类的共同本质"③,而不是因为书写了某种政治性。力图摆脱政治的束缚来反思政治,通过政治现实来讲述中国人的故事与中国人的生存,而不是通过中国人的生存故事来讲述中国的政治问题,这就是莫言创作的本质,他创作的是文学而不是政治学。对此,莫言曾清楚

① 张旭东:《莫言是通向当代中国文学的门户》,载《说莫言》,上海:上海书店出版社2013年版,第30页。
② 莫言:《当众人都哭时,应该允许有的人不哭》,载《用耳朵阅读》,北京:作家出版社2012年版,第318页。
③ 莫言:《〈韩国每日经济报〉书面采访》,载《碎语文学》,北京:作家出版社2012年版,第327页。

136

地表达过自己的创作感悟:"我在写作《天堂蒜薹之歌》这类贴近社会现实的小说时,面对着的最大问题,其实不是我敢不敢对社会上的黑暗现象进行批评,而是这燃烧的激情和愤怒会让政治压倒文学,使这部小说变成一个社会事件的纪实报告。小说家是社会中人,他自然有自己的立场和观点,但小说家在写作时,必须站在人的立场上,把所有的人都当作人来写。只有这样,文学才能发端事件但超越事件,关心政治但大于政治。"①在中国社会发展的现实语境中,关心政治但又大于政治,立足本土性与民间性发掘普世性的写作情怀,应该是中国文学创作与中国形象塑造的最为合理的形态,这也是莫言带给中国当代文学的深刻启示。中国是一个政治中国,但同时也是一个文化中国,更是一个世界格局里的中国,任何把中国形象定位于单一政治层面的表达都是一种狭隘肤浅的中国认知,本质上就是一种异质化的中国认知。

二是有关中国形象的艺术性问题。中国是一个具有悠久历史的国度,但长期以来,文学上迅猛的西学东渐让本土中国形象的塑造一直具有一定西化与固化的色调,缺少来自本土文化的深刻发现与思考。莫言一开始的创作也有着稚嫩模仿与借鉴的痕迹,莫言从不讳言他对于西方文学的借鉴与吸收,他说:"我必须承认,在创建我的文学领地'高密东北乡'的过程中,美国的威廉·福克纳和哥伦比亚的加西亚·马尔克斯给了我重要启发。我对他们的阅读并不认真,但他们开天辟地的豪迈精神激励了我,使我明白了一个作家必须要有一块属于自己的地方。"②影响不等于束缚,不久之后,莫言就感觉到了强烈的"影响焦虑",意识到他要逃离这两座灼热高炉,建立属于自己的话语形态与文学天地。除了来自西方的创作影响之外,莫言曾多次强调他创作的真正来源就是"高密东北乡"的奇人奇事与文化传统,譬如说蒲松龄的聊斋、民间的神怪传说与说唱艺术等,他的创作于是展现了向民间回归与向历史撤退的动向,目的就是要远离西方文学的影响,向中国民间文化靠拢,创作出具有中国特色与中国

---

① 莫言:《讲故事的人》,载《盛典——诺奖之行》,莫言编著,武汉:长江文艺出版社 2013 年版,第 80 页。

② 王湛:《莫言:我与马尔克斯"搏斗"多年》,《钱江晚报》2014 年 4 月 20 日。

精神的、具有个性特征的文学作品,塑造真正具有中国本土民间色彩的中国形象。从具体的创作实际来看,《檀香刑》中猫腔的展示、《生死疲劳》中六道轮回的叙述等"地方性知识"的融入确实使莫言作品具有了典型意义上的中国式想象,以及中国民间文化的韵味,展示了一定的文化自信心理,张扬了来自中国本土的民间精神,创造出了属于自己的个性化的中国风格与中国气象。莫言的这种创作风格一开始被人们称之为"魔幻现实主义",后来随着诺奖颁奖词改称为"幻觉现实主义"或"迷幻现实主义",以及"怪诞现实主义"、"神幻现实主义"等,不管何种称谓,这种现实主义的方法是属于莫言个性化的创作方法,而这也正是西方世界感兴趣的属于"东方主义"文化的一部分,正如葛浩文所说,莫言"惯于运用民间信仰、奇异的动物意象及不同的想象性叙事技巧和历史现实(国家和地方性的、官方和流行的)混为一体,创造出独特的文学、唯一令人满意的文学。这些作品具有吸引世界目光的主题和感人肺腑的意象,很容易跨越国界"①。对于一个国家的文学如何走向世界的问题,莫言深有体会:"一个国家的文学想要取得在世界文学中的地位,同样也要具备自己的鲜明的风格,跟别的文学在基本点上有共同的地方,但某些特性要十分鲜明。所以我想,中国文学既是世界文学一个构成部分,也是属于中国自己的,这才是对的。"②诺奖对莫言的认同在很大程度上在于莫言小说的民族性与东方性,在于莫言小说的独特性与艺术性,无视诺奖对莫言艺术上的肯定,这是对莫言的轻视也是对诺奖的轻视,正如谢有顺所说:"诺奖评委会能把一种评奖游戏玩一百多年,而且玩得如此成功,最根本的,还是因为他们坚持了某种艺术理想,即便有政治偏见,也非主流。遍观历届获奖者,尽管诺奖也遗漏了很多优秀的作家,但总体而言,一百来个获奖作家中,没有谁是很差的作家。"③艺术上的求索与创新意识正是莫言获得世界性认可的一个重要因素,莫言说:"我真正的写作动机,是因为我心里有

---

① [美]葛浩文:《莫言英译本序言两篇》,吴耀宗译,《当代作家评论》2010 年第 3 期。

② 莫言:《在法兰克福"感知中国"论坛上的演讲》,载《用耳朵阅读》,北京:作家出版社 2012 年版,第 323 页。

③ 谢有顺:《莫言的国》,载《见证莫言:莫言获诺奖现在进行时》,谭五昌主编,桂林:漓江出版社 2012 年版,第 96 页。

话要说;是想用小说的方式,表达我内心深处对社会对人生的真实想法,……另外,我认为,对小说这门艺术的迷恋和探险般的实验与创新,是支持着我不断写作的力量源泉。"①放大或强调莫言小说创作的政治性,忽视莫言小说艺术性的追求,直言莫言获得诺奖说明"诺贝尔文学奖失去了起码的文学性的水准"②等说法,是对莫言创作恶意的歪曲与最大的不公,也是对诺贝尔文学奖的曲解,莫言的荣膺诺奖,恰恰是莫言小说中浓郁的来自本土文化影响的创新性艺术探索让他获得了世界性的认同。

对于莫言获得诺奖,我们不必过于放大它的意义,也不必过于苛责它的局限,正如莫言所说:"有些文人是患了自恋症,总觉得文学是担当社会重任的,其实没有多少当权者在决策时会考虑到文学的重要性。写作也就是这么回事,不要自大,也不必自卑,踏踏实实做你想做的事吧。"③此外,任何一个奖项都有评判作品的标准,莫言的获奖并不意味他就是中国作家中的最有成就者,刘震云在曾说,"莫言能获奖,表明中国至少有十个人,也可以获奖,"④这绝不是狂妄,因为很多中国作家不是缺乏好作品,而是缺乏相应有影响力的译作而已;同时,莫言的获奖也并不代表着中国文学的全面繁荣,因为它只是契合了诺奖的某些标准而已。目前,中国文学在国外的影响力还十分有限,但是莫言作品的域外传播却为中国当代文学的海外传播提供一个生动的成功范例,因为"真正可以走出国门的文学首先是民族的——莫言小说中的中国文化、地域文化、东方文化、民间文化的含量是最为丰沛的;但同时,莫言的小说也是最具有人文主义思想、人类视野和不同民族之间的对话诉求的小说。……在他的作品中充溢着民族性与人类性两种缺一不可的属性。而这就是中国文学应有的价值定位"⑤。如今,随着中国综合国力的提升,中国在世界范围内的影响力与日俱增,仅仅一个作家莫言是无法整体提升中国文学与中国民间形

①　莫言:《我的文学历程》,载《用耳朵阅读》,北京:作家出版社 2012 年版,第 195 页。
②　肖鹰:《莫言小说写作的成就及缺陷》,《中国作家》2013 年第 4 期。
③　莫言、扬扬:《小说是越来越难写了》,《南方文坛》2004 年第 1 期。
④　李建军:《直言莫言与诺奖》,《文学自由谈》2013 年第 1 期。
⑤　张清华:《世界视野、海外传播与中国当代文学》,《文艺争鸣》2013 年第 6 期。

象的海外影响力的,但莫言的成功无疑为中国文学走向世界,以及在世界范围内树立真正东方化的中国形象开拓了一条可行性道路,并且还给中国当代文学中的中国形象塑造提供了一定的实践性启示。

第五章　余华:想象主体化的中国国民形象

在 20 世纪比较文学形象学领域,正如异域的中国形象有肯定性认同与贬抑性否定两极认知一样,异域的中国人形象历来也有着他者化的两极形象,一是如英国通俗小说作家萨克斯·罗默在 1913—1959 年所塑造的"傅满洲"的罪恶形象,这是中国人形象的域外主流认同,充满了攻击性与邪恶性;另一则是美国作家厄尔·德尔·比格斯于 1925—1932 年所塑造的"陈查理"的正义形象,这是经西方想象的被"阉割"的华人男子,满身阴柔之气。无论哪类中国人形象都是西方人据于自身文化需求而设定的文化幻象而已,这些中国人形象都是一种失去主体意识的存在。西方对于中国人的形象认知明显受制于"套话"的影响。套话是形象学领域里的术语,指的是"一种摘要、概述,是对作为一种文化、一种意识形态和文化体系标志的表述。它在一种简化了的文化表述和一个社会间建立起了一致的关系。……是一种停滞文化的表征"①。套话在本质上就是一种社会集体想象物,它具有停滞性,无论中国社会如何向前发展,受套话影响的中国人形象则永远停留在过去或者幻想之中。即便是到了 2014 年,现实中的中国与中国人的形象较之于过去已经发生了翻天覆地的变化,可据《中国国家形象全球调查报告 2014》得知,我们的近邻日本对于中国国

---

① 〔法〕达尼埃尔-亨利·巴柔:《从文化形象到集体想象物》,孟华译,载《比较文学形象学》,孟华主编,北京:北京大学出版社 2000 年版,第 126—127 页。

民形象的认知还是停留在"中国人感性、守旧、有个性但较不幸"①的概念化层面;而在《中国国家形象全球调查报告 2016—2017》中,西方发达国家一些受访者仍旧认为中国国民偏向传统保守,缺乏开放创新意识。在西方,很多中国人形象的生成大多凭依的是固化的社会集体想象,本质上说,大多西方视域中的中国人形象都是缺乏主体性存在的一个个符号而已。可见,在世界范围内改写中国人的形象认知具有一定的现实意义,而且这改写必须依靠我们自己来完成。

20 世纪 80 年代之后的中国当代文学就是一个逐渐建构自己主体性存在的文学,文学不再是启蒙与救国的工具,文学也不再是政治的附庸,文学真正回到了文学自身,文学中真正"人"的形象的塑造也开始受到关注,余华就是在 20 世纪 80 年代这样的创作语境中走上文坛的。在中国当代作家中,余华是个创作主体意识鲜明的作家,他的从先锋到后先锋的创作转变就是他不断凸显创作主体意识的历程,同样也是他笔下中国人形象主体意识逐渐确立的过程。在余华创作的先锋时期,余华为了凸显自己的创作主体意识,把他笔下的人物符号化了,人物成了诠释自己感知的道具;然而到了后先锋时期,余华发现了现实的复杂无边,因此把创作还给现实,把人物还给人物自身,这就成了他的又一次彰显创作主体意识的选择,对此,余华说道:"我以前小说里的人物,都是我叙述中的符号,那时候我认为人物不应该有自己的声音,他们只要传达叙述者的声音就行了,叙述者就像是全知的上帝。但是到了《在细雨中呼喊》,我开始意识到人物有自己的声音,我应该尊重他们自己的声音,而且他们的声音远比叙述者的声音丰富。因此,我写《活着》和《许三观卖血记》的过程,其实就是对人物不断理解的过程。"②由此,真正主体化的人物形象开始建立起来。无论是在域内还是域外,余华后先锋时期作品的广受欢迎充分证明了余华创作选择的合理性与必要性,余华自己也进一步明确认识到:"我的兴

---

① 中国外文局对外传播研究中心课题组:《中国国家形象全球调查报告 2014》,《对外传播》2015 年第 3 期。

② 余华:《"我只要写作,就是回家"》,载《我能否相信自己——余华随笔选》,北京:人民日报出版社 1998 年版,第 246 页。

趣和责任是要求自己写出真正的人,确切地说是真正的中国人。"①所谓真正的人就是具有一定主体意识的人,余华一直努力要把中国人的形象塑造与人类学进行对接,力图塑造既具有文化主体性又具有人类共性的中国国民形象,也正因如此,他的作品才有了走向世界的可能与意义。

第一节　人性感悟与形象发现

在中国当代文学史上,作为一个 20 世纪 60 年代出生的后起作家,余华的创作极具个性化色彩。余华的创作经历了从发端、先锋到后先锋等不同时期的转变,无论哪个时期的创作,对中国人生存及生活的思考都是他创作的核心所在。中国形象的建构对余华来说,只是承载他文学思想的镜像,也就是说,出现在余华作品中的有关中国社会与时代的形象只是一个镜像,它有时是现实中国的投射,有时则是作者虚拟的生存空间,目的指向的都是展现中国人,乃至整个人类生存的这一核心命意。

一、人性观照:中国人形象的世界之悟

在 20 世纪愈来愈全球化的文化发展视野之下,一个作家的创作倘若缺乏世界性视野与世界性指向,倘若缺乏与世界文学的交流与碰撞,那么他的创作必定很难融入世界文学中去。余华作品在海外的热销,无论是学术界的认可还是普通大众的评价,人们经常会谈论到一点,那就是余华作品与世界文学大师们的相通之处,以及余华作品的人类学意义。而余华创作的事实情况也确实如此,余华曾在创作谈中多次谈到他阅读与创作的世界性借鉴与模仿问题,以及他创作的人类学意义的探索。在中国当代作家中,余华可以说是与外国文学联系最为紧密者之一。

余华最早的创作启示来自川端康成,之后他又曾迷恋过卡夫卡与福克纳,并深受过陀思妥耶夫斯基、博尔赫斯、普鲁斯特、马尔克斯、蒙田、胡

---

① 叶立文、余华:《访谈:叙述的力量——余华访谈录》,《小说评论》2002 年第 4 期。

安·鲁尔福等作家的影响,余华曾说影响他的外国作家,可以组成一支足球队。[①] 余华长期浸润在外国文学的影响之下,久而久之形成了他世界性的创作视野与创作气质,余华说:"作为一个中国人,我一直以中国的方式成长和思考,而且在今后的岁月里我也将一如既往;然而,作为一位中国作家,我却有幸让外国文学抚养成人。"[②]也就是说,大量外国文学的阅读让余华产生了文学表达的可能,带给了他中国形象建构的参照系。一般而言,文学中中国形象的确立通常需要源自异域文学的启悟,这其实才是有意识的中国形象建构的起点,没有了异域文化形象的参照,中国形象的表达难以上升到一种意识建构的层面。西方文学所给予余华的是,创作自我的执着寻找与中国人形象定位的不断转换,在每一次的寻找与转换之间,余华的创作塑造愈来愈接近中国人形象的真正主体化与中国化。

余华曾披露影响他最深的 10 部短篇小说,其中属于中国作家创作的只有鲁迅的《孔乙己》,其余 9 部均为外国作家作品,可见余华受外国文学影响之深,余华这样诉说这些作品赋予他的影响:"这差不多是我二十年来阅读文学的经历,当然还有更多的作品这里没有提及。我对那些伟大作品的每一次阅读,都会被它们带走。我就像一个胆怯的孩子,小心翼翼地抓住它们的衣角,模仿着它们的步伐,在时间的长河里缓缓走去,那是温暖和百感交集的旅程。它们将我带走,然后又让我独自一人回去。当我回来时,才知道它们已经永远和我在一起了。"[③]在中国当代作家之中,很少有人如此热烈地表达他热爱外国文学的情感,但我们注意到在这影响之中,有个"往"与"返"的问题,也就是说被吸引与被影响并不代表着被取代与被覆盖,在这借鉴与影响之中,余华非常强调个人的主体性的,他说:"其他作家的影响恰恰是为了使自己不断地去发现自己,使自己写作的独立性更加完整,同时也使文学得到了延伸。"[④]在中国文坛,余华的创

---

① 徐林正:《先锋余华》,杭州:浙江文艺出版社 2003 年版,第 128 页。

② 余华:《我为何写作》,载《我能否相信自己》,北京:人民日报出版社 1998 年版,第 193 页。

③ 余华:《温暖和百感交集的旅程》,载《温暖和百感交集的旅程》,北京:作家出版社 2008 年版,第 17 页。

④ 余华:《胡安·鲁尔福》,载《温暖和百感交集的旅程》,北京:作家出版社 2008 年版,第 116 页。

作得益于外来的影响实在太多,可他始终是中国的余华,而不是中国的卡夫卡或福克纳之类,但没有了卡夫卡与福克纳等,毫无疑问余华又不能够成为余华。创作的主体性说到底就是文化的主体性,就是作者站立的位置与叙述的开始及终点,这在影响与被影响中显得尤为重要。在余华被影响的历程中,他的创作启悟来源于很多世界作家,余华在创作借鉴的同时,充分显示出创作主体的思考与能动。余华不愿为一个作家所拘,也从不为一种思想所困,更不愿为了创作而机械模仿,他总能在不断地借鉴与突围中找到属于自己的创作新领地,找到属于他自己独特的建构中国形象的终极所指——中国人形象,即中国国民形象,而这种充分体现着文化主体性的中国人形象,显然是本土化而不是套话化的。

余华最初的写作冲动直接源于对川端康成作品的阅读感悟,1982年,余华第一次接触到川端康成的《伊豆的舞女》,他说:"那次偶尔的阅读,导致我一年之后正式开始的写作,和一直持续到 1986 年春天的对川端的忠贞不渝。"①在余华最初的创作中,川端康成给了余华最早的创作感悟——人性的善与美。对此,余华说道:"现在回想起来,当初对川端的迷恋来自我写作之初对作家目光的发现。……川端的目光显然是宽阔和悠长的。"②用宽阔与悠长的目光发掘生活中的美与善的余华,在这一时期他一如川端康成,在作品中惯于书写生活中的爱与美,着意建构暖色调的中国人形象。从《星星》《月亮照着你,月亮照着我》《看海去》等这些早期作品的命名当中,我们就可一窥余华当时的温情主义文学追求,处于创作初始阶段的余华对川端康成充满着迷恋:"川端的作品笼罩了我最初三年多的写作,那段时间我排斥了几乎所有别的作家。"③余华这种对于温情中国人形象的认知与建构,在 20 世纪 80 年代初期中国文坛充满伤痕与反思的沉重倾诉中显得清新而另类,展示了另一种中国人生活形态的存在,同时也把对于人与人性的关注锁定在了中国形象塑造的本体之上,

---

① 余华:《川端康成与卡夫卡的遗产》,载《没有一条道路是重复的》,北京:作家出版社 2008 年版,第 178 页。

② 余华:《我的"一点点"——关于〈星星〉及其他》,《北京文学》1985 年第 5 期。

③ 余华:《川端康成与卡夫卡的遗产》,载《余华作品集》(第 2 卷),北京:中国社会科学出版社 1995 年版,第 296 页。

虽然它有些浮表与清浅。

20世纪80年代中期的中国文坛,西方文学思潮蜂拥而至,同时,随着中国当代生活日新月异的变化,温情脉脉的中国式表达显然远远不能触及中国现实生活的本质。如何更为深入地表达中国形象?如何塑造更为深刻的中国人形象?余华的探索伴随着对中国现实的深入思考继续进行,同时余华也在对西方文学的选择比照中走向了更为自在的文学自觉。1986年春天,一次偶然的阅读让余华发现了卡夫卡:"事情就是这样简单,在我即将沦为文学迷信的殉葬品时,卡夫卡在川端康成的屠刀下拯救了我。我把这理解成命运的一次恩赐。"[①]"在我想象力和情绪力日益枯竭的时候,卡夫卡解放了我。使我三年多时间建立起来的一套写作法则在一夜之间成了一堆破烂。不久之后我注意到了一种虚伪的形式。这种形式使我的想象力重新获得自由,犹如田野上的风自由自在。"[②]毫无疑问,卡夫卡带给余华是创作自我与创作自由的发现欣喜:"我突然发现写小说可以这么自由,于是我就和川端康成再见了,我心想我终于可以摆脱他了。"[③]这种创作自由就是创作主体精神的显现,是创作者想象力与创造精神的体现。卡夫卡的启发带来了余华创作的突变,带给他透过现实表象挖掘中国现实本质的可能,以及塑造更为复杂的中国人形象的可能。

在20世纪80年代的中国当代文坛,当余华以一种独具匠心的叙述方式再次出现时,文坛为之震惊,他那与众不同的叙述与创造力让他在作家云集的当代文坛中很快脱颖而出。《十八岁出门远行》代表着余华真正意义上的创作远行,他再也不用蛰伏在个人温情生活的小天地里,井底之蛙般地塑造着他想象中的浪漫中国了,他要远行,他要像卡夫卡切入现实那般走入中国广大的社会现实之中。卡夫卡给了余华一种启示,一种个

---

① 余华:《川端康成与卡夫卡的遗产》,载《余华作品集》(第2卷),北京:中国社会科学出版社1995年版,第296页。

② 余华:《川端康成与卡夫卡的遗产》,载《余华作品集》(第2卷),北京:中国社会科学出版社1995年版,第296页。

③ 余华:《"我只要写作,就是回家"》,载《我能否相信自己——余华随笔选》,北京:人民日报出版社1998年版,第252页。

性化思想表达的可能,余华说:"卡夫卡所有作品的出现都源自于他的思想。"①众所周知,卡夫卡的世界就是一个用荒诞手法编织而成的寓言世界与异化世界,也就是镜像世界,它直指着现实世界的孱弱、虚伪与残酷。借助于卡夫卡的文学表现,余华看到了现实不为他所知的另一面,看到了他温情世界无法承载的生活与生命之痛。异化的人性与异化的世界从此进入了他文学表现的视野,余华开始关注人的生存价值问题,关注人潜意识的生存表现,他说:"我更关心的是人物的欲望,欲望与性格更能代表一个人的存在价值。"②为了更深层次地揭示人物的欲望与性格,更为本质地揭示那掩藏着现实表象之下的现实本质,余华在作品中开始大肆虚构他想象中的镜像中国形象,并以此来极力凸显人性之恶与人性之异化,把卡夫卡笔下的异化书写推向了极致。也就是说,在镜像世界的建构方面,余华比他的导师卡夫卡要走得更远,余华的小说世界总体而言比卡夫卡更荒诞更残酷更偏执,于是余华的创作进入了名副其实的先锋时期。先锋时期的余华敢于解构与反叛一切,他拷问历史,追问现实,透过其作品中建构的一个个镜像中国形象,发出自己对历史、人性与社会的深切思考与感悟。余华所有的创作正如卡夫卡一样,都是为了表达他的思想,他伫立在如烟如幻的虚拟镜像之中,进行着冷峻的《死亡叙述》,力图去接近那隐藏得很深的《现实一种》,发掘与揭示着人性之恶与命运的不可知。

随着余华创作的不断走向深入,创作主体的逐渐被凸显使余华很快意识到了自己文学导师的不足,余华说:"川端康成和卡夫卡,来自东西方的两位作家,在1982年和1986年分别让我兴奋不已。虽然不久以后我发现他们的缺陷和他们的光辉一样明显。"③显然在这创作的影响与借鉴之中,余华发现拘泥于任何一种形式的文学创作只会给自己带来桎梏与束缚。在日新月异的中国社会面前,余华急于与时代一同前行,而不是跟

---

① 余华:《川端康成和卡夫卡的遗产》,载《余华作品集》(第2卷),北京:中国社会科学出版社1994年版,第296页。

② 余华:《虚伪的作品》,载《余华作品集》(第2卷),北京:中国社会科学出版社1995年版,第287页。

③ 余华:《川端康成与卡夫卡的遗产》,载《没有一条道路是重复的》,北京:作家出版社2008年版,第177页。

在文学导师的身后亦步亦趋:"一个作家的不稳定性,比他任何尖锐的理论更为重要。一成不变的作家只会快速奔向坟墓,我们面对的是一个捉摸不定与喜新厌旧的时代,事实让我们看到一个严格遵循自己理论写作的作家是多么可怕,而作家源源不断的生命力在于经常的朝三暮四。"①这一时期的余华常常发现,执着于对人性之恶的揭示让他与现实之间的关系显得非常紧张,他的内心充满了对于现实与人性的愤怒,这种先入为主的创作情绪让他的创作始终凌驾于现实之上,无法走进他意欲走进的现实本质并融入其间。随着时间的推移,余华说:"我内心的愤怒渐渐平息,我开始意识到一位真正的作家所寻找的是真理,是一种排斥道德判断的真理。作家的使命不是发泄,不是控诉或者揭露,他应该向人们展示高尚。这里所说的高尚不是那种单纯的美好,而是对一切事物理解之后的超然,对善与恶一视同仁,用同情的目光看待世界。"②余华显然意识到了先锋时期自己创作的局限,以及中国人形象建构的偏狭性与符号性,所以他急于改变自己创作的现状,他在生活中感悟,在阅读中寻找,这时他遇到了福克纳。余华从福克纳这里看到了一种改变与突破的可能:"也有这样的作家,一生都在解决自我与现实的紧张关系,福克纳是最为成功的例子,他找到了一条温和的途径,他描写中间状态的事物,同时包容了美好与丑恶,他将美国南方的现实放到历史和人文精神之中,这是真正意义上的文学现实,因为它连着过去和将来。"③在此,他与福克纳的相遇便是必然的了。在余华看来,川端康成与卡夫卡在艺术上都是个人主义的作家,他们的创作在某种程度上来说都不是生活的全部,他说:"川端康成过于沉湎在自然的景色和女人的肌肤的光泽之中。卡夫卡则始终听任他的思想使唤。因此作为小说家来说,他们显然没有福克纳来得完善。"④在无

---

① 余华:《〈河边的错误〉后记》,载《余华作品集》(第2卷),北京:中国社会科学出版社1995年版,第289页。

② 余华:《〈活着〉前言》,载《余华作品集》(第2卷),北京:中国社会科学出版社1995年版,第292页。

③ 余华:《〈活着〉前言》,载《余华作品集》(第2卷),北京:中国社会科学出版社1995年版,第292页。

④ 余华:《川端康成与卡夫卡的遗产》,载《没有一条道路是重复的》,北京:作家出版社2008年版,第180页。

边的社会现实面前，余华渴望能把握住它，福克纳让余华不再偏执于人性的一隅，对善与恶同样对待，让人物自己去主宰人物，在作品中呈现完整的生活流，余华于是引来了自己创作最为耀眼的转向，创作出了如《活着》《许三观卖血记》《兄弟》等作品，他作品中的人性之悟开始臻于完善，作品也开始具备深切的打动人心的力量，更重要的是他作品中所建构的中国人形象不仅摆脱了川端康成时期的稚嫩与浪漫，也逐渐摆脱了卡夫卡时期的冷酷与偏执，开始有了深度，有了血脉，有了生气，有了灵魂，有了人物自身的思想与言行，所以他经常感慨与福克纳的心灵相遇："这是一位奇妙的作家，他是为数不多的能够教会别人写作的作家，……他是这个世界上为数不多的始终和生活平起平坐的作家，也是为数不多的能够证明文学不可能高于生活的作家。"①

从川端康成到卡夫卡再到福克纳，从人性善到人性恶再回归生命本体，从温情脉脉的中国细民到荒诞抽象的中国人，再到实实在在的中国百姓，余华的创作深刻改写了比较文学形象学领域里的中国人千年不变的"套话"形象，从而让他的文学创作具备了走向世界的价值与意义。

二、现实关注：中国人形象的本土之思

在比较文学形象学领域，大量带有套话化倾向的中国人形象形成的根本原因，在于这些形象更多的是产生于一种对于异域的幻想，它不具备真实的中国本土化意义。真正本土化的中国人形象的确立必须产生于中国社会真实的文化与生活之中，且必须由中国人自己来塑造，即便是获得诺贝尔文学奖的赛珍珠的《大地》，里面所塑造的中国农民形象本质上说还是西方文化视域下的中国农民形象，正如外国研究者伊萨克斯所说："在所有喜爱中国人、试图为美国人描述并解释中国人的人当中，没有一个人能够做得像赛珍珠那样卓有成效。……几乎可以说，她为一整代的美国人'制造了中国人'。"②所以鲁迅在评论赛珍珠创作时就曾说："中国

---

① 余华：《永存的威廉·福克纳》，载《我能否相信自己——余华随笔选》，北京：人民日报出版社 1998 年版，第 97 页。

② 伊萨克斯：《美国的中国形象》，于殿利、陆日宇译，北京：时事出版社 1999 年版，第 212 页。

的事情,总是中国人做来,才可以见真相。"①在中国当代新时期的西方化浪潮中,中国作家在借鉴西方的同时,如何坚守住自己创作的本土性与文化主体意识,这是中国当代作家创作所必须面对的重要问题,也是余华创作一直探索与思考的所在。

在余华前先锋时期的创作中,虽然有着明显的来自川端康成的启悟,但这些对生活的温暖印象也无不是余华那一时期的生活发现,也就是说早期的余华创作并不是为了温情而温情,不是为了模仿而创作。年轻的余华没有更多的生活与现实的阅历,有的只是一些生活的小感悟与小感动,所以他写痴迷于音乐的孩子、执着于情感的竹女以及富有爱心的幼儿园老师等,实则与他的人生体验与感悟密不可分。1985 年,余华曾说:"我何尝不想去把握世界,去解释世界。""我又何尝不想有曲折坎坷的生活。""我现在二十四岁,没有插过队,没有当过工人。怎么使劲回想,也不曾有过曲折,不曾有过坎坷。生活有如晴朗的天空,又静如水。一点点恩怨,一点点甜蜜,一点点忧愁,一点点波浪,倒是有的。于是,只有写这一点点时,我才觉得顺手,觉得亲切。"②虽然没有大风大浪,素朴之中却也流动着余华对人性人情的细腻感知,而这种对于温情的关注又是与当时 20 世纪 80 年代之初中国文坛人性与人情描写的复归思潮是相契合的。创作的感知是由现实而来,而困惑同样也来自现实。20 世纪 80 年代中后期的中国社会正面临着新的发展转型,在纷繁复杂的人情世情面前,一点点温暖的小情小调很快便被社会发展的巨浪所吞没,余华分明感受到了温情主义写作的理想化与空洞化,那就是,他只能描摹社会的表象而远未能深入到社会的深处:"那个时候,我正在努力地学习川端的一些方式,可越写到最后我心里越难受,就是呼吸都困难,有一种越写越找不到自己应该写什么东西的时候的感觉是最困难的。"③"我的努力并没有得到相应的效果,我还很稚嫩。况且仅仅表现一种情调是远远不够的。"④余华

---

① 鲁迅:《致姚克》,载《鲁迅书信集》,北京:人民文学出版社 1976 年版,第 444 页。
② 余华:《我的"一点点"——关于〈星星〉及其他》,《北京文学》1985 年第 5 期。
③ 余华:《说话》,沈阳:春风文艺出版社 2002 年版,第 52 页。
④ 余华:《我的"一点点"——关于〈星星〉及其他》,《北京文学》1985 年第 5 期。

渴望摆脱对现实表象的揭示而直抵现实的本质,于是他的温情中国人形象的塑造有了改变的可能。

毫无疑问,文学中的中国与中国人形象的产生本质上要源自对现实中国形象的感知,当中国现实快速地向前奔涌之时,文学中的中国与中国人形象就不可能按部就班地展现它一成不变的面容。随着中国社会从现代主义走向后现代主义,在复杂的社会与人生面前,余华意识到遵循传统的美学规范,温情脉脉地创作是稚嫩且苍白无力的:"当我发现以往那种就事论事的写作态度只能导致表面的真实以后,我就必须去寻找新的表达方式。"①随着自己生活感知与创作积淀的日积月累,余华渴望能够越过纷乱现实的表象达到对现实本质的认知,他渴望通过自己的创作来接近一种深刻的社会与生活真实,他说:"现在我似乎比以往任何时候都明白自己为何写作,我的所有努力都是为了更加接近真实。"②而这种真实不是对生活表相的如实记录,不是跟在现实背后的亦步亦趋,不是清浅的感动,而是来自自己内心的一种对现实社会的发现与审视,它应该流露出一个知识分子应有的忧患与呐喊,余华说:"过去的现实虽然充满魅力,可它已经蒙上了一层虚幻的色彩,……真正的现实,也就是作家生活中的现实,是令人费解和难以相处的。"③而真正的文学真实又"是不能用现实生活的尺度去衡量的,它的真实里还包括了想象、梦境和欲望"④。所以余华为了探寻社会现实的本质而远离了社会的现实,开始用文学想象、梦境等方式构筑另一种文学现实,以期达到隐射与发现现实本质的目的,因此他在这一阶段与卡夫卡的相遇实则有着他本土化创作寻求转变与突破的驱使。

与卡夫卡的偶然相遇给了余华更深层次地关注现实的可能,余华说:

①　余华:《虚伪的作品》,载《余华作品集》(第 2 卷),北京:中国社会科学出版社 1995 年版,第 278 页。

②　余华:《虚伪的作品》,载《余华作品集》(第 2 卷),北京:中国社会科学出版社 1995 年版,第 277 页。

③　余华:《〈活着〉前言》,载《余华作品集》(第 2 卷),北京:中国社会科学出版社 1995 年版,第 292 页。

④　余华:《我的写作经历》,载《没有一条道路是重复的》,北京:作家出版社 2008 年版,第 106 页。

"在卡夫卡这里,我发现自由的叙述可以使思想和情感表达得更加充分。……与川端不一样,卡夫卡教会我的不是描述的方式,而是写作的方式。"①如何进一步构建作品中的中国人形象?余华不再用如实再现的手法去表达,而是用表现式想象来构建中国人形象。于是,先锋时期的余华在小说中开始大胆地想象与虚构,并不惜采取种种夸张变形的方式,虚构出种种中国现实来表达他作为知识分子的发现与思考,这一时期他所构建的中国人形象开始带有着虚拟性色彩与寓言性格调。余华说:"这种形式背离了现状世界提供给我的秩序和逻辑,然而却使我自由地接近了真实。"②所以这一时期,表面上看余华的创作与现实拉开了一定的距离,但就在这种拉开与背离之间,余华反而觉得能更清晰地反观现实与洞察现实,余华说:"当我写作《世事如烟》时,……实质上,我有关世界结构的思考已经确立,并开始脱离现状世界提供的现实依据。我发现了世界里一个无法眼见的整体的存在,在这个整体里,世界自身的规律也开始清晰起来。"③譬如余华这一时期对于"文革"的反思,对于历史的回望,对于人性恶的展示等,虽是虚拟的、夸张的、偏激的,但却具有极为强烈的现实指向与寓意。温情时期的余华惯用自己的笔涂抹生活表面的色彩,而这一时期的他却致力于用自己的笔揭示隐形的社会真实,那就是遮蔽在历史与现实之中的人性之恶,那就是隐藏在虚伪的现实之中的丑陋的中国人形象。余华说:"蜂拥而来的真实几乎都在诉说着丑恶和阴险,怪就怪在这里,为什么丑恶的事物总是在身边,而美好的事物却远在海角。"④这种思想发现显然与当时中国社会转型期商品经济发展所带来的负面影响不无关联,这一时期余华作品的基调是抑郁的、低沉的。余华遥想着历史与现实的真实,在笔下汇聚起一切的虚伪与荒诞、欲望与毁灭、宿命与死亡,他

---

① 余华:《我的写作经历》,载《没有一条道路是重复的》,北京:作家出版社 2008 年版,第106 页。

② 余华:《"我只要写作,就是回家"》,载《余华随笔选》,北京:人民日报出版社 1998 年版,第252 页。

③ 余华:《虚伪的作品》,载《余华作品集》(第 2 卷),北京:中国社会科学出版社 1995 年版,第285 页。

④ 余华:《〈活着〉前言》,载《余华作品集》(第 2 卷),北京:中国社会科学出版社 1995 年版,第292 页。

的呐喊就在这揭示之中,他的悲悯就在这阴沉之中,正如余华在《在细雨中呼喊》中所写的:"再也没有比孤独的无依无靠的呼喊声更让人战栗了,在雨中空旷的黑夜。"①余华先锋时期的作品总是能给人带来一定的震撼与启示,他的小说在一定程度上揭示了处于变动时期的中国社会所出现的某些裂变,以及所带来的某些人性发展的预警,具有深刻的警醒与人类学意义指向,中国人形象的寓言性由此而生,带有抽象变形特征的中国人形象也由此大量出现。

　　余华先锋时期于作品中所展现的人性之丑恶之异化,在一定程度上确实揭示出了一些社会本质问题,发现了以前被遮蔽被忽视的中国人形象,但不可否认的是,这种创作认知是属于作家个人化的一种对于历史与现实的思考与想象,它不可避免地带有着一定形而上的色彩,甚至带有着偏执与虚无的印记,有时反而遮蔽了作品中人物的生存主体性;也就是说当作家的主体性替代了作品中人物的主体性之时,作品中的中国人形象于是就成了余华表达他创作发现的一个个符号,中国人形象的塑造显然又走入了另一极端,暗合了比较文学形象学领域中的丑陋中国人的形象,抽象化与符号化的狭隘性相应而生。况且,遍地都是人性之恶,遍地都是一片荒芜,那人们何以为生?生活又将何以为续?何谓真实的现实?真实的现实又在何处?在进入 20 世纪 90 年代之后,在文学愈来愈边缘化的处境之中,在愈来愈变幻莫测的现实面前,余华强烈感觉到了自己的狭隘与偏执,感觉到把握社会与时代真相之难,"你不能总是向你的读者们提供似是而非的东西,最起码一点,你首先应该把自己明白的东西去送给别人,这是任何一个作家必须具备的"。"我不会按照一条路写下去……因为按一条路写下去,思维会受到限制。"②先锋时期的余华野心勃勃,总想在他的小说中把握住中国社会与人性发展的本质,然而身处中国社会

---

①　余华:《在细雨中呼喊》,载《余华作品集》(第 3 卷),北京:中国社会科学出版社 1995 年版,第 4 页。

②　余华、潘凯雄:《新年第一天的文学对话——关于〈许三观卖血记〉及其他》,《作家》1996 年第 3 期。

现实发展的洪流之中,余华深刻感觉到"还是更现实的东西更有力量"①,也就是说现实实则比思想更为博大与有力,这时福克纳的出现就让他看到了另一种进入现实的可能:那就是从思想与精神的高地走下,汇入真实现实生活的洪流,在真实的生活中去感悟生活,让自己成为作品中人物故事的感同身受的记录者,而不再是一个发号施令的叙述者,让人物自己具有主宰自己人生的主体意识。创作立场与视角的转换带来了余华作品中国人形象建构的大变化,正如陈思和所说:"余华在(20 世纪)90 年代是一个重要的作家,他的重要性在于:他从 80 年代的极端'先锋'写作,转向了新的叙事空间——民间的立场,知识分子把自身隐蔽到民众中间,用'讲述一个老百姓的故事'的认知世界的态度,来表现原先难以表述的对时代真相的认识。"②1992 年,《活着》的发表,平和而淡然的福贵的出现,让人们感受到了现实生活的力量,从中国现实生活中站立出来的福贵标志着余华作品中有质感的中国人形象的真正确立,他虽不是真善美的化身,但也不是丑陋不堪,他不崇高但也不卑下,对于生活他开始有了属于他自己的感知与思考。这种来自生活真实的人物形象便具有了活生生的情感与打动人心的力量,不仅能够代表着中国人这一形象本体的生存,同时他还具有象征"人类抽象命运的普遍意义"③。20 世纪 90 年代以来,余华的创作正如他笔下的人物形象一样开始渐趋完善,福贵、许三观、李光头、杨飞等中国人形象的确立让余华的创作有了很多来自中国大地的真实气息。对于自己的创作转变,余华感慨说道:"我知道自己的作品正在变得平易近人,正在逐渐地被更多的读者所接受。不知道是时代在变化,还是人在变化,我现在更喜欢活生生的事实和活生生的情感,我认为文学的伟大之处就是在于它的同情心和怜悯之心,并且将这样的情感彻底地表达出来。"④正是这种来源于中国广袤现实的本土之思,让余华作品中所塑造

① 余华、潘凯雄:《新年第一天的文学对话——关于〈许三观卖血记〉及其他》,《作家》1996 年第 3 期。

② 陈思和、张新颖、王光东:《余华:由"先锋"写作转向民间之后》,《文艺争鸣》2000 年第 1 期。

③ 陈思和、张新颖、王光东:《余华:由"先锋"写作转向民间之后》,《文艺争鸣》2000 年第 1 期。

④ 余华:《我的写作经历》,载《没有一条道路是重复的》,北京:作家出版社 2008 年版,第 107 页。

的中国人形象得以愈来愈丰满与立体,得以走进愈来愈多的中国乃至世界读者的视野。余华曾说:"一位生长在中国的作家是不会获得来自西方的传统的,他的感受只能是来自中国的土地。……只要是他出于内心的真实感受,他的作品一定表达了他的民族的声音。"①西方文学提供给了余华写作的视角与方法,但生动的中国性书写与中国人形象的塑造还得来源于中国本土的现实之中。

余华的创作有着不一般的世界性创作视野,但他的创作从来不是为着西方或世界来创作的,余华曾说:"当我写作的时候,我从来不去考虑读者会不会喜欢,更不会考虑西方的读者会不会喜欢。"②异域文学对余华来说开启了他创作的视角与想象,确立了他创作所要表达的核心所在,但余华创作就其本质来说还是植根于中国本土之上的,余华在接受意大利共和报的专访时曾说:"我的小说没有编造中国的社会现状,而是真真切切地反映它。"③立足于中国本土,书写自己的发现,这就是余华一直坚守的所在,他的创作无论是前先锋时期的清浅,还是先锋时期的偏执,抑或后先锋时期的完善,虽然都有着来自世界文学的启悟,但同时也是他来自对中国社会现实不同发展阶段的真切思考,从表面真实到精神真实(或内心真实)再到生活真实,余华在作品中构建了不同类型的中国人形象,展现出他对于中国人本土化生存的深切感悟与认知。

第二节　从被动生存走向主动活着

在比较文学形象学领域,处于套话中的中国人形象是经年不变的,因为套话"一旦成为'套话',就会渗透进一个民族的深层心理结构中,并不

---

① 余华:《两个问题》,载《我能否相信自己——余华随笔选》,北京:人民日报出版社 1998 年版,第 175 页。

② 王湛、庄小蕾:《几年过去,〈兄弟〉已不再显得荒诞》,《钱江晚报》2014 年 2 月 23 日。

③ [意]塞巴斯蒂安·特留尔齐:《余华专访》,意大利《共和报》2009 年 4 月 18 日,资料来源:浙江师范大学"余华研究中心网站"。

断释放出能量,潜移默化地影响着后人对他者的看法"①。这种套话就是一种社会集体想象物,它不仅存在于异域,即便是在中国本土文学中也常常出现,譬如中国当代文学发展之初的中国人形象的概念化与政治化等。随着中国国际形象的逐渐提升,随着 20 世纪 80 年代中国社会的发展转型,中国人形象的塑造不可能永远停留在固化状态,因此无论在域内还是在域外,对中国人形象的重新建构呈现出一定的紧迫性与必要性。在这样的创作背景之下,余华的出现就具有特定的文学史与现实意义。余华真正意义上的创作起于先锋时期,他的创作紧跟时代发展而变化,在对中国现实的思考与发现之中,塑造出了中国国民从物化到人性化的形象之变,展现出了他们从被动地生存走向主动地活着的艰难历程,并由此延伸出普世性的人类学意义。

一、暴力镜像:像物一般地生存

在中国当代作家中,余华素来被喻为和鲁迅最为相像,这种相像是来自一种文学精神的直接承接,余华自己也说:"鲁迅是我的精神导师,也是唯一的。许多伟大的作家在写作层面影响了我,但鲁迅是影响最深的。尤其是在最近的十年,鲁迅鼓舞我要更加独立和批判性,我也尽最大努力去实现。"②在中国新文学发展史上,鲁迅的创作显然是一种最为典型的知识分子启蒙创作,在一个新旧交替的社会转型期,唯有破旧方能立新,所以鲁迅对中国历史与现实的批判素来是猛烈而彻底的,是理性而坚定的,鲁迅在所有的批判与否定之中彰显出最为根本的"立人"的思想命意。与鲁迅一样,余华也生活在一个社会发展的转型期,20 世纪 80 年代的中国社会瞬息万变,历史的劫难与创伤尚未抚平,而新的社会转型又正在发生,生活充满了无限的变化与可能。从"文革"到新时期,从计划经济到商品经济,从价值建构到价值解体,从文化重建到文化失范,随着中国社会变革思潮的跌宕起伏,余华发现文学上的任何虚情假意的讴歌与温情脉

---

① 孟华:《试论他者"套话"的时间性》,载《比较文学形象学》,孟华主编,北京:北京大学出版社 2000 年版,第 190 页。

② 王湛、庄小蕾:《几年过去,〈兄弟〉已不再显得荒诞》,《钱江晚报》2014 年 2 月 23 日。

脉的诉说已无法承载起社会的裂变,身处这样的社会氛围之中,受到卡夫卡与鲁迅创作启示的余华深深感到,一个作家的"职责不是布道,而是发现"①。在余华看来,平静地社会表相叙述达到的永远只是社会的浮表,唯有极端化的放大与表现才能让人看清社会结构与社会关系运行的本质。这一时期的余华对社会充满了质疑与反思,他说:"当我不再相信有关现实生活的常识时,这种怀疑便导致了我对另一部分现实的重视,从而直接诱发了我有关混乱和暴力的极端化的想法。"②这是因为在任何处于发展变化中的社会,暴力是无处不在的,特别是随着现代社会的发展,暴力更以无限想象的方式扩展,进而威胁到人类的生存,恰如余华所说的:"人类文明的递进,让我们明白了这种野蛮的行为是如何威胁着我们的生存。……在暴力和混乱面前,文学只是一个口号,秩序成了装饰。"③因此,先锋时期的余华意欲通过对暴力镜像的建构来映射现代人的生存本质,并力图使作品带有一定普世性的思考价值,恰如他自己所说的:"暴力因为其形式充满激情,它的力量源自于人内心的渴望。……我更关心的是人物的欲望,欲望比性格更能代表一个人的存在价值。"④也就是说,在余华的创作中,对人生存的关注一直是其创作的核心,"立人"思想一直是余华创作的基点。先锋时期,余华的"立人"也如鲁迅一样常常通过人的毁灭的方式进行的,但与鲁迅惯用的"无形的暴力"叙述不一样的是,余华更多的是在作品中借用"有形的暴力"来观照人的毁灭(当然也有无形暴力的揭示,如《四月三日事件》等),来思考中国人的生存形态与生存价值。为了凸显这一点,在叙述上余华采取的是极端的叙述方式,这是不同于鲁迅等现代主义作家惯用的人道主义书写的一种后人道主义的书写表达,也就是说"余华的小说通过对暴力的盲目性和自发性的表现,显示着一种

---

① 余华:《〈河边的错误〉后记》,载《余华作品集》(第 2 卷),北京:中国社会科学出版社 1995 年版,第 290 页。

② 余华:《虚伪的作品》,载《余华作品集》(第 2 卷),北京:中国社会科学出版社 1995 年版,第 281 页。

③ 余华:《虚伪的作品》,载《余华作品集》(第 2 卷),北京:中国社会科学出版社 1995 年版,第 280 页。

④ 余华:《虚伪的作品》,载《余华作品集》(第 2 卷),北京:中国社会科学出版社 1995 年版,第 287 页。

人性本能的攻击性和破坏性,同时也显示着某种被历史表象所掩盖的人性恶的残忍和丑陋"①,并欲以此来揭示中国人受暴力驱使的被动生存——非主体化、物化般的生存一面!正如论者所言:"这种植根于个体生命故事的启蒙叙事,虽然是对个体存在问题的书写,其中却仍然隐含着'五四'启蒙文学批判国民性的基本主题。"②

暴力其实就是一种限制,它具有一定的强制性,从性质上看,它有正义与非正义之分;在形态上它具有多元性,有形的无形的,直接的间接的,潜在的显在的,见血的或不见血的,软暴力与硬暴力等,不一而足。暴力是文学创作中一个常见的叙述类型,就文本意义来说,文学作品中的暴力叙述一般都具有一定的反暴力指向,不管叙述者以何种形式叙述暴力,也不论叙述者的论述是否充满激情与沉醉。在余华的叙述中,暴力常常受着欲望的驱动,与人性的裂变相连,以此来达到摧毁人生存的目的,反暴力旨旧显然不言而喻。在余华小说世界中,在欲望与暴力面前,人都毫无例外地陷入一种非正常化的生存状态之中,这里,理性与规约不复存在,无序与失范俯拾皆是。一个十八岁的孩子出门远行(《十八岁出门远行》),他的成人礼就是对于这个世界的残酷认知,世界是黑暗无边的,什么也没有,只有遍体鳞伤的他;从出门前的如马驹般的欢快到被抢后的无限悲伤,社会的荒诞与悖谬、人性的冷酷与自私等让这个十八岁的孩子茫然失措。而《四月三日事件》中,一个同样十八岁的孩子在自己的生日之夜找到了他生日的主题——无依无靠!有时,无形的暴力比有形的暴力更能摧残一个人的身心,十八岁的他始终生活在疏离与敌对之中,在社会周遭的阴沉与压抑之下,他已然成了一个臆想症患者,时时提防他人对自己的迫害,最后不得已选择逃离。生活在这样遍布有形暴力或无形暴力的社会之中,人性的被异化被物化便成了人们生活的基本形态。在余华先锋时期的作品中,作品中的人物多数是被欲望与暴力所驱使的人物,他们普遍丧失的是人的主体性,作者对此的鞭挞与贬抑是显在的,譬如在《难逃劫数》中,人物都没有属于自己的个性化名字,东山、森林、彩蝶、露

---

① 张瑞英:《论余华小说的暴力审美与死亡叙述》,《文史哲》2006年第3期。
② 叶立文、余华:《颠覆历史的理性——余华小说的启蒙叙事》,《小说评论》2002年第4期。

珠、沙子等自然之物就是他们的名字，这就象征着这一群人本质就是物化的一类人，他们带着原始的本能欲望行走在人世间，他们被毁灭的结果自然是在劫难逃。在余华的作品中，如此这般被暴力所异化或物化的人不胜枚举，如《一九八六》中自虐的历史老师、《现实一种》中互相残杀的兄弟、《河边的错误》中被迫致狂的刑警队长等等，欲望是无止境且无法阻挡的，暴力又是形形色色地存在着，在无边无际的暴力面前，人是那么的渺小与卑微，生存主体都丧失了与之抗争的可能，那么疯癫与死亡就成了一种常态结局，即便那没有走向疯癫与死亡的，也都恰如一具具行尸走肉，苟活于世。在这一幅幅血腥残酷的暴力镜像面前，随着人性的被撕裂、被异化与被毁灭，留下的是无尽的恐惧与绝望。余华虽然写的是中国人，但这也实在是现代人类所共有的生存之困，余华小说由此延伸出一定的寓言意义。

在余华先锋时期的作品中，暴力成为常态化的一种叙述内容，几乎所有人的生存都与暴力有关，他们都被暴力裹挟着，行走着，他们中的大多数一方面是暴力的承受者与牺牲者，同时又是暴力的施暴者与执行者，暴力于是成为人们生活中的一种常态，同时也成了余华创作中的一种常态并延伸到了他后先锋的创作中。譬如在《兄弟》中，一个个行为变异、人格分裂的施暴者受着各种欲望与权利的驱使，将一个个活生生的生灵暴打成一具具血肉模糊的僵尸！《第七天》中暴力更是以猝不及防的方式存在于人们生活的空间，如暴力拆迁、严刑逼供、暴力执法等，暴力侵占了人们生存的空间，人们就连死后也无葬身之地。谢有顺曾说："暴力是余华对这个世界之本质的基本指证，它也是贯穿余华小说始终的一个主词。"①确实如此，暴力叙事是余华最典型且最具个人化的叙事方式，忽视了余华小说中的暴力形象书写，就无疑丧失了对余华创作最本质特征的把握。余华的暴力叙述固然有着他寓言化写作目的的驱使，但也无不具有一定的中国社会现实指向意义。人性的裂变是由现实社会而来，对现实社会的批判性自然不言而喻，但在余华的暴力书写中，还有一种社会权利暴力

---

① 谢有顺：《余华的生存哲学及其待解的问题》，载《余华研究资料》，吴义勤主编，济南：山东文艺出版社 2006 年版，第 336—338 页。

的揭示,其社会指向性更是昭然若揭。对社会权利暴力的揭示,体现在余华创作中主要是对"文革"的批判。在余华书写暴力的作品中,有鲜明"文革"指向的作品就有《一九八六》《在细雨中呼喊》《许三观卖血记》《活着》《兄弟》等。作为出生于 20 世纪 60 年代的作家,余华虽然没有正面感受"文革"的疯狂,但毕竟生活于那一时期,童年的感知与记忆还是深刻影响了他的创作。"文革"的阴影直接开启了余华对社会暴力的鞭挞,但余华的"文革"叙事,正如陈思和所说的,他们这一代人不像知青作家直接承担了时代的愚弄和迫害,因此体现在创作中,余华放弃了前一代作家扮演的控诉者的立场,叙事立场更加个人经验化。^① 余华的这种个人经验化的书写建构起来的就是一种被意象化与寓言化的中国暴力社会形象,通过社会暴力的镜像,直指着生活其间的个体的生存异化与物化:"到了(20世纪)70 年代中期,所有的大字报说穿了都是人身攻击,我看着这些我都认识都知道的人,怎样用恶毒的语言互相漫骂,互相造谣中伤对方。有追根寻源挖祖坟的,也有编造色情故事,同时还会配上漫画,漫画的内容就更加广泛了,什么都有,甚至连交媾的动作都会画出来。在大字报的时代,人的想象力被最大限度的发掘了出来,文学的一切手段都得到了发挥,什么虚构、夸张、比喻、讽刺……应有尽有。"^②在权利暴力面前,人性最邪恶的一面被凸显,正如洪治纲所说的,暴力是权力意志的最简单的形式,是实现"利我"的最快捷手段,也是人作为攻击性动物的一种本能^③。暴力是与欲望相连的,同时也与权力相勾结,权力可以滋生暴力,而暴力更可以谋取权力,更可以把人的物化与异化推向万劫不复之境。

虽然暴力书写是余华写作中的一种常态,目的是为了揭示中国人物化的一种生存状态,但在他不同时期的写作中暴力呈现的方式与激烈程度是不一样的,先锋时期是在抽象的时空下把暴力符号化与隐喻化了,而后先锋时期则是在具体的时空下把暴力时代化与生活化了。但无论是隐

---

① 陈思和:《逼近世纪末的小说》,载《二十世纪中国文学史论》(第三卷),王晓明主编,上海:东方出版社 1997 年版,第 448 页。

② 余华:《自传》,载《余华作品集》(第 3 卷),北京:中国社会科学出版社 1995 年版,第 385 页。

③ 洪治纲:《苦难的救赎》,载《余华精选集》,余华著,北京:燕山出版社 2006 年版,第 6 页。

喻化的暴力还是生活化的暴力，被暴力裹挟着的人都是丧失了主体性生存意识的被物化的人！先锋时期的余华，回想"文革"的苦痛离乱，目睹眼前的纷繁芜杂，虽然他的叙述充满着理性与平静，但他的内心却充满着愤怒，于是他放大着暴力，凸显人性的丑陋与凶残，直指中国历史与社会的最黑暗处，同时也使这一时期的作品具有了一定的普世性意义。正如余华作品的外译者何碧玉所认为的那样，余华的作品实现了现实性和超越性的结合，它们一方面以极端真实的方式还原了中国面貌；另一方面又将读者卷入魅惑、恐惧和激情之中，与自身的生存境遇产生共鸣，这也就是为什么余华的作品能够摆脱被当作了解中国的资料来阅读的危险。[①] 而在余华后先锋时期的作品中，暴力还是一如既往地存在着，但余华叙述的态度却发生了变化，他说"随着时间的推移，我内心的愤怒渐渐平息"[②]，他开始变幻自己的叙述方式，让暴力以一种更为隐秘的方式潜入生活之中，与现实生活一同前行，从这时开始他作品中的暴力书写开始具有形象的质感，有着更为明确的时代性与社会指向性：当代中国！正如海外评论者爱雷欧诺尔·苏乐赛尔在评读余华的《兄弟》时所说的："这是一部大河小说，因为它编织了数十人的生活，从 20 世纪 60 年代延伸至今。……《兄弟》让读者身临于刘镇，让读者能够看见全景，就像史诗般，一幅且笑且哭、全方位的壮观景象，而它的复杂主题便是：当代中国。"[③] 也就是说，暴力并没有随着社会的发展而消失，反而以种种更为具体的形态存在于人们当下的生活之中，去唤醒人们的历史记忆与现实警觉，所以在余华作品中，即便是有着当下中国具体社会与生活实指的暴力书写，同时也具有一定的隐喻指向，正如余华所说的："我的经验是写作可以不断地去唤醒记忆，我相信这样的记忆不仅仅属于我个人，这可能是一个时代的形象，或者说是一个世界在某一个人心灵深处的烙印，那是无法愈合的

---

① 杭零、许钧：《〈兄弟〉的不同诠释与接受》，《文艺争鸣》2010 年第 4 期。

② 余华：《〈活着〉前言》，载《余华作品集》（第 2 卷），北京：中国社会科学出版社 1995 年版，第 292 页。

③ ［瑞士］爱雷欧诺尔·苏乐赛尔：《中国四十年聚焦了西方四个世纪》，瑞士《时报》2008 年 5 月 24 日，转引自《〈兄弟〉在法语世界——法语书评翻译小辑》，蔡丽娟等译，《文艺争鸣》2009 年第 20 期。

疤痕。"①当余华的创作把现实与历史视为潜藏在具体事件背后的关系结构而非事件本身时,因此他的对现实或历史的叙述就变成了关于现实与历史的寓言。②

从先锋时期到后先锋时期,从隐喻化的暴力到生活化的暴力,余华通过对暴力社会中暴力镜像的建构,拨开现实的迷障,揭开历史的疮疤,让我们看到了有关中国历史乃至现代社会发展的一种寓言化言说:那就是在人类社会发展进程中现代人的一种物化的生存形象!这是一种值得警惕与关注的人类生存镜像。

二、苦难镜像:像人一样地活着

在余华的创作中,"苦难镜像"一直是存在着的,它们与"暴力镜像"一起构成了余华作品中国人形象建构的两大元素,相互关联,相互衬托,一起凸显着余华作品中国人形象建构的主旨,只不过先锋时期的他更侧重于书写暴力镜像,而后先锋时期更侧重于书写苦难镜像而已。

在余华先锋时期的创作中,暴力频发,人性沦落,苦难大多由暴力所致,无论是棍棒暴力还是金钱暴力,无论是家庭暴力还是社会暴力,无论是有形暴力还是无形暴力,结局总是苦难的与悲怆的。大地之上世事如烟,人的命运更多的是在劫难逃,所以更多的人面对暴力,不是束手就擒就是坐以待毙,如《世事如烟》《往事与刑罚》《偶然事件》等作品中的主人公,最终无一不是在宿命中走向死亡与毁灭,这就是余华所意指的"难逃劫数"。在由暴力主宰的生活之中,一切的生存都难以抵挡死亡与毁灭的降临,每个人的抗争都是虚无的,唯有死亡是永远存在的。人们普遍性地沉于苦难而无力自拔是物化的中国人共有的生存姿态,但这种苦难更多的是一种心造的苦难,不是来自生活的真实苦难,因为余华先锋时期的作品大多缺乏真实的社会与时代背景的书写。因此,这种对于人性之恶、暴力与苦难的偏执的虚拟架构,本身就陷入了一种人性的偏执与暴力之中,因为物化的人毕竟不是中国人乃至现代人生活的全部状态,它只能说是

① 余华:《99 余华小说新展示·自序》,北京:新世界出版社 1999 年版,序言页。
② 倪伟:《鲜血梅花:余华小说中的暴力叙述》,《当代作家评论》2000 年第 4 期。

生存的一面!余华先锋时期的作品还远没有建构起中国人真实的生活群像,而且这种抽离了历史与现实生活背景的中国人形象本质上因为他的符号性而缺乏深挚动人的艺术感染力,因为偏执的创作让余华只看到了生活的一种可能性,他的这些创作思考与发现在无边的现实面前难免会显得苍白而无力。后先锋时期的余华很快发现了自己创作的局限性,他在现实生活的感悟与福克纳的启悟之下,开始了创作的重要调整,那就是在中国真实鲜活的社会历史与现实之中塑造中国人真实生活的群像!暴力还一如既往地存在,苦难也还是人物生存的基调,但这种暴力与苦难因为有了明确的时代性与社会性反而更能起到突显中国人形象的作用——那就是摆脱物般的生存,战胜苦难,努力像人一样的活着!于是,这一时期余华作品中的中国人形象有了新的生长,生存于苦难中的中国人开始具有了坚定的反抗苦难的行为能力,中国人的形象开始由抽象而转为具体,由符号而转为实指,由物化而转为人化,由被动生存而逐渐走向主动活着,中国人的生命形象开始建立,中国人形象的塑造因而具有了动人的品质与光亮的色彩。

从 20 世纪 90 年代开始,余华作品中的中国人形象建构开始脱离了符号化的色彩,最显著的变化就是人物有了时代性,故事有了实指性。这一时期余华开始不抽离不虚幻人物生存与生活的背景,把小说中的人物与广大的时代相连,并正视外在时代的背景因素对人生存与生活的影响,而且余华的叙述时间有了明确的中国实指,并几乎囊括了整个中国现代社会发展史,从民国时期到解放初期,从"文革"到新时期,从 20 世纪到 21 世纪,而且故事发生的地点也有了明确的指向,那就是带有着中国江南乡镇缩影的南门与刘镇等。但是,这一时期余华小说又绝不是对时代发展与社会前行的真实记录,社会的变化与时空的转换在他的小说中只是作为凸显人物命运与性格的背景与契机而已,对此,余华自己也说道:"中国的一些历史事件作为背景在我的小说中出现,是因为福贵或者许三观这样的人经历了这些事件,而不是我想表现中国的现代历史。我只是一位作家,我的兴趣和责任是要求自己写出真正的人,确切地说是真正的中国人。我的立场十分简单,对于一位优秀的作家来说,是应该关心政治和社会价值？还是应该关心大众消费的潮流？这并不重要。重要的是作家应该关心真正的人，不管他是政治社会中的人还是大众消费中的人，只要他是一个真正的人就行。"①而且又说："我能够对现实发言，正面去写这个变化中的时代，把人物的命运作为主线，把时代和他们联系起来，他们的命运都是这个时代造成的。"②也就是说，对余华来说，写时代写社会，目的都是为了写中国人！在余华20世纪90年代以后的小说创作中，时代历史与现实生活背景的大量出现，使余华小说中的中国人形象建构不再符号化与抽象化，而是具有了真实生活的质感。余华把中国人的命运与时代相连，通过对时代的揭示来塑造与建构人物形象的多元与丰满，其笔下中国人的形象开始具有鲜明的主宰自己命运的主体意识。

20世纪，中国现代社会的发展充满了动荡与苦难，余华塑造人物形象把人物还原给时代，从而这人物的生存就必定充满了苦难色彩。从文学史的角度来看，"苦难"也一直是中国现当代文学创作的显性主题之一，从20世纪初鲁迅的"反抗绝望"到新时期的伤痕反思，莫不如是，但在这之中余华的苦难书写具有一定的独特性，那就是他的苦难书写没有反思整个时代的整体性所指，他一直倾向于从个体的生存角度来反思个体生存的苦难性，书写中国人面对苦难所展现出来的生存价值。在余华后先锋时期的作品中，《活着》中死亡之频与苦难之多让人瞠目结舌，《许三观卖血记》中许三观被逼一次次卖血就是苦难的所指，《兄弟》其实也就是一部苦难生存史，而《第七天》中所着力铺写的苦难就是生无所生死无所往！暴力的肆虐，死亡的普降，苦难的遍布，让人心生恐怖！但余华书写的着意点却并不在命运的无常、体制的不公、社会的荒谬与权利的腐败等，而是意在书写在如此的大苦难中，中国人所展现的性格特征与生命情怀，余华曾说自己写作时"自己永远站在弱者一边"③，力图从他们的真实处境之中来切身感悟他们的生命形态。这些生活的弱者们在死亡与苦难的围困中，要不倔强地活着，要不悲壮地死去，他们虽然是平凡的，但他们的生

---

① 叶立文、余华：《访谈：叙述的力量——余华访谈录》，《小说评论》2002年第4期。

② 余华、张英：《余华：〈兄弟〉这十年》，《作家》2005年第11期。

③ 余华：《余华北师大开讲座：永远站在弱者这一边》，《深圳特区报》2014年5月8日。

命精神却显然具有不平凡的一面。余华先锋时期的创作因为启蒙色彩的存在,所以对人物书写一般呈现的是否定性价值判断,但从1991年《在细雨中呼喊》开始,余华的中国人书写开始具有了肯定性的价值评判。《一个地主的死》(1992)中一个平庸的地主儿子,用牺牲自己生命的方式毁灭了一小队侵略者,个体生存的价值显然得到了张扬。在余华的后期创作中,对生命力的礼赞成为其创作的核心。在《活着》中,余华强调虽然死亡不断降临,但生命的意义与价值却在于孤独又坚强地活下去! 余华认为"人是为活着本身而活着的,而不是为活着之外的任何事物所活着"①。这就是一种沉默、坚韧而博大的生命力! 因为在暴力与苦难肆虐的生存空间里,能够以隐忍的方式、以不争之争的方式平静而倔强甚至乐观地活下去,这本身就是对命运、苦难与死亡的最彻底的对抗,正如论者所言:"在生与死的决斗中,一个最有生命力量的人不是选择死亡,而是选择活着。福贵自然不是'苟活',而是在体验了人生的大悲大难,领悟了生命的要义之后,超然乐观地活着。"②余华自己也说:"福贵是我见到的这个世界上对生命最尊重的一个人,他拥有了比别人多很多死去的理由,可是他活着。"③他们不仅活着,而且开始了积极的对抗甚至自救。《许三观卖血记》中的许三观,每当身处苦难之时,卖血就成了他所能做到的最有效的自我拯救,他就是通过一次次卖血来化解苦难,让生命力得以坚韧地延续。即便是具有荒诞色彩的李光头(《兄弟》),身上也具有一种极具张力的野草般顽强的生命力,在充满暴力氛围的生存空间乐观而又自在地活着,他敢爱敢恨,"通体透射出的是一股不羁的阳刚之气。余华笔下的李光头,活生生,水淋淋"④。这些刻意书写的生命力的自然绽放,显然是作者对于中国几千年来倍受压抑的国民性与人性的最意味深长的反叛,生命的存在属于生命本身,它不属于任何外在的赋予,对于生命我们应该充

---

① 余华:《虚伪的作品》,载《余华作品集》(第2卷),北京:中国社会科学出版社1995年版,第292页。

② 王达敏:《余华论》,上海:上海人民出版社2006年版,第80页。

③ 余华:《"活着是生命的唯一要求"》,载《我能否相信自己——余华随笔选》,北京:人民日报出版社1998年版,第219页。

④ 孙宜学:《〈兄弟〉:悲悯叙述中的人性浮沉》,《文艺争鸣》2007年第2期。

满敬畏之心,而不是把生命付之于种种外在的欲望目的和虚幻价值。余华的这种对人的生存思考无疑具有普世性的价值与影响力,正如著名评论家莫琳·科里根所说的,余华笔下的很多小人物,如"'反英雄'人物李光头已和大卫·科波菲尔、尤赖亚·希普、艾瑟·萨莫森等狄更斯笔下的文学人物一样,拥有了独立于作品之外的永恒的生命力。"①其后先锋时期作品中的人物形象在海外被普遍接受也就在情理之中了。

在余华后期的作品中,人不再是符号化的人,人性的光辉与人格的魅力随着生命力的倔强生长而一步步确立起来,但他们又绝对不是如沈从文笔下的带有着神性光芒的乡下人,在他们身上人性之恶的一面也会时而流露,譬如早年福贵的好赌,许三观的小心眼,以及李光头的私欲泛滥等,尽管如此,主宰他们人性的主要还是人性的宽厚与博大,这是先锋时期之后的余华立于先锋时期被解构一切的精神荒原之上的一种积极的对当代中国人生存的精神建构。在《在细雨中呼喊》中,余华曾用动情的笔调来呼喊人性与温情,而《活着》中的福贵在苦难面前所流露的那种人性的善良与坚韧,乐观与平和,就是人类高尚的情绪显现。这种人性光辉的流露在余华后期的作品中是普遍性存在的,如"我"与小伙伴国庆间情谊的纯朴动人(《在细雨中呼喊》),许三观在逆境种护卫家人的顽强坚韧(《许三观卖血记》),《兄弟》中宋钢在"文革"暴力的肆虐面前对爱情与亲情的守护,以及李光头面对创业逆境的永不言败,还有《第七天》中杨飞养父对他的深情抚养让杨飞觉得"我的童年像笑声一样快乐"②等等。在繁杂混乱的社会时代面前,每个个体的生命虽然渺小得如沧海之一粟,但他们自有存在的意义与价值,而且生命至此也开始具有了尊严感。人不仅要活着,而且还要活出尊严,如果不能有尊严地活着,那死亡就成了他们维护生命尊严的一种无奈抗争,这点在《兄弟》中被打致死的刘伟父亲,以及最后卧轨自尽的宋钢身上体现得最为典型!如果活着就是为了成为暴力与屈辱的受难者,那么壮烈的死亡就是一种有力的对抗,而不是不明不白地如行尸走肉般活着。当刘伟知道自己妻子的惨状之后,当宋钢知道

① [美]莫琳·科里根:《〈兄弟〉是一个巨大的讽刺》,《上海文化》2009年第6期。
② 余华:《第七天》,北京:新星出版社2013年版,第70页。

166

林红与李光头在一起之后,他们在解脱自己痛苦的同时也维护了自己最后的生命尊严,其素朴的人性光辉与人格力量得以确立。

　　一个中国人形象栩栩如生的确立,并不仅仅体现在所谓正能量的一面之上,对于处于几千年良莠并存的传统文化与浪涛汹涌的商品文化影响之下的中国人来说,任何单一形象的塑造都是没有触及更深入的生活的表现,所以余华曾说:"从我写长篇小说开始,我就一直想写人的疼痛和一个国家的疼痛。"①人的疼痛意味着苦难,意味着于苦难中人的挣扎,意味着人性的裂变;国家的疼痛意味着混乱,意味着创作触及了社会与时代的最本质处。余华的写作常常通过人的疼痛来塑造人生存的复杂性,同时又通过人生存的复杂性来反思时代社会,甚至国家发展的复杂性,这样的人物形象就不仅是简单的生存与活着的形象了,而且人物身上还寄寓着国家发展的隐喻指向。譬如《兄弟》中李光头身上存在的无赖习气与道德沦丧无一不是时代影响的投射,正如余华所说:"李光头是一个混世魔王。我喜欢这个人物,喜欢他的丰富和复杂,这个人物和我们的时代有着千丝万缕的联系,可以说就是我们时代的产物。"②毫无疑问,余华用魔幻之笔塑造了李光头这一复杂形象,他在这个时代与社会中所做的种种荒谬言行,如主办处美人大赛、诱占兄弟之妻等,无不"折射了时代的巨大裂变,也展示了这种裂变内部所隐含的混乱、浮躁、粗俗、恋物等无视道德伦理和理性尊严的精神真相,隐含了创作主体对我们这个时代人们生存境域的反思和焦虑"③。在现实生活中,如李光头那样的成功者毕竟很少,更多的是如宋钢、刘伟之父、杨飞、杨飞其父等平凡一族的存在,一个人即便你如何善良,如何具有倔强的生命力与人性的光辉,如何富有生活的热望,但时代与命运所赋予你的苦难与死亡有时是一己之力所不能抗衡的,这时廉价的乐观于事无补,倔强的生命力也很快被摧残,生命的无助与孤寂感扑面而来,生无所生,死又无葬身之地,于是余华的创作有了更多元

---

① 王侃、余华:《我想写出一个国家的疼痛》,《东吴学术》2010年第1期。

② 洪治纲、余华:《回到现实,回到存在》,《南方文坛》2006年第3期。

③ 洪治纲:《解构者·乐观者·见证者——论余华〈兄弟〉中的李光头形象》,《文学评论》2012年第4期。

更复杂的思考,譬如余华的新作《第七天》。余华在愈来愈深刻的个人化写作中,极其生动地展现了生活在"一个伦理颠覆、浮躁纵欲和众生万象的时代"[①]之中,当人们面对如野蛮强拆、欺瞒事故、贪污腐败、黑市卖肾、无钱治病、刑讯逼供、弃婴事件等各种暴力与苦难、各种社会的异化与人的异化之时,人们的肉体与精神上所遭遇的巨大痛苦与疼痛!人与人相处的和谐与美好成了永远难以到达的乌托邦,只有在死后等待升天的虚幻之境人们才能相聚一起,相亲相爱,和乐相处,因为"那里没有贫贱也没有富贵,没有悲伤也没有疼痛,没有仇也没有恨……那里人人死而平等"[②]。这种叙述与反讽,是现实中国人的生存之痛,更是时代之痛与民族之痛!余华的叙述虽然充满着一定的荒诞色彩,但书写的社会形象与中国人形象却具有极为震撼人心的真实性一面。在这荒诞与真实之间,在这种种苦难之中,人们真正的生存空间(即归宿感)究竟在哪里?余华的焦灼与悲愤无疑是凝重的,他的同情与悲悯有着直抵人心的力量,人物形象的复杂性与悲怆性也由此产生。从这些中国人形象之中,我们不仅可以看见中国人成长的足迹,还可以看见中国时代发展的印记,同时更能看见作者对国家未来的发展期许。

余华20世纪90年代以来的创作为我们塑造出了极具现实意义与生活气息的中国人形象,余华写的虽是中国与中国人,但他对人类终极生存的思考却带有着普遍性的隐喻意义,因为在世界发展的全球化背景之下,处于现代经济发展中的任何一国,每天都会产生各自不同的社会问题与人类生存问题,虽然苦难终究会是难免的,但对于更多的普通个体来说,生命的指向却是同一的,那就是快乐地生存,自在地活着!

---

① 余华:《兄弟》后记,上海:上海文艺出版社2006年版,后记页。
② 余华:《第七天》,北京:新星出版社2013年版,第225页。

第三节　全面辐射的跨文化形象传播

在海外,余华有着广泛的国际声誉及影响力,说"余华热"毫不为过。据《海外馆藏:中国图书世界影响力报告》显示,2013 年余华《兄弟》的世界馆藏量达到了 144 种,名列中文图书馆藏量排行榜第七[①];而在 2014 年的影响力报告中,余华的《第七天》则名列第一,全球收藏图书馆数量达到 99 种[②]。余华在国外的影响力在某种程度上甚至远胜过国内,在国内,余华素来与一些重要的文学奖项无缘,譬如茅盾文学奖、鲁迅文学奖等,但在国外,他却屡获不同的文学大奖,颇受认可。在文学传播的全球化背景之下,海外余华的跨文化传播热值得关注与反思。

一、海外出版:全面性与主流性

余华作品的被译介始于他创作转向后的 20 世纪 90 年代,迄今为止,余华作品在国外出版的种类与册数无法精确统计,但可以肯定的是,作为一个中国当代作家,他的国际影响力可以和诺奖获得者莫言相提并论。

在中国当代文学作家中,余华并不属于高产作家,但他的影响力与其创作量并不是成正比的。截至 2018 年,余华先后出版了 5 部长篇小说,6 部中短篇小说集,以及若干随笔与杂文集等,他的 5 部长篇小说均被翻译成了外文,很多中短篇小说在域外也颇受青睐。为了清晰展示余华作品在海外的传播情况,我们对他的海外出版做了一个大致的扫描,这其中不包括再版或被收入一些小说类或综合类作品集的作品,也不包括其作品在同一语种国家的重复印刷,其中被译介作品资料的排列以最早出现译作的时间为序,具体见表5:

---

① 《2013 世界馆藏影响力分析报告》,《中国出版传媒商报》2013 年 8 月 27 日。
② 《海外馆藏:"2014 年中国图书世界影响力"年度报告》,《中国出版传媒商报》2014 年 8 月 26 日。

表 5　余华被译介作品时间表

语种	最早出现时间	译作
德语	1992 年	《活着》《许三观卖血记》《十个词汇里的中国》《兄弟》等4 种
英语	1993 年	《活着》、小说集《往事与刑罚》、《许三观卖血记》、《在细雨中呼喊》、《兄弟》、《十个词汇里的中国》、《黄昏里的男孩》、《第七天》等 8 种
法语	1994 年	《活着》、《世事如烟》、《许三观卖血记》、小说集《古典爱情》、《在细雨中呼喊》、《一九八六》、《兄弟》、合集《十八岁出门远行及其他》、《十个词汇里的中国》等 9 种
荷兰	1994 年	《活着》《许三观卖血记》等 2 种
希腊	1994 年	《活着》
韩语	1997 年	《活着》、《许三观卖血记》、小说集《我没有自己的名字》、《世事如烟》、《在细雨中呼喊》、《夏季台风》、《一九八六》、《战栗》、《兄弟》、散文集《灵魂饭》、短篇集《炎热的夏天》等 11 种
意大利语	1997 年	《活着》、小说集《折磨》、《在细雨中呼喊》、《许三观卖血记》、小说集《世事如烟》、《兄弟》、《十个词汇里的中国》等 7 种
日语	2002 年	《活着》、《兄弟》、《十个词汇里的中国》、《许三观卖血记》、《第七天》等 5 种
越南语	2002 年	《活着》、《兄弟》、《古典爱情》、《许三观卖血记》、《在细雨中呼喊》等 5 种。
挪威	2003 年	小说集《往事与刑罚》
印度	2005 年	《活着》、《许三观卖血记》等 2 种
瑞典	2006 年	《活着》、《许三观卖血记》等 2 种
希伯来语	2007 年	《许三观卖血记》
葡萄牙语	2008 年	《活着》、《许三观卖血记》《兄弟》等 3 种
西班牙语	2009 年	《兄弟》、《活着》、《在细雨中呼喊》、《许三观卖血记》、《十个词汇里的中国》等 5 种
塞尔维亚语	2009 年	《活着》

语种	最早出现时间	译作
斯洛伐克语	2009 年	《兄弟》
泰国语	不详	《活着》、《许三观卖血记》、《兄弟》等 3 种
俄语	不详	《许三观卖血记》、《十个词汇里的中国》等 2 种

从表 5 得知,余华作品的海外传播具有以下几方面特色:一是传播范围比较广泛。余华小说先后被翻译成了近 20 余种文字在世界范围内广为传播,最早的译本出现在欧洲,译本较多的是法国与韩国。余华在西方传播范围较之亚非拉地区要广得多,基本还是以西方社会为主的传播模式,这也是在当今全球化文化背景下所形成的一种文化输出使然,因为正如徐敬亚所说的:"我们今天所说的(世界文学)并不是指亚非拉,也不是说寒冷的南极。中国当代作家没有几个会说我在非洲有广大读者,非洲给我什么奖了。我们心中暗指的,盯得更多的是西方主流的地盘,欧洲、北美西方发达国家的读者、批评界和汉学界。"①这是当今世界主要文化传播格局的体现,从这个意义上说,余华的域外传播算是达到了预期的也是世界认同的传播格局与传播效果。二是出版平台影响力比较大。余华英译本的合作出版商是 Anchor Books 出版社,该出版社所隶属的美国兰登书屋出版公司(Random House,Inc)为世界最大的图书出版集团;而他的法文译本从 2000 年起就固定在 Actes Sud 出版公司(南方文献出版社)出版,该出版公司在法国非常有影响力,属于法国主流的出版媒体。多与域外一些主流的出版媒体合作,这样易于在异域推广自己的作品,扩大影响力。余华作品的海外推广,与大平台的合作起到了很大的推动作用。三是起步晚但发展快。余华的小说创作始于 1983 年,但其小说的被译介出版却是在十年之后的 20 世纪 90 年代,起步不算早。从上表中我们可以看出,在余华被译介的作品中,《活着》总是排在第一位,也就说余

---

① 张莉:《传媒意识形态与"世界文学"的想象——以"顾彬现象"为视点》,《文艺争鸣》2009 年第 2 期。

华作品的域外传播,在很多国家都始于《活着》。《活着》最早发表于1992年6月,也就是从那一年开始,余华的作品就开始向域外传播,而且很快便有了德语版(1992)、英语版(1993)与法语版(1994)。毫无疑问,在海外,读者感兴趣的是余华后先锋时期的转型之作,也即面向中国社会现实之作。之后,他每出一部长篇都能同步被译出,长篇小说的被译介还带动了他之前先锋时期的小说与散文随笔等的域外传播。余华的域外传播虽然起步晚但发展很快,在中国当代作家中,除了莫言,很少能有其他作家与他相提并论,余华作品的海外传播无疑是成功的。

余华作品海外传播成功的背后同样也是与优秀翻译家的精诚合作密不可分,在作品译出的过程之中,余华遇到的都是优秀的翻译家,对此他曾经说道:"优秀的译者是可遇不可求的,我幸运地遇上了很多好译者。"①余华作品海外译本的译介者多是国外高校的一些知名专家、教授与学者,譬如英译本《活者》的译者就是加州大学圣巴巴拉分校东亚系副教授白睿文(Michael Berry);英译本《兄弟》的译者是哈佛大学副教授周成荫(Eileen Cheng—yin Chow)与杜克大学助理教授卡洛斯·罗杰斯(Carlos Rojas);法文译本《兄弟》的译者何碧玉是法国国立东方语言文化学院中文系教授,而她的合作者也是她的丈夫——安必诺(Angel Pino)也是一个汉学家。这些翻译家汉学修养深厚,又深居高等学府,具有一定的译介话语权,他们的翻译在很大程度上保证了译作的高水平,也保证了译作的传播,这点在莫言的海外传播那里亦是如此,可见翻译家的素养与译作的质量是决定作品传播力的重要因素之一。余华作品海外传播的成功还与余华海外宣传的注重有着一定的因果关联,这点也是王蒙与莫言非常重视的举措。与同时期作家相比,在自己的作品被译出之后,余华亲自参与自己作品的海外宣传比较多,他频繁高调出席海外的一些文学宣传活动。1992年,余华的译作开始被介绍到国外,从1995年起余华开始经常性地游走海外,与同行与读者交流创作心得、切磋创作技艺,与国外读者保持着高频的面对面交流,这为他作品的流传铺设了一定的接受基

---

① 高方、余华:《"尊重原著应该是翻译的底线"——作家余华访谈录》,《中国翻译》2014年第3期。

础。与此同时,他也经常性地参与一些国外文学奖的评选,并屡获重要奖项,扩大了他在海外的知名度,他曾先后获得了意大利格林扎纳·卡佛文学奖最高奖项(1998)、澳大利亚"悬念句子文学奖"(2002)、美国"巴恩斯-诺贝尔新发现图书奖"(2004)、"艺术及文学骑士勋章"(2004)、法国首届"国际信使外国小说奖"(2008)等。2014 年,余华还在《纽约时报》开辟专栏,为海外读者介绍中国。这些文学活动的开展为他作品的海外传播营造了一定的传播语境与传播效应。

余华是一个具有世界文学视野的中国当代小说家,其小说创作的每一次转折与提升,都与外国作家对他的影响与启悟密不可分。作为一位有着国际性创作视野的作家,在自己的创作完成之后,他自然而然也希望自己的创作能够尽快融入世界文学的大舞台中,接受国外读者的检验。因此,余华对于自己作品的走出去与他对世界文学的引进来一样用心且迫切,不可否认的是,余华在海外的传播热与他自己的悉心打造不无关联,由于传播主体对于传播的重视,且懂得运用一些传播媒介来为自己的域外传播推波助澜,所以一定传播效果的形成便在情理之中了。

二、海外影响:现实批判性与普世性

余华作品在海外一定的传播力营造了不一般的影响力,传播与影响常常不是对等的关系,有的作品销路很好,但反响平淡,也就是说影响力比较弱,像一阵风稍纵即逝,对此余华就曾说:"不要以为出版了就是成功,很多书出版后无声无息,这和没有出版一样。"[①]中国作品的海外传播,中国形象的海外确立,主要还是要通过一定的影响力来实现,而余华的海外传播绝对是非常成功的传播范例。余华作品在海外口碑好,读者多,也从不缺乏研究者,也就是说,无论是在小众的学术话语领域,还是大众文化市场,余华都有着鲜活的影响力。主流话语方面,"以《兄弟》为例,法文版被法国主流社会称为'当代中国的史诗'、'法国读者所知的余华最为伟大的作品',英文版也得到《纽约时报》、《纽约客》、《华盛顿邮报》等众

---

① 高方、余华:《"尊重原著应该是翻译的底线"——作家余华访谈录》,《中国翻译》2014 年第3 期。

多美国权威媒体和一些著名评论家的好评。"①而法国《图书周刊》的评论文章说,余华"无疑是最具光环效应的人之一,在年轻的中国当代文学中最具独创力的代表人物之一,而中国文学已经在我们中间传播了"②。在大众文化领域,余华受欢迎的最典型例证则体现在近邻韩国。2000 年,余华的《许三观卖血记》被韩国《中央日报》推选为读者必读的 100 部书目之一;2013 年,该作品被改编为同名话剧上演;2014 年 6 月,《许三观卖血记》又被韩国 NEW 公司改编成电影剧本投资拍摄。2009 年,随着《兄弟》的被译介,美国大众传媒甚至这样宣传,2009 年"不仅仅是牛年,更应该是余华年"③,足可见《兄弟》的海外影响力之大。

在海外,对于余华作品的评论与研究愈来愈多,特别是在法国、韩国与美国,以余华小说为论题的硕博士论文也很常见,一般的研究文章更是难以计数,这其中主要以汉学家与华人学者的研究为中心而向周围辐射。汉学家与华人学者对余华的研究多半集中在学术层面上的作品主题与艺术探讨,譬如他的政治美学、他的文本暴力及其小说艺术的颠覆性等,这种学术性小众话语的研究一般在国外影响甚微(但也不可忽视)。通过余华作品来树立对于中国形象的具体认知,主要还是要从普通读者的评论中,或者一些西方主流媒体的评介里分析而来,因为这才是传播的普通受众与主流受众。从海外主流媒体或者普通受众那里,我们会发现一些对余华作品的评论与研究和我们国内的余华研究及读者反响不尽相同,譬如对于余华的《兄弟》,国内基本批判性的研究比较多,而国外特别是法国与美国肯定性的评价较多等。这种接受与研究的差异性正是我们了解余华的世界纬度之所在,从中我们可以发掘在国外中国作品得以广泛传播与确立影响的因素。因此,综合性地考察余华学术性的小众话语研究与大众话语评论,是能够发掘西方受众所关注的中国作品的"研究点"或"兴趣点"所在。

---

① 高方、余华:《"尊重原著应该是翻译的底线"——作家余华访谈录》,《中国翻译》2014 年第 3 期。

② 蔡丽娟等译:《〈兄弟〉在法语世界——法语书评翻译小辑》,《文艺争鸣》2009 年第 2 期。

③ [美]莫琳·科里根:《〈兄弟〉是一个巨大的讽刺》,美国全国公共广播电台,2009 年 2 月 9 日。

　　一是中国形象的社会性。余华在中国文坛的引人关注是基于他先锋和后先锋时期的创作,而这两个阶段的创作在海外都有译作出现,但从译介的情况来看,先锋时期作品的同步译介几乎没有,《活着》在很多国家是余华作品被译介的开始,之后带动了余华其他作品的被译介。从余华海外传播的总体局面来看,后先锋时期的创作影响力明显很大,如《在细雨中呼喊》《活着》《许三观卖血记》《兄弟》《第七天》等,特别是《许三观卖血记》《兄弟》与《第七天》世界关注度相当高。形成这种局面的根本原因即在于后先锋时期余华创作的愈来愈贴近中国当代社会现实的缘故,而这些现实性极强的作品,常常是被海外普通的传播受众看作是了解与认识中国的资料。从海外传媒对余华的评介来看,我们经常能发现"文革""中国当代社会"等字样,如《许三观卖血记》在韩国出版时,韩国《京乡新闻》曾做过如下介绍:"贫穷时代卖血的悲喜剧,中国作家余华的长篇小说,以'文革'前后为时代背景,为了家人卖血一辈子,一个家庭的苦难历程,张艺谋导演电影原作,欧洲等地获得旋风式的人气。"[1]比利时《晚报》评论者阿德里安娜·尼日特也这样评论余华《兄弟》:"小说《兄弟》追述自'文革'以来中国的变化。……余华利用《兄弟》的故事来叙述中国的故事。……透过这两种命运,看中国社会的动荡。余华向我们讲述中国的偏激、矛盾和踌躇。"[2]而《卢森堡日报》上一篇署名让雷米·巴朗的评论文章更是以"中国的传奇之旅"为题来评论余华的《兄弟》:"他们成年于中国的改革开放时代。由于理解现实世界的方式极度不同,他们走向了各自的道路。……作者在描绘两个兄弟的冲突当中,展现了一幅从 20 世纪60 年代到今天的中国社会的完整图景。"[3]法国主流媒体也认为:"余华是在以拉伯雷式的粗鄙展现中国社会的极端真实,是在用一种看似轻浮、夸张的笔调书写黑色幽默,他有着如斯丹达尔般展现一个时代的雄心。"[4]正如有些研究者所说的,在海外,"主流社会的意识形态则使他们尤为关

---

① 转引自张乃禹:《韩国文化语境中的余华》,《小说评论》2013 年第 4 期。
② 蔡丽娟等译:《〈兄弟〉在法语世界——法国书评翻译小辑》,《文艺争鸣》2009 年第 2 期。
③ 蔡丽娟等译:《〈兄弟〉在法语世界——法国书评翻译小辑》,《文艺争鸣》2009 年第 2 期。
④ 杭零:《法兰西语境下对余华的阐释——从汉学界到主流媒体》,《小说评论》2013 年第 5 期。

注《兄弟》这样具有现实指向和丰富社会性的作品,强调余华对中国社会特有的个人经验和集体经验的书写"①,而在余华的海外传播中起推动作用的恰恰是这些主流媒体。对于广大的海外接受者而言,中国当代小说常常被他们视为了解中国的社会资料,他们看重的是它的社会性,艺术性不是吸引他们的所在。

二是中国形象的批判性。在西方世界,意识形态因素历来是他们看待中国作家作品的固定利器,这体现在余华作品的海外传播中亦是如此。纵观余华的小说创作,毫无疑问"批判性"也确实是其显要的特征,对于文学作品的批判性,余华曾这样说道:"文学的目的是什么?老实说,我不知道。但有一件事情是确定的,如果只是用来批判现实,文学是没必要存在的,但与此同时,文学永远在批判现实。"②显然,余华并不否认文学创作批判意识的存在及其重要性,但对于如何去表达作品的批判性,余华说:"写小说和写社会批判文章是完全不同的。我总是提醒自己不能把新闻批判语言带进小说。评论语言需要紧贴现实,但小说语言恰恰相反。小说用社会批判的模式来写,那是灾难。"③也就是说,余华创作的批判性只是一种文学批判与反思而已,可现实的海外传播情况是,很多传播受众更愿意把余华的作品当作社会批判文章来看,所以对于《兄弟》这样的作品在中国能够出版,他们感到奇怪,正如法国的一位名叫盖伊·杜居评论者在《自由比利时日报》撰文写道:"这部巨著叙述了中国四十余年的历史:从文化大革命到当代的经济开放。……《兄弟》在中国引发了巨大的成功,奇怪的是,在那里它没有受到阻挠。"④因为文化发展与社会体制的迥异,西方人看中国,正如周宁所说的,要么是乌托邦形象,要么是意识形态化形象。而20世纪以来随着世界发展的全球化,西方看中国,神秘的东方主义化色彩早已不多见了,更多的是带有偏见的意识形态领域内的认知,所以凡是触及中国社会体制的反思或批判的作品,常常能够引起西方

---

① 杭零:《法兰西语境下对余华的阐释——从汉学界到主流媒体》,《小说评论》2013年第5期。
② 王湛、庄小蕾:《几年过去,〈兄弟〉已不再显得荒诞》,《钱江晚报》2014年2月23日。
③ 王湛、庄小蕾:《几年过去,〈兄弟〉已不再显得荒诞》,《钱江晚报》2014年2月23日。
④ 蔡丽娟等译:《〈兄弟〉在法语世界——法语书评翻译小辑》,《文艺争鸣》2009年第2期。

社会的极大关注。在汉学界,在余华的研究中这点也是比较凸显的,譬如余华作品的翻译者何碧玉就认为:"《世事如烟》是余华短篇中对中国现实的影射最为明显的作品之一。所有中国传统社会中的丑恶以及'文革'记忆都在其中涉及,例如包办婚姻、继承香火的顽固信念和孩子的工具化等等。……不论读者是否把余华的写作与自己所知道的中国联系起来,都能够感受到一个受诅咒的世界,在这个世界中生存欲望总是通向死亡。"①这还是余华早期比较抽离现实的作品,而对于后期回归现实之作,西方媒体更多看到的是这种由现实而来的讽刺与批判,譬如他们这样评论余华的《兄弟》:"从'文革'的残酷到市场经济的残酷,余华涤荡了近年来的历史,把粗野怪诞的故事重现在我们面前。这是一部大河小说,建构宏伟,既有流浪小说的特征,又充满这荒诞色彩,为了解当今的中国,慷慨地打开了一扇门。"②批判是思想的体现,作为严肃文学不可或缺的就是批判性,对批判性的注重体现了西方受众对文学的判断与选择,但同时不可否认的是,这其中也有着来自意识形态的强烈偏见。在海外,对艺术的忽略与对意识形态的关注已经成为海外传媒接受中国作家作品的最大特色。

三是中国形象的普世性。 在海外,余华小说的受关注除了被附注一定的意识形态性因素之外,还具有一定的普世性被关注因素的存在,也就是说余华作品在海外的传播不全是靠意识形态收编的,还有来自意识形态之外的认可与肯定,那就是作品的普世价值。韩国学者李旭渊曾在《新时期文学中的民间与国家——以莫言和余华小说为例》一文中提到,余华作品中所写的故事,"它不仅存在于中国,在不同文化背景的其他国家中也可能见到它的影子。也就是说,余华小说空间或背景的设置更具有普遍意义,更能够引起不同文化背景读者们的精神共鸣"③。无论世界上的任何一个国家或民族有着怎样不同的文化特色,但在表现人与人性这点上,世界上的任何文学总是相通的。在余华的创作中,对人的生存关注一

① 杭零:《法兰西语境下对余华的阐释——从汉学界到主流媒体》,《小说评论》2013 年第 5 期。
② [法]詹妮弗·威尔卡姆:《受伤的中国景象》,法国《十字架报》2008 年 5 月 29 日。
③ 转引自张乃禹:《韩国文化语境中的余华》,《小说评论》2013 年第 4 期。

直是其创作的核心所在,这也是他的作品之所以易于在域外传播的重要原因。有韩国学者曾经指出:"(20世纪)90年代余华小说里我们能感到对人生的同情怜悯之心,小说指向的是高尚、超越、真理、意义、永远和希望……《许三观卖血记》表明存在的深层爱情和信赖,是人道主义的作品。"①这样的故事即使发生在不同的世界区域,能指尽管不同,所指却是共一的,自然能够引起读者的共鸣,正如纽约锚(Anchor)出版社在推介《活着》时所说的,余华的《活着》"不仅写出了中国和中国人的精神内核,而且触及人性的深处","《活着》是一个震撼心灵的故事,融美德、反抗和希望于一体","作为当代中国一位重要的小说家,余华以冷峻的目光剖析社会,以温暖的心灵感受世事。他的小说构思巧妙,散发着神奇的光晕,虽然讲述的是中国的人和事,引起的却是世界性的共鸣","《活着》是人类精神的救赎,表达了人类共通的情感追求"。② 这段评价应该是颇具代表性的西方评介。此外,凡是能在世界范围内广为传播的作品,在艺术探索上也无不具有世界性的艺术相通性。在余华的创作历程中,他一直保持着与世界文学的紧密联系,他创作的每一次转向都体现了他在艺术上的执着追求,都体现了他努力向外瞭望的姿态,从川端康成、卡夫卡到福克纳,我们能在余华小说中找到太多艺术借鉴的例证。夏威夷大学出版社在推介余华的小说集《往事与刑罚》时就曾说:"余华的小说在20世纪80年代面市时引起了文坛的轰动,他的创作是对中国文学传统观的反叛,令人想到卡夫卡、川端康成、博尔赫斯、罗布-格里耶这些西方现代主义作家,但其创作灵感完全来源于中国的传统叙事。"③这就是典型的用世界性的眼光在说中国的故事,自然能够引起域外读者的阅读兴趣。而在海外余华研究中,像这般把余华与其他世界文学作家(如狄更斯、拉伯雷、格拉斯、托马斯·曼等)联系起来评说的学者则非常之多。2002年,余华获得了澳大利亚"悬念句子文学奖",他们在授奖词中这样评价余华的创作:"你的中篇和短篇小说反映了现代主义的多个侧面,它们

---

① 转引自张乃禹:《韩国文化语境中的余华》,《小说评论》2013年第4期。
② 姜智芹:《中国新时期文学在国外的传播与研究》,济南:齐鲁书社2011年版,第116页。
③ 姜智芹:《中国新时期文学在国外的传播与研究》,济南:齐鲁书社2011年版,第112页。

体现了深刻的人文关怀,并把这种有关人类生存状态的关怀回归到最朴实的自然界,正是这种特质把它们与詹姆斯·乔伊斯以及塞缪尔等西方先锋文学作家的作品联系起来。"①从这种评论倾向中我们可以看出,余华小说究其本质来说"并不在于它与西方文学某'点'的相似,而在于它本身具有的开放性和世界性因素。"②因此当余华带有主题先行特征的《第七天》问世后,其在西方世界的遇冷也就不难理解了,因为"法国读者从余华依旧生猛的语言中,看到了结构性的空洞。……小说只是对中国现实问题的拼贴,在手法上并不高明。尽管在余华自己的表述中,这样的'拼贴'恰巧顺应了他'对当下中国既不控诉也不辩护'的中立立场,法国读者们对于小说的可读性并不买账,《第七天》也相继被贴上了'快餐文学'、'博客风格'、'段子集'等标签。"③可见,真正具有普世价值的作品,真正具有世界性眼光的作品,不仅体现在表现人与人性的思想深度之上,而且也反映在作品艺术探索的世界性认可之上。

在中国当代文学创作中,余华作品的对外传播无疑是成功的,因为他大部分创作都被译出了,且大多在海外广受欢迎。但余华对此有着清醒的认识:"现在全世界开始更多地关注中国,我想这对中国文学是一件好事。"又说:"像我这样的中国作家即使有一些作品在海外获奖和出书,影响力仍然有限得很。文学发生影响力是一个缓慢暗藏的过程。正因为如此,它的影响力才能穿越时空穿越具体时代而直指人心。"④显然,如何进一步提升中国作品在海外的影响力,同时塑造与传播更为贴近我国现实且更为多元丰富的中国与中国人形象,是一个复杂、沉重且漫长的话题,值得一代又一代作家不懈地探讨,但在这之中,海外余华热的出现是令人欣喜且值得审视的。

---

① 余华:《世事如烟》,上海:上海文艺出版社 2004 年版,第 4 页。

② 郭建玲:《异域的眼光:〈兄弟〉在英语世界的翻译与接受》,《文艺争鸣》2010 年第 12 期。

③ 柳莺(巴黎):《余华〈第七天〉在法国:退散的温度》,《北京青年报》2014 年 12 月 23 日。

④ 余华:《必须忘掉以前的小说才可能写出新的小说》,转引自刘江凯《认同与"延异"——中国当代文学的海外接受》,北京:北京大学出版社 2012 年版,第 255 页。

第六章 余论:新世纪多色调
中国形象确立的可能性

在世界范围内,中国形象的塑造与传播是一个国内外多元共生的完整生态链,但在这其中,中国形象的自我塑造与传播显然起着绝对的主导作用。回望当代中国形象的塑造与传播,虽然取得了一定的成就,但同时也面临着严峻的挑战。王德威曾说:"在 20 世纪文学发展史上,'中国'这个词作为一个地理空间的坐标、一个政治的实体、一个文学想象的界域,曾经带给我们许多论述、辩证和启发。时间到了 21 世纪,面对新的历史情境,当我们探讨当代中国文学的时候,对眼前的'中国'又要做出什么样的诠释? 而这些诠释又如何和变动中的阅读和创作经验产生对话关系?"①这些问题确实要引起我们的重视。面对 21 世纪世界全球化发展的新挑战,我们只有从根本上提升与拓展中国形象的自塑与传播,才有可能在世界范围内树立多色调的中国形象。

第一节 文化立场的确立与文学话语的重置

在新世纪世界全球化的发展语境之中,中国形象的自塑必将面临很多挑战,只有厘清思路,拓宽视域,从根本上提升中国形象的自塑,才有可

① [美]王德威:《现当代文学新论:义理·伦理·地理》,北京:生活·读书·新知三联书店 2014 年版,第 117 页。

能打开中国形象传播的新局面。

一、文化的主体性问题：全球化与本土化

20 世纪 90 年代以来，"全球化"作为世界发展的核心关键词开始在西方学术界兴起，正如澳大利亚学者沃特斯（M. Waters）所说："就像后现代主义是（20 世纪）80 年代的概念一样，全球化是 90 年代的概念，是我们赖以理解人类社会向第三个千年过渡的关键概念。"①21 世纪以来，"全球化"概念开始逐渐深入到世界政治、文化、社会等诸多领域，成为世界各国发展的重要背景与目标趋向，正如王宁所说："我们必须正视这样一个事实，即无论我们喜欢与否，或者无论我们怎样试图躲避全球化的干扰，全球化已经像一个幽灵一般把我们置于其中，并在影响我们的政治、经济、社会和文化，甚至涉及我们的日常生活和学术研究工作，成为我们无法回避的一个客观现象。"②在文化发展领域亦是如此，"文化全球化"也早已成为文化发展的世界性话语，虽然学界对它的质疑与争论从未停止过。文化全球化指的是文化发展的世界意识，在文化全球化的概念认知里，所有的文化都是相对于其他文化而存在的，文化的全球化过程就是文化的多元化发展历程，全球文明论者珀尔马特就指出："目前的全球化是第一个真正的全球文明的前导，全球化就是为了要创造一个世界文明，在这个世界文明中有一种全球'融合'的动态形式"。③面对"全球化"——这一世界性的前瞻话语，作为国际社会积极成员国的中国，最理性的态度便是对此做出积极回应，将这一世界性的文化潮流为我所用，因为正如巴赫金所说的，"异种文化只有在他者文化的眼中，才得以更充分和更深刻地揭示自己"④。但是我们必须注意的是，呼应文化全球化，倡导文化全球化，并不等于消融自己的民族文化个性，让自己的民族文化淹没在文化全球化的洪流之中，而是在积极融合的同时发展并传递自己本民族的

---

①　转引自文军：《西方多学科视野中的全球化概念考评》，《国外社会科学》2001 年第 3 期。

②　王宁：《全球化语境下的后现代和后殖民研究》，载《全球化与后殖民主义》，王宁等主编，北京：中央编译出版社 1998 年版，第 128 页。

③　转引自文军：《西方多学科视野中的全球化概念考评》，《国外社会科学》2001 年第 3 期。

④　刘宁：《巴赫金论文两篇》，《世界文学》1999 年第 5 期。

文化形象。

在中国形象的自我塑造历程中,不难发现百年来我们所参照的一直是西方的文化标尺,在很大程度上,中国的大部分形象仍旧是西方文化史上、传媒史上的中国形象,在西方强大的文化话语霸权之下,我们文化的自我主体难以确立,只能在西方化了的他者镜像中来认同自己,向着西方认可的方向发展自己,并不惜丢弃自己的文化特质。这种与西方持有相同文化视角的现象表面上看好像已经达到了一种文化的全球化,但这种全球化的本质就是西方化,这种全球化与我们今日所说的全球化完全是背道而驰的,它是一种以西方化为主宰的文化统辖,是一种以强势文化来消解弱势文化差异的一种文化霸权的体现,而我们现在所提倡的文化全球化则是"后殖民理论家试图消解帝国中心话语、弘扬民族文化的一个出发点"①,用意恰恰相反。目前在中国国内,这种对文化全球化思潮的误读误判的现象仍然不同程度地存在着,正如张颐武所说的:"在中国语境中,有些所谓信仰全球化的'自由主义者'不断地利用所谓'世界潮流'、'普遍价值'之类的话语对全球化进行阐释,这种阐释异常简单地将西方或美国的政治、经济、文化变为人类的终极价值,以所谓共有文明的浪漫表述掩盖'全球化'的问题。"②所以在 21 世纪,在全球化的背景之下塑造与传播我们的中国形象,我们必须对全球化思潮抱有清醒的认识与批判精神,文化的全球化不等于西方化或美国化,在文化的全球化中世界各民族文化都应有着自己的位置与声音。

世界文化的发展与繁荣必须是以各民族文化发展的多样性为基点的,而全球化强调的则也是世界文化的交流与共生,它是多向度的,文化的多样性不可祛除。2001 年,联合国教科文组织第 31 次代表大会通过了《世界文化多样性宣言》,指出文化多样性是交流、革新和创作的源泉,对人类来讲就像生物多样性对维持生物平衡那样必不可少。③ 2005 年,

---

① 王宁:《全球化语境下的后现代和后殖民研究》,载《全球化与后殖民主义》,王宁等主编,北京:中央编译出版社 1998 年版,第 129 页。

② 张颐武:《全球化:亚洲危机中的反思》,载《全球化与后殖民主义》,王宁等主编,北京:中央编译出版社 1998 年版,第 86 页。

③ 转引自张玉国:《国家利益与文化政策》,广州:广东人民出版社 2005 年版,第 71 页。

联合国教科文组织第33届大会又通过了《保护文化内容和艺术表现形式多样化公约》以保护文化发展的多样性。如何发展文化的民族性与多样性?其实依据的就是文化主体性的问题,每一种文化的传承、发展与传播都不能丧失其文化主体的能动性,否则文化发展的多样化就流于形式与空谈。在世界文化交流与融合的全球化背景之下,我们的文学在书写与传播中国形象时,显然不能为了取悦于全球化而丧失作为中国形象站立所凭依的文化主体性。1997年,著名社会学家费孝通在《反思·对话·文化自觉》中曾论述了著名的"文化自觉"的问题,其实所谓的文化自觉意识就是要张扬鲜明的文化主体意识,这是全球化背景之下当代中国文化与文学发展所应持有的一种理性的认知和态度。

如何确立文化的主体性?首先我们必须要确立一定的文化自信意识。中国文化的辉煌灿烂举世皆知,足以让后人引以为豪,只是晚清以来被后起的西方文化赶上,才产生了文化危机而有了文化自卑意识。现在在全球化背景之下,由于语言、文化甚至政治、经济等原因,中国文化在与西方文化竞争中尚处于劣势。但愈是在劣势的情况下,我们愈是要保持文化自信,拒绝被他者化,不能一切听任他人,崇洋媚外,搞民族虚无主义。文化自信是一种精神构建活动,它是建立在对民族文化认同的基础之上的;而对于现代的中国人来说,要想真正实现现代化的强国之梦,也只有依托民族文化之根,简单地照搬西方,用西学取代中学,大量的事实证明,这样的做法不合中国文化和国情实际,是水土不服,行不通的。也正因此,我们高度评价自寻根文学以降直至今日的文化复古思潮,这就是文化自信的一个体现。文化自信意识体现在文学创作上,就是要求我们的文学要善于在全球化背景之下发掘中西文化的互补共融性,用开放的眼光来审视自己本民族的文化,发掘本土文化的精华,坚持本民族的文化主体意识,确立一种自我中国化的中国形象叙事,叙自己的故事,说自己的发现,而不是一味依赖并屈从于西方的他者文化意识,把自己他者化,把他者自己化,用他者来取代自己。2004年,许嘉璐、季羡林、任继愈、杨振宁、王蒙等五位发起人提议并发布《甲申文化宣言》,明确了在全球化背景之下中国文化应该持有的话语范式,那就是在向世界瞭望的同时,坚守自己的文化主体性,发展并积极传递我们的文化形象,这无疑是中国文学赖以塑造与传播中国形象的基点:"我们应当与时俱进,反思自己的传统文化,学习和吸收世界各国文化的优长,以发展中国的文化。我们接受自由、民主、公正、人权、法治、种族平等、国家主权等价值观。我们确信,中华文化注重人格、注重伦理、注重利他、注重和谐的东方品格和释放着和平信息的人文精神,对于思考和消解当今世界个人至上、物欲至上、恶性竞争、掠夺性开发以及种种令人忧虑的现象,对于追求人类的安宁与幸福,必将提供重要的思想启示。"①

确立文化主体意识,我们还必须防范文化自恋意识。中国文化长久以来的文化封闭形态使我们易于产生文化的自恋心理,满足于中国文化博大精深的文化意蕴和中国文化的田园诗般的境界,并与西方文化相对抗,排斥对外来文化的借鉴与吸纳,这种文化自恋极容易导致文化自大,进而塑造以自我为中心的封闭停滞的中国形象,这种唯我独尊的文化主体意识其实是一种狭隘的文化本土意识。任何文学的发展显然都不可或缺它自身的文化身份认同,这是一种对于自我的发现,否则文学创作就会流于空洞与盲从,就会消解它作为文化体现的独特性。但是,坚守自身的文化身份认同并不能以绝对排斥他者文化与外来文化为代价,其实这是一种变相的自我文化一体化的意识形态,我们可以在很多作品中找到类似的例证,譬如沈从文的逃避现代文明的湘西世界等,即便是最具现实拷问精神的张炜,他的《九月寓言》中也渗透着厌弃现代文明而幻化中国农村野性诗意生活的文化倾向。过分迷恋传统文化与过分执着于自己的本土文化,从另一个层面上来说这其实也是一种文化主体意识的丧失,因为他缺乏的是对于本土文化的独立的批评立场与理性的观照精神。还是费孝通先生说得好:"文化自觉只是指生活在一定文化中的人对其文化有'自知之明',……不是要'复旧',同时也不主张'全盘西化'或'全盘他化'。自知之明是为了加强对文化转型的自主能力,取得决定适应新环

---

① 许嘉璐、季羡林、任继愈等:《甲申文化宣言》,《中国青年报》2004年9月8日。

境、新时代时文化选择的自主地位。"①

　　然而令人颇感欣慰的是,当代已有作家在高涨的文化自信与自恋中开始了对本土文化进行冷静而深刻的反省,譬如莫言的《檀香刑》就"揭出中国文化的阴暗面和民族心理中噬人一面的冷酷"②,还有如贾平凹的《秦腔》、阎连科的《受活》等。这种对本土文化反思的作品愈多、愈深刻,其书写的中国形象也就会愈真实、理性而充满力量。20世纪80年代以来"文化热"与新儒学的兴起,文化回归热开始出现在中国思想界,对于传统与现代,学人们则显得理性了很多,甘阳就曾宣称:"我们对于传统文化,不但有否定的、批判的一面,同时也有肯定的、留恋的一面,同样,对于'现代社会',我们不仅有向往、渴求的一面,同时也有一种深深的疑惑和不安之感。我以为,这种复杂难言的、常常是自相矛盾的感受将会长期地困扰着我们,并将迫使我们这一代知识分子(至少是其中部分人)在今后不得不采取一种'两面作战'的态度:不但对传统文化持批判的态度,而且对现代社会也适中保持一种审视的、批判的眼光。"③

　　中国本土作家在世界全球化发展语境之下,一方面要瞭望世界,提升自己面对不同文化汇聚时所应具备的文化分辨与评判的能力;另一方面要坚守自己的文化主体性,力争塑造出带有现代语境的又不丢失自己文化主体性的中国形象。文学中的中国形象虽然是关于现代中华民族的共同认识与想象,但它绝不应该具有某种狭隘性与一体性,而应是多样化且民族化的;她是一种能够包容"传统"与"现代"、"中国"与"世界"等复杂内涵的独特的中国形象,她显然不能被异质化与同构化。

二、文化的本土性问题:民族性与普世性

　　文化全球化当然不是指全球文化一体化、同质化,而是强调全球文化的互融共生、多元多维,在此文化多样性的倡导是尤为重要的,而文化多

---

　　①　费孝通:《反思·对话·文化自觉》,载《费孝通论文化与文化自觉》,北京:群言出版社2007年版,第190页。

　　②　雷达:《当前文学症候分析》,北京:作家出版社2009年版,第177页。

　　③　甘阳:《古今中西之争》,上海:上海三联书店2006年版,第107页。

样性的前提就是各民族本土文化主体性的发掘,这种文化主体性往往与本土经验联系在一起,并通过本土经验的张扬得以体现。王蒙曾说:"全球化引起文化的焦虑,是指全球化使一些国家和地区的文化感到有一种被融化、被改变的危险。首先你会失掉自己的身份。"①所以在全球化的思潮之中如何彰显自己的身份标志,在西方文化的围困中如何凸显自己的文化本土性,就显得特别重要。我们这里所说的本土性指的是与西方的普世性相对立的东方特殊性,即"中国人自己的历史与现实及物性的,是对于中国人自身生存经验与历史的生动处理"②。它是中国人自己的历史与现实感知,只有身处中国文化语境之中的中国人才能有着深入的体会与感知,这与西方人所认同的中国的本土性是不可能完全对等的,鲁迅曾在评论赛珍珠的创作时说过这样一段话:"中国的事情,总是中国人做来,才可以见真相,即如布克夫人,上海曾大欢迎,她亦自谓待中国如祖国,然而看她的作品,毕竟是一位生长在中国的美国女教士的立场而已,所以她之称许'寄庐',也无足怪,因为她所觉得的,还不过一点浮面的情形。只有我们做起来,方能留下一个真相。"③其实确实如此,作为美国人的赛珍珠,恰如徐訏所说的"更使我意外的,是她对于极普通简单的中国话都不会说"④,她能够写出中国文化的本土性特征与经验吗?徐訏在百老汇看了赛珍珠的戏后说:"她的戏自然都以中国为背景,而且都是中国农村。多数都是根据中国农村的短篇小说。中国农村的贫穷,我不想掩饰,但是她把每个中国人都扮成没有骨头的窝囊,走起路来都无法直起背,进门出门都拜土地神或门神,遇事只求神,实在使我看了起了很大的反感,在场的中国人都很生气。"⑤显然只有置身于自己本民族的历史与现实之中,有着自己真实的生存体验与生命感悟的创作主体——中国人,才有可能创作出真正具有本土性的中国故事与中国形象。所以中国文学与中国形象的本土性经验一定是与本民族性相关的,对社会、历史、政治与

---

① 王蒙:《全球化视角下的中国文化》,《光明日报》2006 年 6 月 2 日。
② 张清华:《本土经验与普遍价值》,《文艺报》2010 年 4 月 30 日。
③ 鲁迅:《致姚克》,载《鲁迅书信集》,北京:人民文学出版社 1976 年版,第 444 页。
④ 徐訏:《赛珍珠》,《传记文学》1973 年 23 卷 3 期。
⑤ 徐訏:《赛珍珠》,《传记文学》1973 年 23 卷 3 期。

文化的反映，它必须由中国人自己去塑造与建构，在全球化语境之下，它是独一无二的，恰如刘绍棠所说："我是一个土著，一个土著作家，写出的是土气的作品……土气，在我看来，就是要具有鲜明的民族风格和浓郁的地方特色；也就是从内容到形式，都表现出强烈的中国气派。"①

　　彰显中国文化的本土性，民族性是不可忽视的重要观照内容。在任何文学创作之中，民族性的表述素来离不开传统历史文化，诚如别林斯基所说的，"要使文学表现自己民族的意识，表现它的精神生活，必须使文学和民族的历史有着紧密的联系，并且能有助于说明那个历史"②。所以在中国文学创作之中，我们必须具备一定的民族文化寻根意识，要积极挖掘中国形象赖以生存的文化之根，弘扬中国民族文化的优质元素，发掘民族文化生命的原动力、内驱力以及独特的民族文化精神，阐发民族文化的独特魅力，并展示民族文化的发展前景与一定的影响力。我们东方民族性的书写应该充满我们自己民族的声音与力量，这点是至关重要的，如姜戎的《狼图腾》就是对民族信仰与民族精神的一种呐喊，而莫言的《红高粱》就是对敢想敢说敢做的中国民间民族精神的张扬，而不能如萨义德在《东方学》中所引用的马克思《路易·波拿巴的雾月十八日》中所描写的东方那样："他们无法表述自己，他们必须被别人表述。"③所以，中国文化的本土性书写就是要书写出开放型的优质的民族性。此外，中国文化的本土性还应体现在中国文化的地域性特色之中，中国地大物博，不同的地域文化有着不一样的文化特征与文化内涵，这里的"地域化"不仅是指对风景、风俗与风情的描写，它更是指一种对地域文化精神的写照，丁帆曾说："'地域'（Region）在这里不完全是一个地理学意义上的人类文化空间意义的组合，它带有鲜明的历史的时间意义，也就是说，它不仅仅是一个地理疆域里特定文化时期的文学表现，同时，它在表现每个时间段中的文学时，都包容和涵盖着这一人文空间中更有历时性特征的文化沿革内容。

---

① 刘绍棠：《我是一个土著》，载《乡土文学四十年》，北京：文化艺术出版社 1990 年版，第 81—84 页。

② 别林斯基：《玛尔林斯基作品全集》，载《别林斯基论文学》，上海：新文艺出版社 1958 年版，第 77 页。

③ ［美］爱德华·W.萨义德：《东方学》，北京：生活·读书·新知三联书店 1999 年版，第 28 页。

所以说,地域文化小说不仅是小说中'现实文化地理'的表现者,同时亦是'历史文化地理'的内在描摹者。"①譬如贾平凹的商州系列,他就写出了一定的地域特色与历史文化,正如贾平凹所说的:"商州,实在是一块神奇的土地。它偏远,却并不荒凉,它贫瘠,但异常美丽……人民聪慧而不狡黠,风情纯朴绝无混沌。"②还有如寻根文学的很多地域小说等,无不渗透着一定的地域文化精神与**地域文化风情**,它们是独一无二的,并具有一定的现实指向意义。

文化全球化的一个重要属性就是文化发展的世界性视野,它讲求的是世界文化的大融合与大交流,也就是说在相异的基础之上进行相互的融合与渗透,这种融合与渗透强调的是一种文化的普世价值,正如有些学者所指出的,"文化全球化"追求的是一种"超越本土的文化认同和价值认同,或者说倡导一种所谓的'全球文化'","全球文化的产生意味着一种超越国界、超越社会制度和意识形态的普遍价值已经作为一种现实存在于世"③,文化形式可以是**各异**的,但文化价值却是共有的互通的,这是文化全球化的一种理想存在。我们强调中国形象的本土经验,并不是排拒普世化的价值追求,将自己锁定在一个封闭狭隘的空间,而是意在通过这一特殊的个别与群体去透视与把握人类与世界共有的普世性思想,这是以小见大的一种创作方式,也是作为"世界共同体"成员国之一的中国的作家们所应肩负的时代使命与所应有的胸怀。"普世"一词来源自基督教术语,"普世价值"一词最早是 1999 年诺贝尔经济学奖获得者阿玛蒂亚·森提出的,他在《民主价值观的普适性》一文中首次确立西方的民主价值观具有"放之四海而皆准"的普适性,自此西方的"普世价值"开始得到很多西方学者的追捧,并逐渐在世界性的范围内发酵并产生着广泛的影响。但我们这里所说的"普世价值"并非政治领域内的普世价值,而是指文化上的一种有关人类生存的共同的价值认同,与意识形态、和平演变等无涉,它的标准不是西方式的,而是人类共有的,也就是说普世价值不等于

---

① 丁帆:《中国大陆与台湾乡土小说比较史论》,南京:南京大学出版社 2001 年版,第 21 页。
② 贾平凹:《在商州山地》,《中篇小说选刊》1984 年第 2 期。
③ 俞可平主编:《全球化压力下的世界文化》,南昌:江西人民出版社 2001 年版,第 328 页。

普西价值，它是开放性与发展性的价值系统，"它不可能是一个纯粹的固定体系，也不可能是一个纯粹的先验体系，而是一个处于生成之中的体系；普世价值作为一种概括性最强的普遍性必然是对世界上各个民族文化所展示的特殊性所进行的抽象，因此，它的存在必然是与各个特定民族文化的存在是相关联的。"①在此，我们所说的文学创作中的本土经验不仅可以而且应该与世界普世价值相通，它应内在地具有开放开阔的全球视野，它既是地域的，也是世界的，是地域与世界的有机交融，是创作者从本土性经验中提炼出的普世性的情怀与价值，借用《尘埃落定》作者阿来的话来说，就是"文学最终是要在个性中寻求共性"②。"我借用异域、异族题材所要追求和表现的，无非就是一种历史的普遍性而非特殊性的认同，即一种普遍的眼光，普遍的历史感和普遍的人性指向。我把这概括为跨族别的写作。"③也正是这个缘故，阿来带有鲜明本土特色的藏族叙事不仅得到了中国其他民族的认同，获得了茅盾文学奖，而且也已被译成十几种语种在国外传播，备受海内外的广泛好评。东方中国的民族性不是粗鄙化的，更不是符号化的，它蕴藏着与普世价值相接的风情、情怀与精神，如张承志的《心灵史》就不单单是中国回民的心灵史，而姜戎的《狼图腾》讲述的也不仅仅是中国内陆草原的人文与生态的故事。由此可见，本土经验与普世价值既是矛盾的又是可统一的，如果协调处理得好，它不仅能给作品平添独特的思想艺术张力，而且还可有效地显现文化丰富多样的魅力，所谓的"用世界眼光讲中国故事"，讲的就是这样的道理。我们也只有站在这样立场和角度，才会重视中国形象、中国故事、中国情感、中国话话的表达，因为它讲的虽是中国，但反映的却是人类和世界共同的精神思想情感，特别是当下世界和人类共同的精神思想情感，特殊性中包含着普遍性。也唯有如此，我们才能与狭隘的民族主义划清界限而显现一种大胸怀、大视野、大境界，并在具体创作时将世界各国的众多阅读者作为自己的预设读者，铁凝就曾说："每一个作家的写作，都有隐含的和预设的

---

① 牟成文：《论民族文化的普世价值》，《江西师范大学学报》（哲社版）2012年第2期。
② 阿来：《通往可能之路（谈话录）》，《文艺报》1999年7月10日。
③ 阿来、孙小宁：《历史深处的人生表达》，《中国文化报》1998年3月31日。

读者,在过去,这个读者基本上是不言而喻的,他就是中国人,但现在,作家会意识到,一个欧洲的青年或老年人也在读到他正在写的这本书,而且这个读者正是在这书里认识中国。"①台湾诗人洛夫也曾深有体会地说道:"海外作家如想继续创作,而且能另创新猷,首先必须调整心态,该保留的(如优质的传统文化)尽量保留,该扬弃的(如狭隘的民族主义)尽量扬弃,进而培养一种恢宏的、超越时空的、超越本土主义的宇宙胸襟。这些想法使我有了自我释放的感觉,使我获得了一个自由舒展的契机,于是一个新的创作理念隐隐成形。"②可见一定的普世性情怀的观照对于提升本土作家的创作境界无疑是极具意义的。

在 21 世纪全球化发展的语境之下,我们对全球化要持有清醒的认识,"'全球化'这个词(及其表达的模式),体现了最完整形式的普世性之帝国主义。这个帝国主义对于一个社会而言,是把自己的特殊性默认做普世的样板,而将其普世化"③。这一点是值得我们警惕的,普世价值不等于西方价值,东方文明与东方民族也自有普世价值之所在,东西方文化在普世性方面具有共通性。因此中国本土作家抑或海外华裔作家在塑造中国形象之时,在处理本土经验与普世价值问题之时,任何偏执的表现都不可取,我们需要的是两者兼顾,维护一种动态的平衡,只有具备世界性的创作视野同时又不失却本土文学特色的作品才有可能在世界文学范围内得以传播,因为"文学的普遍性让异域的读者容易感受和接受,而独异的本土气质所散发出来的迷人光彩才是吸引异域读者的魅力之源。就西方读者对莫言的接受来说,他们先是在西方文学脉络里理解莫言的作品,通过基本的类比,比如福克纳、马尔克斯这些他们较为熟悉的作家去接近莫言。但随着他们进入莫言的作品,便会发现莫言给他们打开了一个与自身的文学传统、历史背景、社会环境迥然不同的缤纷世界,他们兴味盎

---

① 铁凝:《走向世界的中国文学》,《文艺报》2009 年 11 月 3 日。
② 洛夫、陈祖君:《诗人洛夫访谈录》,载《洛夫自选集》,广州:花城出版社 2006 年版,第 164—166 页。
③ 河清:《全球化与国家意识的衰微》,北京:中国人民大学出版社 2003 年版,第 162 页。

然地玩味这个世界，迷恋于这个世界的色彩、音响、人物、氛围、节奏"①。这就是本土经验与普世价值结合的最生动最成功的例证。"中国文学的世界化和民族化并不是两个非此即彼的对立概念，而是有着彼此依存、相互补充、并行不悖的关系。"②中国文学只有立足本土，瞭望世界，动态地处理好全球化视野下文化的趋同性与求异性问题，方有可能真正融入世界，进而在世界确立自己无限生动而丰富的本土民族文化形象。

三、文学的原创性问题：思想性与时代性

在全球化时代，中国的文学发展不能一味牵着世界文学的衣角，中国文学应该向世界发出自己的声音，应该为世界文学提供新鲜的属于我们自己的文学特质，这样才不会被世界文学淹没与覆盖，澳大利亚著名中国文学评论家杜博妮就曾说："对很多西方读者来说，现代中国作家的作品深受西方文学的影响。由于跨文化接触中普遍存在着时间差，当受到西方影响的中国文学以翻译的形式抵达西方世界时，它们已经显得过时了。"③凭借着对西方文学的借鉴与模仿意欲在世界文学中占有一定的地位与影响显然是不现实的，中国文学想要在世界文坛占有一席之地，中国文学想要在域外传播中确立丰富立体的中国形象，就必须倡导原创性的创作。我们这里的原创性指的是一种本土性与原生性，但它绝不等同于封闭性与狭隘性，它应是一种现代性观照之下的本土性文学表现，是在人类学统领之下的中国人的生存发现与思考，只有这样的文本才具有着更为普遍、永恒的价值与意义，才有可能进入西方读者的阅读视野。

在中国文学走向现代化的进程中，西方文学的影响无疑是深重的，我们的现代文学在整体上可以是对西方文学的借鉴与模仿，很多外国文学思潮都能在中国文学中一一找到对应，很多中国作家的创作也都能在外国文学中找到他们模仿与借鉴的痕迹。近一个多世纪以来，我们的文学

---

① 姜智芹：《中国当代文学海外传播研究的方法及存在的问题》，《青海社会科学》2013 年第 3 期。

② 朱德发：《论四十年代中国文学的世界化与民族化》，《中国社会科学》2002 年第 6 期。

③ Bonnie S. McDougall and Louie, *The Literature of China in the Twentieth Century*, New York：Columbia UP, 1997, p. 447.

在很多时候基本是跟随在西方文学的身后亦步亦趋,很多时候很难突破西方文学的围困而表现出自己独特的艺术追求。从现代主义到后现代主义,从殖民主义到后殖民主义,从西方化到全球化,我们的文学在对西方忙乱的吸纳与仿造中喘息不已,苦苦经营,"事实上,追随西方文学,即使模仿得再好,也不能成为独创性的文学创作,因为中国作家有别于西方文化环境和人文精神以及特定的感觉方式和体验方式"①。由于过度模仿的存在,中国文学中所树立起来的中国形象必然会带有着一定的同构性与异质化的特点。如今中国处在一个全球化的时代,我们如何去创作真正属于我们自己的文学? 在此,积极倡导中国话语与中国立场的原创文学创作就显得尤为重要,正如有些论者所说的,"在强调全球化、强调资本与商品的跨国流通、强调普世价值的今天,更应当强调中国文学的特殊性和最起码的中国立场。如果不能充分关注中国文学的特殊性,那就很容易走向浅薄的全球普世主义,将中国文学与文化的现实,削足适履地置于'与全球化接轨'的想象之中"②。莫言就深有体会地感慨:"小说艺术上的原创性和深刻的思想内涵,是打动读者的根本原因。"③

我们这里说的"原创性",首先指的是作家创作不可或缺的深刻思想性。文学创作可以借鉴,但要融合本土经验成为自己,要融合个人经验成为独创。鲁迅的国民性批判思想与立人思想、他的小说《狂人日记》与《伤逝》等我们都能在西方文学中找到影响的源头,但鲁迅秉持着自己"拿来主义"的思想,用西方文学给予他的启发来发掘中国社会真实存在的病与痛,鲁迅文学的原创意义即在于文学表现的民族性与时代性,即在于他对于中国社会的明锐的观察与深刻的思考,即在于他所渗透出的卓越的想象力与深刻的思想性,而他的这些关于中国文学的原创性的思考在中国现当代文学的发展历程中并没有被很好地继承。相反,在鲁迅之后的相当长的时间内,中国作家的很多创作思考基本上都在重复着鲁迅的发现,

---

① 肖向明:《论全球化语境下的中国当代文学的民族性追求》,《文艺评论》2007 年第 5 期。

② 季进:《作为世界文学的中国文学——以当代文学的英译与传播为例》,《中国比较文学》2014 年第 1 期。

③ 莫言、李锐:《"法兰西骑士"归来》,《新京报》2006 年 11 月 11 日。

中国文学在鲁迅之外很难再找到新的创作生长点,所以百年中国文学形象产生同构性的一大重要原因就是作家创作想象力与思想力的缺乏,体现在文学创作中表现为文学创作的模式化与概念化现象非常普遍,这在中国现代革命阶级叙事模式的作品中表现得更为突出。在这些作品中,文学意象的一致性、情感表现的单纯性以及揭示生活的表面性,都体现出作为文学创作者思想力的丧失。随着中国社会发展的现代化与后现代化,随着中国社会的从社会主义走向后社会主义,我们中国文学需要的是适应社会发展新形势的民族新精神与新话语的呈现,文学不能在重复过去中走向未来,更不能一味重塑着那个被概念化的中国形象。现在,我们的作家必须要善于在社会前行的浪潮中发现新的时代问题。新时期中国文学的创作者们虽然也力图在思考着自己的新发现,中国当代文学虽然也引来了伤痕文学、反思文学、改革文学、寻根文学、现代派文学、新写实文学、新历史文学等的众声喧哗,然而在这繁荣的背后,当代文学这些文学流派与文学样式本质上还不存在超越现代文学的新发现,中国当代文学在表现生活的独创性方面相较于现代文学来说是一种陨落。中国当代文学虽然也不乏一些耀眼作家的诞生,如王蒙、张承志、莫言、余华、贾平凹等等,莫言甚至还突破性地获得了诺贝尔文学奖,然而中国新时期乃至后新时期文学在总体上并没有给我们提供多少新鲜的闪耀着思想深度的中国形象。而中国20世纪90年代后以及新世纪的文学创作局面的沉寂与清冷就更使中国形象的塑造呈现空泛化与文化工业化的倾向,批量化复制化的创作与生产方式,市场经济的媚俗诱惑等等,使作家纷纷丢弃了创作的思想性与独创性,很多作家在不断地重复别人与重复自己中追寻着文学对于现实的苍白表达。文学表现社会与时代及生活的独创性,指的是一种能力,是作家解读与把握当下社会现实的能力,这是文学存在价值的最高体现,是作家思想力的一种体现,而我们现今的许多作家恰恰缺乏的就是这种超越于历史与现实的独创性能力,作品自然就经不起流传,生动、立体与丰富的中国形象也就相应难以确立。

对于文学中的中国形象来说,原创性还应指的是文学作品中表现出的中国社会发展的时代性特质,但这时代性绝不应简单地等同于政治性。

回望 20 世纪以来中国百年文学中的中国形象塑造,不难发现,政治意识形态一直是困扰着我们文学创作的最主要问题,在很多作品里时代性在一定程度之上被等同于政治性了。对于政治,文学不能刻意回避,现代文学如果能回避中国纷乱的政治与战乱现实,那文学中的中国形象必定是不真实的,譬如在中国现代文学进程中非常突出的阶级革命话语书写,它是中国社会走向现代化的一种必然,是具有一定的合法性的存在,像域外有的文学那样完全剥离中国形象的政治元素,这恐怕只能说是心造的幻象。对于政治,文学也不能屈从,否则文学就失去了自身的价值而成为被利用的工具,如此的教训我们已经承受太多,这样的文学中国形象必定是单一而被动的。我们的文学面对政治,应是自由而无束缚的,是清晰而充满理性的,这样我们作品中所展现出来的中国形象才是真实可信的。

中国文学的时代性应该是直指中国当下鲜活而灵动的缤纷现实,文学中的中国形象塑造如果脱离了中国鲜活的当下现实,特别是经济飞速发展、社会快速转型的中国社会现实,那就不是中国形象了。文学中的中国形象的塑造要植根于生活之中,植根于涌动着各种政治、经济、文化等思潮的复杂潮流之中。我们的作家要具有敏锐的观察力与创造力,要能从复杂无序的生活表象中发现生活的本质,及时书写当下中国人的生存状态,并发出自己追问的声音。文学不能回避社会发展过程中所涌现出的尖锐的冲突与矛盾,要敢于正视问题,揭示病源,引起疗救的注意,莫言就曾说:"我们今天从事创作,就特别需要从基层吸收这样的艺术营养。……想象力为文学创作插上了腾飞的翅膀。……作家应该观察别人没有观察到的东西。"①回望我们当下的中国文学,作家数量蔚为大观,但几年下来深植于现实题材的具有厚重感的作品却屈指可数,我们的当下文学创作存在这样几种误区:一是很多作家热衷于放弃本土经验而拥抱西方经验,崇尚身体与个人化写作,这其实是中国文学的一种畸形的超前创作姿态,最终必流于虚空;二是一些作家创作流于揭示生活的浮表,消解宏大滞重的文学表现,在一些鸡毛蒜皮的生活现象上津津乐道,致使文

---

① 莫言:《今天的创作特别需要从基层吸收营养》,《中华读书报》2010 年 4 月 14 日。

学中中国形象流于单薄与肤浅,且轻巧化与戏谑化;三是回避当下矛盾,乐意在历史题材中寻找生活的发现,如历史叙事等,历史需要反思,但我们更需要的是对于我们生活现实的审视。我们的文学不能总在逃遁、怀旧、曲笔、戏谑的氛围中取得心灵的栖息与暂时的释放,中国文学需要的是对于中国当下变动的社会的审视,需要的是对于中国社会中存在的鲜活的中国精神与中国气象的发掘。美籍华裔作家哈金曾这样评判中国当下的小说创作:"目前中国文化中缺少的是'伟大的中国小说'的概念。没有宏大的意识,就不会有宏大的作品。"[①]可见雷达在 21 世纪初倡导的"生命写作,灵魂写作,孤独写作,独创性写作"[②]显然有着极强的现实针对性。

赛义德在他的《东方学》一书中曾提到:"东方主义的所有一切都与东方无甚相关;东方主义之所以具有意义完全是取决于西方而不是东方本身,这种观念直接受惠于西方的各种表现技巧,是它们使其清晰可见。"[③]法国著名文学批评家与小说家朱莉娅·克里斯特娃也说:"必须承认,今天我们对东方文化所做的一切诠释(无论是中国文化,还是印度文化、玛雅文明等)都是来自一种西方的隐喻。"[④]虽然近些年随着中国经济实力的增长与中国国际社会地位的提升,西方的中国形象较之于之前有了一些改变,但还存在广阔的重塑的空间。如今世界文化发展的全球化趋势为我们提供了一个与世界交流互融的平台,来自中国本土的、具有一定原创性的中国形象的塑造对于纠偏域外中国形象的误识误判,显然具有不可替代的价值与意义。

---

① 哈金:《呼唤"伟大的中国小说"》,《青年文学》2005 年第 7 期。

② 雷达:《当前文学创作症候分析》,载《中国当代文学研究》,石家庄:河北教育出版社 2006 年版,第 3 页。

③ 爱德华·W.萨义德:《东方学》,王宇根译,北京:生活·读书·新知三联书店 1999 年版,第 29 页。

④ [法]克里斯特娃·白丁:《深入与中国对话》,载《跨文化对话》,乐黛云、[法]李比雄编,上海:上海三联书店 2005 年版,第 220 页。

第二节 传播策略的变通与传播格局的转换

中国文学的对外传播属于跨文化传播,所谓跨文化传播就是以国外受众为传播对象的一种传播,在传播过程中它所遇到的问题不仅仅是语言的阻隔,更是一种文化上的交流与碰撞。中国当代文学要跨越这种文化的差异性进行对外传播,不仅要在文学译介上进行一定的策略变通,同时还要在传播媒介上进行综合的突破,以期改变目前现有的传播格局。

一、传播策略:译介的变通

在目前世界全球化的发展趋势之下,对于跨文化文学传播来说,译介越来越凸显出它的重要性。虽然中文在国外已不再是一个令人感到生僻的小语种,但中文也绝没有发展到英语这样的主流与普适的高度,所以中国文学的对外跨文化传播,首先要解决的问题就是语言的阻隔,在此翻译就显得尤为重要。目前中国现当代文学的海外传播遭遇到的最大问题就是译本的缺乏,美国著名汉学家葛浩文就曾说:"中文作品由于缺乏广泛的、具有代表性的小说、诗歌英文译本库,因此也就无法对西方作家的创作手法上产生多少影响。"①谈论中国文学译本能够对西方作家产生影响这已经是属于跨文化文学传播与交流的比较高层次的话题了,中国文学目前在国际上的传播显然还没有上升到这样的高度,就是对普通读者的广泛的影响力也是缺乏的,"目前,中国当代文学真能深入美国社会的根本没有"②。缺少广泛的文学译作,文学影响与中国形象的确立都是空谈,所以对于中国文学的海外传播来说,大量优质译作的出版是传播与影响的根本,美国华裔学者宋慧慈就曾深有体会地说:"同中国古典文学相比,中国现当代文学在西方的境遇可谓平平淡淡。即便伟大如鲁迅,其名

---

① [美]葛浩文:《从翻译视角看中国文学在美国的传播》,《中国文化报》2010 年 1 月 25 日第 003 版。

② 刘江涛:《葛浩文:一个不要"家"的中国小说的翻译》,《上海电视》2008 年 3 月 D 期。

号仍尚未达到家喻户晓的地步。这种悬殊恐怕和翻译难脱干系。"①中国现当代文学对外传播所需要的文学译本无论是数量上还是质量上目前都令人担忧。中国形象的对外传播首先要保证量多质优的译本出现，而且跨文化传播需要面对的是不同体制、不同文化与不同语言的读者，译本的质量更是吸引读者的关键所在，所以中国现当代文学在对外译出的过程中，尤为要注意译介策略的变通。

第一，受众文化需求的兼顾。文学翻译不是简单机械的语言转换，"就其形式而言，翻译就是一种语言的转换，但就其本质，翻译是意义的传达，是一种交流活动"②。也就是说翻译要注重的是交流，重视受众的文化需求，它是一种多向的交流活动，譬如在作者与译者、文本与译者、文本与读者、译者与读者之间等等，而这一切的交流与互动，在我们之前所进行的自我传播中就显得相当薄弱。在 20 世纪中国形象的自我传播中，官方组织的中国文学作品的外译通常是带着指标与任务进行的，那时我们要传播什么是自我传播中特别注重强调的，所以传播主体主宰了一切，至于传播受众需要什么这似乎很难进入到我们所要考察的视野，这样单向度的缺乏交流的文学传播最后形成的传播效应当然是静寂无声的，在传播受众那里激不起任何交流的回响。不考虑传播受众的兴趣、忽视与传播受众的交流，即便文学译作再多，也难以形成广泛的传播效应，冷遇是必然的。

相比中国文学作品自我传播的局限性，中国文学作品的域外传播就做得相对比较好，这是因为域外传播的译者本身就是传播受众群体的一员，他们的文本选择与翻译本身就包含有文学对话与交流的元素。葛浩文曾说："在过去的 20 年里，我主要翻译了将近 50 篇现当代中国小说，这些译本基本上代表了我个人对文学的喜好、我个人所专注的那些领域，同时，非常重要的是，这也代表了英语读者所能接触到的中国小说的精华。"③

---

① 杨光烁：《当代文化传播途径呈多元性，中国文学需提升国际知名度》，《中国社会科学报》2011 年 3 月 24 日。

② 许钧：《传统与创新（代引言）》，载《文学翻译的理论与实践》，南京：译林出版社 2001 年版，第 6 页。

③ ［美］葛浩文：《从翻译视角看中国文学在美国的传播》，《中国文化报》2010 年 1 月 25 日。

葛浩文是西方读者,他个人的兴趣其实就代表了一部分西方人的兴趣,所以他选择的文本一般来说都能体现出西方人的兴趣点,所以也就能确保作品在市场上的传播力。余华《活着》的译者美国翻译家白睿文也曾说他翻译中国文学"一定要自己非常喜爱这部作品,才会把它介绍过来。……当然另外一方面也要考虑美国市场,要考虑在美国、在英文世界里有没有读者会喜欢这本小说。如果一本小说你很喜欢,但翻译之后没有出版公司愿意出版,那也是没有用的"①。这是来自西方世界的实践经验。对于西方译介者来说,选择什么样的作家作品首先凭依的是个人兴趣的标准,其次是读者市场的需求,只有如此方有可能让译作真正走进西方读者的接受与阅读视野,这样完整意义上的文学传播才有可能实现,通过文学也才有可能在异域传播中国形象。对此,华裔学者宋慧慈就曾说:"在现代,文化传播主要取决于接收方的兴趣和意愿。……我并不是汉学家,但以我对美国研究的体会,中国文化能否在美国'走红',美国方面的'内因'似乎更加关键。"②在如今西方文化作为强势文化的传播背景之下,我们的文学译介想要走进西方世界,在译介时倘若不兼顾到接受者一方的文化需求、不向西方文化适度倾斜,显然是不现实的,也是不可能的。

文学译介都具有一定的目的性与功利性,正如德国翻译理论家克里斯蒂安·诺德所说的,"决定翻译过程的最主要因素是整体翻译行为的目的"③,而"决定翻译目的的最重要因素便是受众——译文预期的接受者"④,所以中国现当代文学在进行对外传播之时,不仅要考虑到被译介作品的思想性与艺术性,同时还要兼顾受众的文化需求,要在这两者之间进行适当的调节与平衡。把接收者纳入文学译介的视野当中,不是让接收方的文化需求主宰整个译介行为,无论是对于本土译介还是异域译介

---

① 吴赟:《中国当代文学的翻译、传播与接受——白睿文访谈录》,《南方文坛》2014 年第 6 期。

② 杨光烁:《当代文化传播途径呈多元性,中国文学需提升国际知名度》,《中国社会科学报》2011 年 3 月 24 日。

③ [德]克里斯蒂安·诺德:《译有所为——功能翻译理论阐释》,张美芳等译,北京:外语教学与研究出版社 2005 年版,第 34—35 页。

④ [德]克里斯蒂安·诺德:《译有所为——功能翻译理论阐释》,张美芳等译,北京:外语教学与研究出版社 2005 年版,第 15 页。

都应如此。文学的对外传播,既不能失却原作的文化主体性与特色,同时又要兼顾传播受众的文化需求,这显然对翻译者提出了很高的要求,要求他们"在翻译过程中表现出三种文学身份的能力,即读者、阐释者和作者,应满足目的语读者的阅读情趣和接受能力,而且还应注重让目的语读者充分地了解异域的语言文化,充分地领略原作的美学价值"①。只有如此,文学译介才能真正完成它的传播使命。总之,在文学翻译中,传播受众的文化需求在一定程度上是文学翻译产生传播效应的重要因素,把握传播市场的兴趣与动向,在文学译介时体现一定的传播受众的接受与文化需求,这样才能确保传播效应的产生。

第二,适度文化改写的必要性。中国文学的对外传播是属于跨文化范畴里的传播,美国著名学者、跨文化传播学重要奠基人阿桑特在《跨文化传播学中的问题及挑战》中说道:"跨文化传播是缓和地球村中的身份政治、社会解体、宗教冲突和生态脆弱的唯一办法。人类的生存和繁荣取决于我们能否成功地跨越分歧进行沟通。"②同样,文学的跨文化传播是一种文学上的跨越文化分歧进行沟通与交流的行为,它是世界文学繁荣的一个重要标志。但是在文学的跨文化传播之中,如何跨越分歧进行沟通呢? 如何考虑到传播受众的文化需求更好地进行文学传播呢? 这项工作就体现在译介者具体的文学翻译工作之中。

对于文学传播来说,译作向来不可能等同于原作,因为它始终会带上翻译者的印记,文学翻译是一项创造性的劳动,它的创造性就体现在对于原作的再加工之上,郭沫若就曾说:"翻译是一种创造性的工作,好的翻译等于创作,甚至还可能超过创作。这不是一件平庸的工作,有时候翻译比创作还要难。"③文学译介其实是一种二度创作与二度传播的过程,在文学传播的过程中译介者的作用是不容忽视的,他们起着重要的沟通作用,他们是架构作品与受众之间的桥梁,这体现在跨文化传播中尤为如此。

---

① 解希玲:《跨文化传播语境下的文学艺术交流》,《山东社会科学》2009 年第 8 期。

② 转引自胡安江等:《再论中国文学"走出去"之译者模式及翻译策略》,《外语教学理论与实践》2012 年第 4 期。

③ 陈福康:《中国译学理论史稿》,上海:上海外语教育出版社 1992 年版,第 272 页。

文学跨文化传播面临的不仅是语言的跨域,还有文化的跨越,美国翻译理论家奈达就曾说:"对于成功的翻译,译者的双文化能力(biculturalism)甚至要比双语能力(bilingualism)更重要,因为只有文化才能赋予词语以真正的含义。"①这无疑对译介者提出了更高的要求。

面对不同文化与不同语言的读者,中国现当代文学作品想要在西方世界打开传播局面就必然会存在一个翻译的再创造问题,也就是说"中国文学,尤其是当代文学在西方国家的译介所处的还是一个初级阶段,我们应该容许他们在介绍我们的作品时,考虑到原语与译语的差异后,以读者为依归,进行适时适地的调整,最大限度地吸引西方读者的兴趣"②。这里的适时适地的调整就是指在一定传播语境下对原作进行针对传播受众的适当改写,这样广泛地被接受与被传播才有可能。葛浩文就曾说:"大多数的中国作家写的故事都不够完美,因此译者必须承担起编辑的责任去把译文变得更加有可读性。"③譬如他对《狼图腾》的删改就很具有代表性。虽然葛浩文的删改有很多争议之声,但他对于《狼图腾》的改译无疑是促成《狼图腾》海外传播热销的一个关键因素,对于这一点著名汉学家顾彬也不否认:"《狼图腾》为什么能够在世界上许多地方成为畅销书呢?如果没有葛浩文的话,这本书也许就不会畅销,可以说是葛浩文创造了一本畅销书。因为是他决定了该书的英文版应该怎么样,他根本不是从作家原来的意思和意义来考虑,他只考虑到美国和西方的市场。"④顾彬虽然不太认同葛浩文的文化改写,但从传播效果上看,葛浩文的改写无疑是有成效的。可见,中国文学要想在西方世界的传播中走出一个新天地,西方的传播受众群体必须纳入我们文学翻译所应考量的对象之中,并据此对译作进行进一步的再创造。

在中国文学作品的对外跨文化传播中,无论是自我传播还是他者传播,无论是输出方的译出还是接收方的译入,文化改写都是我们所必须要

---

① Eugene A. Nida, *Language, Culture and Translating*, Shanghai: Shanghai Foreign Language Education Press, 1993, p. 10.

② 许方:《莫言获奖及其作品的翻译》,《中华读书报》2013 年 6 月 25 日。

③ 转引自肖丽:《意识形态操纵下的文学翻译》,《韶关学院学报》2009 年第 2 期。

④ [德]顾彬:《从语言角度看中国当代文学》,《南京大学学报》2009 年第 2 期。

面对的问题。在中国形象的传播中我们要学会认同文化改写,因为中国形象的海外传播表达的不是自我文化中心主义思想。面对世界读者,我们的传播主体需要的是一种开阔的世界读者意识,要在与西方文化的对接中适度认同对方的文化意识,只有这样,我们的作品才能进入西方文化话语的传播场域,被它所认同接受。所以对于中国形象向域外传播,我们主张适度的文化改写,也即翻译理论中的"归化说"。莫言作品的译作通常与原作相差很大,葛浩文的译作不是那种逐字逐句的翻译,更多的是一种意译,葛浩文一直强调要"翻出作者想说的,而不是一定要一个字一个字地翻译作者说的"①。他时而删改,时而意译,莫言给了他比较大的二度创作的自由,葛浩文以西方人的眼光去裁剪莫言的作品,他的译作成功很大程度上就源自对中国文化的改写,莫言曾这样评说葛浩文对于他作品的译介:"如果没有他杰出的工作,……绝对没有今天这样完美的译本。……他的译本为我的原著增添了光彩。……能与这样的人合作,是我的幸福。"②在中国文学的海外传播中,文化改写已得到很多译介者的认同,英国汉学家葛瑞汉也曾说:"分析中国诗歌时,我们不宜太过放肆;但如果是翻译,我们则理应当仁不让。因为翻译最好是用母语译入,而不是从母语译出,这一规则几无例外。"③所谓的母语译入,主张的就是译介者在自身文化语境下对译作的文化改写。余华也认为翻译家翻译中国文学,应"灵活地尊重原著,不是那种死板的直译,而是充分理解作品之后的意译,我觉得在两种语言不对应的一些地方,翻译时用入乡随俗的方式可能更好"。而且还说,正是因为在翻译中存在文化改写的情况,"译文肯定会在一些地方损害原文,但是又会在另外一些地方加强原文,会让原文更加出彩"④。

　　一般情况下,面对两种不同的文化类别与文化形态,文化改写与文化认同常常是相伴而生的,没有文化认同也就不可能会产生文化改写,而一

---

① ［美］葛浩文:《中国文学如何走出去》,《文学报》2014 年 7 月 7 日。

② 莫言:《美国演讲两篇》,《小说界》2000 年第 5 期。

③ Graham，A. C：*Poems of the Late Tang*，Middlesex：Penguin Books，1965.

④ 高方、余华:《"尊重原著应该是翻译的底线"——作家余华访谈录》,《中国翻译》2014 年第 3 期。

定的文化改写反之还可以达到进一步的文化认同,也就是说,文化改写在某种程度上是取得进一步文化相互认同的基础。在一个非常强势的文化语境下,没有适度的文化改写就不会有进一步文化交流与文化认同的可能,当然这里所谓的"改写"并不是文化交锋时的屈从、献媚与迎合,而是以退为进的一种文化传播及其应对方式与策略。著名后殖民理论家斯皮瓦格就曾指出:"在后殖民和后现代语境中,……说到底,差异性是很难抹平的,任何要想通过语言达到完全彻底的思想'对译'的想法都是幼稚的,因为在通过各种话语的交流中,恰是看似无意义的、抹平差异的说法,隐藏了一种话语暴力、意义误读和更大的文化危机与文化矛盾。只有承认这种危机和矛盾,只有将这种危机和矛盾刺破和挑明,才可能真正促使双方达到真诚的理解和对话的可能性,否则,对话仅仅掩盖了差异的文化霸权的一种文化策略而已。"①当然,无论是文化改写抑或文化认同,不可否认的是它的适度性,也即在文学翻译的过程中我们需要强调的是文本的主体性位置,过度的文化改写就会陷入自卑化与献媚化的泥淖,即便译作再畅销那也不再是中国文学与中国形象了,充其量不过是外族文化的附庸而已,同时还会对文学创作本身产生一定的负面影响。对于文化改写抑或文化认同,目前这种担忧是存在的:"中国文化和文学在当今世界仍处于边缘地位,如果'走出去'被简单地认为是被西方世界认可,或纯粹为了获得商业上的成功,就不能不让人产生一种担心:中国的作家会不会为契合国际仲裁者的审美口味和价值取向而进行创作,逐渐放弃其主体性追求,从而使本国的文学渐渐失去宝贵的主体性呢?"②所以面对西方或其他地方的文化市场,如何处理好文学译介中的中外文化问题,即如何在翻译的"异化"与"归化"之间寻找一定的平衡,让中国文学既能走出去又不丧失掉自己的文化主体性与文学特色,这是摆在很多中外翻译家面前的重要问题,需要在实践中不断探索新路。

---

① 转引自王岳川:《后殖民主义与新历史主义》,济南:山东教育出版社 1999 年版,第 64—65 页。

② 李永东、李雅博:《论中国新时期文学的西方接受》,《中国现代文学研究丛刊》2011 年第 4 期。

二、传播格局：多元的对接

1948 年美国学者哈罗德·拉斯韦尔曾提出了一个在传播学研究中最著名的命题——"五 W 模式"，虽然这个传播模式在后来的传播学发展中不断被修正与被发展，但不可否认的是"时至今日，拉斯韦尔模式仍是引导人们研究传播过程的一种方便的综合性方法"[①]。比照这个经典的传播学模式，不难发现无论在传播的哪个环节之上，中国现当代文学的对外传播所做的努力都不十分突出。中国文学与中国形象的国际传播要想取得实质上的进展甚至突破，必须要掌握一定的传播主动权，要适度运用各种传播方式，针对不同的传播受众，从传播的方方面面进行综合尝试，改变目前中国文学与中国形象国际传播比较滞后的格局。

第一，自我传播与他者传播的对接。在中国文学的跨文化传播领域，自我传播与他者传播基本处于并峙的状态，缺乏一定的沟通与融合。纵览 20 世纪以来中国形象的自我传播，不难发现，我们的传播主体一般都是社会主流知识分子，所传播出去的中国形象大多是局限在社会主流话语系统之内的中国形象，难免不带有着浓厚的政治与文化功利色彩；而域外中国形象的传播一般都带有明显的边缘化特色，各自为政，散乱且局部。寻求两者之间的对接，形成内外呼应的传播效应，对中国形象的跨文化传播来说是尤为重要的。

中国现当代文学的自我传播一直以来存在被主流话语所困的现象，泛政治化趋势比较明显。就自我域内传播来说，我们的文化政策限定还比较多，压在中国作家身上的创作禁忌也很明显。远的不说，就拿社会早已多元化发展的 20 世纪 90 年代而言，创作与出版的禁忌仍旧存在，莫言 1995 年创作出版的《丰乳肥臀》就曾遭遇过批判的狂潮，历经不少出版风波。"莫言写了不少检讨。而到了 2003 年，当他把此作修订扩充加了有特色的插图交中国工人出版社再出一个修订版时，又再次遇到麻烦。每

[①]　转引自［英］丹尼斯·麦奎尔、［瑞典］斯文·温德尔：《大众传播模式论》，祝建华等译，上海：上海译文出版社 1987 年版，第 16 页。

每谈起《丰乳肥臀》的经历,莫言都总是回避。"①而贾平凹的《废都》1993
年也曾被查禁等。另外,中国大陆文学与台湾地区文学也很难在去主流
话语的背景之下自如地进行自我传播,这里面当然有很复杂的因素,但最
主要的问题便是我们自己的传播限制太多,泛政治化的标准太浓。就自
我域外传播来说,过去我们的传播多半是单向度的,传播主体意识过于强
大而忽略了对传播受众及传播市场的考察,所以传递出去的中国形象常
常是单一的、符合我们自己主流社会话语的形象,于是政治中国形象与红
色中国形象便成了西方对中国的概念化认知。再如 20 世纪以来,世界华
文文学与西文文学中书写中国形象的作品,因为存在着对于中国文化改
写的痕迹,所以很难进行逆向传播,进入中国国内读者的视线,即使如获
得诺贝尔文学奖的赛珍珠的作品,国内显然也缺乏关注其作品的媒介,甚
至是盲视。显然中国形象的自我传播需要的是去政治化,去主流话语化,
从庙堂走向民间,从宣传走向对话,学会倾听与接纳,适当调整意识形态
对文学的主控,这样多样化中国形象的传播才有可能出现。此外,中国形
象的自我传播还要发展多元化的传播主体,之前我们文学形象的传递过
多依赖的是官方传播主体的作用,而不同的传播主体它所承担的使命与
所产生的影响力是不一样的。在新世纪新的传播语境之下,多元化中国
形象的海外传播,尤为重要的是要发挥多样化的非官方传播主体的作用,
多层次、多渠道、多角度地传播现实中国形象。

　　相较于中国文学自我传播的过于主流化,域外中国文学的他者传播
则显得过于非主流化,常常陷入边缘化之境而少人问津。在西方,中国文
学的传播明显缺乏主流文化话语的力量,美国弗吉尼亚大学教授、汉学家
罗福林就曾指毫不留情地指出了这一现状的存在:"中国文学的译本在美
国图书市场上,也就是说主流的连锁书店,基本上不会出现。……至于主
流出版社出版的长篇小说和小说集,如莫言、苏童、王安忆、余华等当代作
家的作品,虽然在主流的书店出售,但是它们与其他的所有的小说都放在

---

① 　何镇邦:《莫言〈丰乳肥臀〉出版经历曲折曾多次写检讨》,《羊城晚报》2012 年 11 月 1 日。

一起,……经常没有东亚或中国文学的专柜。"①这就是一种典型的边缘化的传播形态。域外中国文学的他者传播,没有主流话语与媒体的介入,过度民间化,而且与我们的自我传播毫无交集,于是自然难以形成一定的传播声势。这其中最主要的原因就是西方传媒对于东方文化的偏见,这种偏见不一定来自中国本土文学的域外传播,身处西方文化语境之中的华裔或西人的中国形象塑造传播一般情况下也会遭遇冷遇,在西方传播市场的影响力都非常有限。因而域外中国形象的传播需要摆脱的是过度民间化与偏见,要学会认同与参与中国形象,即在强调中国形象普适性的同时,也要正视其包括浓重阶级性、政治性因素在内的中国特色、中国经验的东西,从"黄祸论"、"威胁论"等成见中走出来,消除对中国文化的形而上的偏见,以及东西方文化之间的对抗思想,通过多种途径了解中国真实的社会现状,力图传播全面立体的中国形象,但这项工作显然是长期性的。

鉴于中国形象的自我传播与他者传播基本都是单向度的传播,彼此很难交叉,因而我们的传播有必要强调中国形象的整体性,我们也有必要建构中国形象传播的完整生态链,自上而下,自内而外,因为在跨文化传播中,我们都需要一种"他者"观照的视阈,正如论者所言:"所谓跨文化对话,就是不要以本位文化作为文化沟通的起始点和归宿,而是以平等的态度、开放的心理互相学习,提高对'他者'的敏感度。"②完整的中国现代文学的跨文化传播应是自我传播与他者传播良好的互融与借鉴,任何单方面的中国形象的塑造与传播都不是中国形象传播的理想状态。

第二,本土译介与域外译介的对接。目前,中国文学翻译人才的缺乏是导致中国文学译作少、文学难以全面走出去的主要原因之一,无论在本土还是域外,从事中国文学外译的人才都普遍缺乏,翻译人才的培养应该被提到议事日程上来。翻译人才的培养应该是域内与域外双管齐下,也

---

① 罗福林:《中国文学翻译的挑战》,载《汉学家文学翻译国际研讨会演讲汇编》,中国作家协会编 2010 年版,第 81 页。

② 葛桂录:《他者的眼光——中英文学关系论稿》,银川:宁夏人民出版社 2003 年版,第 23 页。

就是说，我们既要培养能够与异域文化进行对接的本土翻译家，同时也要发展与联络世界优秀翻译人才来传播中国文学。如何将本土译介与域外译介进行有效对接，提高中国现当代文学外译的数量与质量，这也是中国文学海外传播所必须解决的问题之一。

中国文学走向世界需要的是将中国文学进行多语种的翻译，而汉语作为一种特殊的语言符号，它有着独特的表达方式和意蕴，有着独特的审美指向，有时很难将其转换成别国语言，这就对翻译人员的素质提出了很高的要求，曾任《中国文学》中文编辑的徐慎贵就说："没有中文和外文都过硬的中译外人才，是很难提供为外国读者所欢迎的信、达、雅的文学译品的。"①而《中国文学》期刊关停的一大原因就是高水准的翻译人才的短缺。目前，中国当代文学对外传播缺乏的就是学贯中西的大翻译家，像杨宪益、戴乃迭这类翻译大家在现在已属不可多得，这对翻译人才的培养提出了迫切的需求。翻译人才的严重缺失对文学传播的影响与伤害是致命的，怎样培养拥有中西文化素养的高端翻译人才如今正引起愈来愈多的关注。目前，在国内翻译界，中国文学的对外传播存在两大问题：一是过分倚重国外汉学家的译介。如果过分倚重国外一些汉学家的译介，这样在某种程度之上对作家的创作会产生一些影响，正如程光炜所说的，"这些年来，我们有些一线当代作家在创作上是不是过于期待和依赖汉学家们的'评价'，后者的文学趣味、审美选择和优越的翻译身份，是不是会变成一种暗示，一种事先存在的认识性装置，被放在了当代作家的创作过程之中？"②这种担忧是有一定的道理的，因为想要引起汉学家的注意，投其所好也许就会成为中国当代文学创作的一种外在牵引，这样的创作就容易成为一种失去自我的创作。二是过分倚重政府组织行为的译介。纵观中国现当代文学的对外传播，我们之前过于依赖政府组织行为的对外输出，特别是当代文学，这难免会使对外传播的中国形象会带上一定的主流话语色彩，不仅单一，而且还比较概念化。针对这两种明显的不足，我们要适当进行纠偏。一方面在培养翻译人才方面，加大政府的投入与扶持，

---

① 徐慎贵：《〈中国文学〉对外传播的历史贡献》，《对外大传播》2007年第8期。
② 程光炜：《当代文学海外传播的几个问题》，《文艺争鸣》2012年第8期。

譬如设立国家翻译院、培养双语人才等都不失为可以探讨的途径,中国文学的对外传播我们自己要掌握充分的主动权,不能被动地等待作品的被翻译;另一方面,中国文学的全面走出去也不能仅依赖政府的组织行为,应该有更多的民间力量参与其中,形成上下合力的局面,这样方能从根本上改变中国文学译作缺乏的问题。目前国内这方面工作已经有了很大改观,21 世纪以来,我们有很多非政府组织运行的外译项目工程纷纷成立,如北京师范大学的"中国文学海外传播"工程,多家出版社参与的"大中华文库"工程,上海外语教育出版社的"中国文化汉外对照丛书",中国对外翻译出版公司的"中译经典文库:中华传统文化精粹",陕西省作协与陕西省译协的"陕西文学海外翻译计划"等等。而且从 2011 年起,中国作协开始有计划地主办一些翻译研讨会来推动中国文学翻译的发展,如"汉学家文学翻译国际研讨会"、"首届中外出版翻译恳谈会"、"国际汉学翻译家大会"等,据此,我们有理由相信中国文学的海外译作会愈来愈丰富。

就国外来说,中国作品的传播也同样缺乏大量的稳定的高素质翻译人才,现如今活跃在西方翻译界的致力于中国文学翻译的专家学者还太少,因此形成的传播局面就是中国文学译本的稀少。美国作家约翰·厄普代克曾说:"在美国,中国当代小说翻译差不多成了一个人的天下,这个人就是葛浩文。"[1]这一方面道出了汉学家葛浩文的影响力与成就,但同时也说明在美国致力于中国文学翻译的如葛浩文般的优秀人才是非常缺乏的。还有一个数据也能证明在世界汉学中心的美国中国作品译本的稀少,那就是"据美国汉学家桑禀华介绍,2009 年,美国共翻译出版了 348 本文学新书,真正译自中文的文学作品只有 7 部"[2]。一个作家对外传播的影响力是与这个作家作品外译的数量与质量相关联的,一个国家文学形象的确立也同样需要大量译作的支撑,这里,翻译人才的培养显然是当务之急。如何吸引外国的一流学者钟情于中国文学的翻译,从而推出愈来愈多的中国文学优秀译作,这方面政府组织与民间合作可以齐头并进,

---

① ［美］John Updike：Bitter Bamboo：Two novels from China，The New Yorker，2005/5/9.

② 高方、许钧：《中国文学如何走出去》，《文艺报》2010 年 12 月 10 日。

目前这方面工作国内已在逐步开展中。2005 年,国家新闻出版总署设立了一个政府奖项——"中华图书特殊贡献奖",该奖的"表彰对象是在介绍、翻译和出版中国图书、促进中外文化交流等方面做出重大贡献的外国出版家、翻译家和作家"①。该奖项自开办以来已先后表彰了很多致力于中国图书对外传播的探索者,莫言作品的翻译者葛浩文、陈安娜等先后斩获此殊荣。有了优秀的翻译人才,质优的文学译作才有了保证,传播方有可能据此展开。这方面《狼图腾》就是一个很好的例证,"《狼图腾》各外文版本的翻译者都是各国最优秀的翻译家,其中英文、法文、日文、德文的译本最出色。英文版葛浩文的译本在 240 部亚洲各国推荐的作品中脱颖而出,荣获首届曼氏亚洲文学奖;法文译本获得了 2008 年度法国国际翻译奖;日文译本入围日本年度翻译奖;德文版译者卡琳是德国汉学界公认的最优秀的译者之一,翻译严谨细腻"②。正因如此,《狼图腾》的海外传播在中国当代文学中已然成了一个标杆。

在中国现当代文学的跨文化传播中,我们不仅要双管齐下地培养翻译人才,从根本上解决中国现当代文学海外译本稀少的问题,此外,中国现当代文学的本土译介与域外译介同时还要进行一定的深层次对接,相互参照,互相借鉴,共同探讨如何更好地"译出"与"译入"作品,这是推动中国文学译介事业发展的有效途径之一。

第三,小众话语与传播媒介的对接。中国形象的对外传播如果仅仅依赖于社会的小众话语体系,它缺乏的是民间的渗透力;相反,它如果仅仅依赖于大众传媒话语,则又难免流于庸常。理想的传播方式,应该是它们彼此之间的相互对接与渗透。迄今为止,中国形象的对外传播一般大多局限于小众文学范围之内,并没有很好地跟上新媒体时代传播媒介的发展,主要表现在:

1.出版传播平台的稀少。正如有些论者所说的:"中国当代文学出版拓展欧美市场的核心问题不仅仅是翻译人才短缺,关键是缺少有利于促进中国当代文学全面走进英语世界的出版传播平台。因此,如何加大使

---

① 李苑:《第 19 届北京国际图书博览会开幕》,《光明日报》2012 年 8 月 29 日。

② 谢稚:《从莫言获诺贝尔文学奖看中国文化的海外传播》,《理论月刊》2012 年第 12 期。

用资本手段兼并或收购欧美英语世界的大众图书出版机构,支持或赞助欧美一些专业文学评论期刊、专业文学研究杂志,团结欧美英语世界的舆论领袖,打造中国文学的英语传播平台,才是迫在眉睫的关键之举。"①流通的渠道少、出版方式比较单一、研究还没有步入效能化、主流媒介的缺席等都是造成中国现当代文学海外传播受到冷遇的原因,中国现当代文学在海外还远远没有融入世界文学系统之中。现如今,中国文化的对外传播已经开始搭建了一些交流平台,譬如一系列文化年的举办,还有遍布全球的孔子学院的创办等,但在这之中,中国现当代文学所占的份额与影响并不是特别突出。所以寻求与国外传媒的合作,特别是与国外主流宣传媒介的合作,扩大中国文学传播的平台建设,这点尤为重要。

2.海外文学宣传的欠缺。有了好的译作,但缺乏广泛的宣传,作品常被束之高阁,无人问津,中国文学的海外传播所面临的这种被搁置的情况实在太普遍了。在资讯发达的多媒体时代,没有足够的宣传即便是比较好的文学作品也会被信息的浪潮所覆盖甚至吞没,所以"酒香也怕巷子深",一定的传播宣传就显得非常必要。中国作家在海外发行自己的文学译作,要"敢于并善于打广告,利用公众读物和购书签名活动,在文学杂志和广为发行的新闻媒体中获得了知名度。这一点是中国作家需要学习和掌握的艺术。只有利用更大的国际知名度,如到西方访学、建立文学圈的友谊、保持与翻译家的联系、密切与美国及欧洲学术界和出版界的关系,凡此种种,才能促进中国文学的国际知名度"②。这方面《狼图腾》的海外宣传无疑是个成功的范例,它不仅与大的出版社——企鹅出版社合作,而且以版权输出为中心,在境外很多主流媒体上展开宣传,如美国的《时代周刊》,英国的《泰晤士报》等;同时,还切合《狼图腾》小说内容,在很多地方举行了推介活动,如研讨会、读书会、内蒙古草原风情展等;此外还利用电子媒介推出电子读物等,在海外营造了声势浩大的传播效应,图书

---

① 何明星:《翻译？传播！中国当代文学拓展欧美市场的调查》,《中华读书报》2014 年 3 月 5 日。

② 杨光烁:《当代文化传播途径呈多元性,中国文学需提升国际知名度》,《中国社会科学报》2011 年 3 月 24 日。

销售节节攀升,为中国当代文学赢得了一定的海外市场。在这方面,王蒙、莫言与余华的做法也都值得推广与借鉴。

3.大众传媒运用的不足。文学的传播必须充分发挥媒介的作用,在全球化时代,中国形象的对外传播不能仅仅停留在传统的传播理念之上,而应充分利用网络、电子书刊、影视、广播等各种大众传播方式和传播途径,让中国形象的对外传播从单一走向多元,从"政治中国"与"红色中国"走向"文化中国"与"杂色中国",因为"对普通社会公众而言,大众传媒是他们形成他国国家形象主要的文化信息来源"①。莫言在谈到自己作品的海外传播时就曾说:"《红高粱家族》它一开始就是作为一种商业的运作,由西方大的出版社出版,进入了西方俱乐部的畅销书榜,它是作为一本一般的图书,不是作为一种研究的图书,面对着最普通的大众的读者推出来。"②而且又说:"中国文学走向世界,张艺谋、陈凯歌的电影起到了开路先锋的作用。最早是因为他们的电影在国际上得奖,造成了国际影响,带动了国外读者对中国文学的阅读需求。"③可见,莫言作品的海外传播就是小众话语与大众媒介对接成功的范例。2012年,随着莫言的荣膺诺奖,中国文学在世界的影响力无疑有了很大提高,但正如葛浩文所发问的:"一个作家的作品能代表全中国的文学吗?得了诺奖就算走出去了吗?如果一个作家的作品曲高和寡,虽然获得诺奖评审委员会的青睐但不受国外读者的欢迎,这算不算走出去了?中国小说家追求的是什么?希望有广大的国外读者群,还是有小众欢迎就满足了?"④中国文学要走出去,要在世界范围内确立中国形象,单靠小众领域内的影响是远远不够的,单靠王蒙、莫言、余华等几位作家的影响力也是远远不够的,它还要吸引更多的普通读者来关注我们更多的作家与作品,所以如何更好地将小众话语与大众媒介进行对接,应该成为中国文学对外传播着力要探讨的问题。

---

① 吴友富:《对外文化传播与中国国家形象塑造》,《国际观察》2009年第1期。

② 莫言:《与王尧对话》,载《莫言文集·碎语文学》,北京:作家出版社2012年版,第204页。

③ 莫言、李锐:《"法兰西骑士"归来》,《新京报》2004年4月15日。

④ [美]葛浩文:《中国文学如何走出去》,《文学报》2014年7月7号。

美国俄克拉荷马大学孔子学院理事长博文理曾经说道:"了解一种异己文化以及这一文化构架中的人的观点和动机,最好的渠道之一就是文学。"①在如今全球化语境之下,中国当代文学不可避免地要担负着一定的塑造与传播国家形象的艰巨使命,从现状来说,我们文学中的中国形象的塑造与传播仍有广泛作为的空间与可能。

---

① 刘莉娜:《当代文学如何让海外读者摘下"眼镜"》,《上海采风》2011 年第 7 期。

参考文献

一、文学作品:

1. [美]埃德加·斯诺:《活的中国》,文洁若译,长沙:湖南人民出版社1983年版。

2. 毛泽东:《毛泽东选集》,沈阳:东北书店1948年版。

3. 殷夫:《殷夫选集》,北京:人民文学出版社1958年版。

4. 老舍:《老舍文集》(第7卷),北京:人民文学出版社1984年版。

5. 朱自清:《新诗杂话》,北京:生活·读书·新知三联书店1984年版。

6. 杨度:《杨度集》,长沙:湖南人民出版社1986年版。

7. 田间:《田间诗文集》(第1卷),石家庄市:花山文艺出版社1989年版。

8. 陈独秀:《陈独秀选集》,胡明编选,天津:天津人民出版社1990年版。

9. 沈从文:《沈从文文集》(第12卷),广州:花城出版社1992年版。

10. 余华:《余华作品集》(共3卷),北京:中国社会科学出版社1995年版。

11. 曹聚仁:《文坛五十年》,上海:东方出版中心1997年版。

12. 余华:《我能否相信自己——余华随笔选》,北京:人民日报出版社1998年版。

13.萧乾、傅光明:《风雨平生——萧乾口述自传》,北京:北京大学出版社1999年版。

14.余华:《温暖的旅程——影响我的10部短篇小说》,北京:新世界出版社1999年版。

15.王蒙:《王蒙讲稿》,上海:上海文艺出版社2001年版。

16.冯桂芬:《校邠庐抗议》,上海:上海书店出版社2002年版。

17.余华:《说话》,沈阳:春风文艺出版社2002年版。

18.王蒙:《王蒙文存》(共23卷),北京:人民文学出版社2003年版。

19.梁启超:《梁启超选集》,王蘧常选注,北京:人民文学出版社2004年版。

20.鲁迅:《鲁迅全集》(第13卷),北京:人民文学出版社2005年版。

21.王蒙:《王蒙自传》(1—3部),广州:花城出版社2006—2008年版。

22.余华:《温暖和百感交集的旅程》,北京:作家出版社2008年版。

23.余华:《没有一条道路是重复的》,北京:作家出版社2008年版。

24.莫言:《莫言讲演新篇》,北京:文化艺术出版社2010年版。

25.王蒙:《王蒙谈话录》,北京:生活·读书·新知三联书店2011年版。

26.莫言:《莫言文集》(共20本),北京:作家出版社2012年版。

27.余华:《余华作品》(共13册),北京:作家出版社2013年版。

28.王蒙:《王蒙文集》(共45卷),北京:人民文学出版社2014年版。

二、文学论著:

(一)国外:

1.中国社会科学院文学所国外中国学(文学)研究组编:《国外中国文学研究论丛》,北京:中国文联出版公司1985年版。

2.[美]史景迁:《文化类同与文化利用:世界文化总体对话的中国形象》,北京:北京大学出版社1990年版。

3.[美]阿里夫·德里克:《后革命氛围》,王宁译,北京:中国社会科学出版社 1999 年版。

4.［美］弗雷德里克·詹姆逊:《政治无意识》,王逢振、陈永国译,北京:中国社会科学出版社 1999 年版。

5.［美］爱德华·W. 萨义德:《东方学》,王宇根译,北京:生活·读书·新知三联书店 1999 年版。

6.［美］约瑟夫·列文森:《儒教中国及其现代命运》,北京:中国社会科学出版社 2000 年版。

7.［美］本尼迪克特·安德森:《想像的共同体民族主义的起源与散布》,吴叡人译,上海:上海人民出版社 2003 年版。

8.［美］王德威:《想像中国的方法》,北京:生活·读书·新知三联书店 2003 年版。

9.［美］费约翰:《唤醒中国:国民革命中的政治、文化与阶级》,李霞等译,北京:生活·读书·新知三联书店 2005 年版。

10.［美］雷默等著:《中国形象:外国学者眼里的中国》,沈晓雷等译,北京:社会科学文献出版社 2008 年版。

11.［美］塞缪尔·亨廷顿:《文明的冲突与世界秩序的重建》,北京:新华出版社 2010 年版。

12.［美］王德威:《现当代文学新论:义理·伦理·地理》,北京:生活·读书·新知三联书店 2014 年版。

(二)国内:

1.张弘:《中国文学在英国》,广州:花城出版社 1992 年版。

2.余英时:《内在超越之路》,北京:中国广播电视出版社 1992 年版。

3.施建业:《中国文学在世界的传播与影响》,济南:黄河出版社 1993 年版。

4.洪子诚:《中国当代文学概说》,香港:香港青文书屋 1997 年版。

5.王晓明主编:《二十世纪中国文学史论》,上海:东方出版社 1997 年版。

6.王宁等主编:《全球化与后殖民主义》,北京:中央编译出版社 1998 年版。

7.乐黛云等主编:《文化传递与文学形象》,北京:北京大学出版社1999年版。

8.张京媛主编:《后殖民理论与文化批评》,北京:北京大学出版社1999年版。

9.杨匡汉、孟繁华主编:《共和国文学50年》,北京:中国社会科学出版社1999年版。

10.孟华主编:《比较文学形象学》,北京:北京大学出版社2000年版。

11.邵培仁:《传播学》,北京:高等教育出版社2000年版。

12.夏康达、王晓平:《二十世纪国外中国文学研究》,天津:天津人民出版社2000年版。

13.夏忠宪:《巴赫金狂欢化诗学研究》,北京:北京师范大学出版社2000年版。

14.葛兆光:《中国思想史》(第2卷),上海:复旦大学出版社2001年版。

15.鲍绍霖:《西方史学的东方回响》,北京:社会科学文献出版社2001年版。

16.曹卫东:《中国文学在德国》,广州:花城出版社2002年版。

17.杜维明:《杜维明文集》(第5卷),武汉:武汉出版社2002年版。

18.陈思和:《中国当代文学关键词十讲》,上海:复旦大学出版社2002年版。

19.范家进:《现代乡土小说三家论》,上海:上海三联书店,2002年版。

20.曹文轩:《二十世纪末中国文学现象研究》,北京:作家出版社2003年版。

21.徐林正:《先锋余华》,杭州:浙江文艺出版社2003年版。

22.秦英君:《科学乎人文乎——中国近代以来文化取向之两难》,开封:河南大学出版社2005年版。

23.李扬:《中国当代文学思潮史》,上海:上海社会科学院出版社2005年版。

24. 洪治纲:《余华评传》,郑州:郑州大学出版社 2005 年版。

25. 杨扬:《莫言研究资料》,天津:天津人民出版社 2005 年版。

26. 王兆鹏、尚永亮主编:《文学传播与接收论丛》,北京:中华书局 2006 年版。

27. 郭宝亮:《王蒙小说文体研究》,北京:北京大学出版社 2006 年版。

28. 吴义勤:《余华研究资料》,济南:山东文艺出版社 2006 年版。

29. 王达敏:《余华论》,上海:上海人民出版社 2006 年版。

30. 雷达:《中国当代文学研究》,石家庄:河北教育出版社 2006 年版。

31. 孔范今、施战军主编:《莫言研究资料》,济南:山东文艺出版社 2006 版。

32. 张一兵:《不可能的存在之真——拉康哲学映像》,北京:商务印书馆 2006 年版。

33. 洪治纲:《余华研究资料》,天津:天津人民出版社 2007 年版。

34. 周宁:《世界之中国:域外中国形象研究》,南京:南京出版社 2007 年版。

35. 丁帆:《中国乡土小说史》,北京:北京大学出版社 2007 年版。

36. 王光东等:《20 世纪中国文学与民间文化》,上海:复旦大学出版社 2007 年版。

37. 温奉桥编:《王蒙·革命·文学》,北京:人民文学出版社 2008 年版。

38. 姜智芹:《镜像后的文化冲突与文化认同——英美文学中的中国形象》,北京:中华书局 2008 年版。

39. 方长安:《冷战·民族·文学》,北京:中国社会科学出版社 2009 年版。

40. 宋炳辉、张毅编:《王蒙研究资料》,天津:天津人民出版社 2009 年版。

41. 雷达:《当前文学症候分析》,北京:作家出版社 2009 年版。

42. 吴秀明主编:《新世纪文学现象与文化生态环境研究》,杭州:浙江工商大学出版社 2010 年版。

43. 陈思和：《中国文学中的世界性因素》，上海：复旦大学出版社 2011 年版。

44. 吴秀明主编：《文化转型与百年文学"中国形象"塑造》，杭州：浙江工商大学出版社 2011 年版。

45. 严慧：《超越与建构》，上海：光明日报出版社 2011 年版。

46. 姜智芹：《中国新时期文学在国外的传播与研究》，济南：齐鲁书社 2011 年版。

47. 付艳霞：《莫言的小说世界》，北京：中国文史出版社 2011 年版。

48. 周宁：《跨文化研究：以中国形象为方法》，北京：商务印书馆 2011 年版。

49. 宋绍香：《中国新文学 20 世纪域外传播与研究》，北京：学苑出版社 2012 年版。

50. 刘朋编著：《国家形象的概念及其理论分歧》，北京：经济科学出版社 2012 年版。

51. 温奉桥：《王蒙文艺思想论稿》，济南：齐鲁书社 2012 年版。

52. 刘江凯：《认同与"延异"——中国当代文学的海外接受》，北京：北京大学出版社 2012 年版。

53. 张志忠：《莫言论》，北京：北京联合出版公司 2012 年版。

54. 谭五昌主编：《见证莫言：莫言获诺奖现在进行时》，桂林：漓江出版社 2012 年版。

55. 杨守森、贺立华主编：《莫言研究三十年》（上、中、下），济南：山东大学出版社 2013 年版。

56. 程春梅、于红珍：《莫言研究硕博论文选编》，济南：山东大学出版社 2013 年版。

57. 宁明编译：《海外莫言研究》，济南：山东大学出版社 2013 年版。

58. 刘再复：《莫言了不起》，北京：东方出版社 2013 年版。

59. 邵纯生，张毅编著：《莫言与他的民间乡土》，青岛：青岛出版社 2013 年版。

60. 莫言编著：《盛典——诺奖之行》，武汉：长江文艺出版社 2013

年版。

61.胡沛萍:《"狂欢节"写作:莫言小说的艺术特征与叛逆精神》,济南:山东大学出版社 2014 年版。

62.张志忠、贺立华主编:《全球视野与本土经验》,济南:山东大学出版社 2014 年版。

63.孟繁华、程光炜、陈晓明:《中国当代文学六十年》,北京:北京大学出版社 2015 年版。

64.吴秀明等:《20 世纪文学演进与"中国形象"的历史建构》,杭州:浙江大学出版社 2016 年版。

三、报刊论文:

(一)国外:

1.[美]李欧梵等:《文学:海外与中国》,《文学自由谈》1986 年第6 期。

2.[法]让-马克·莫哈:《试论文学形象学的研究史及方法论》,孟华译,《中国比较文学》1995 年第 1 期。

3.[法]让-马克·莫哈:《试论文学形象学的研究史及方法论(续)》,孟华译,《中国比较文学》1995 年第 2 期。

4.[法]达尼埃尔-亨利·巴柔:《比较文学意义上的形象学》,孟华译,《中国比较文学》1998 年第 4 期。

5.[德]顾彬等:《圣人笑吗?——评王蒙的幽默》,《当代作家评论》2004 年第 3 期。

6.[美]哈金:《呼唤"伟大的中国小说"》,《青年文学》2005 年第13 期。

7.[德]胡戈·狄泽林克:《比较文学形象学》,方维规译,《中国比较文学》2007 年第 3 期。

8.[俄]罗季奥诺夫:《中国文学走出去的步伐》,《小说评论》2009 年第 5 期。

9.[德]顾彬:《从语言角度看中国当代文学》,《南京大学学报》2009

年第 2 期。

10.［美］莫琳·科里根:《〈兄弟〉是一个巨大的讽刺》,《上海文化》2009 年第 6 期。

11.［美］葛浩文:《从翻译视角看中国文学在美国的传播》,《中国文化报》2010 年 1 月 25 日。

(二)国内:

1.梁启超:《绍介新著·原富》,《新民丛刊》1902 年第 1 号。

2.陈独秀:《今日中国之政治问题》,《新青年》1918 年第 5 卷第 1 号。

3.胡适:《新文化运动与国民党》,《新月》1929 年第 2 卷第 10 期。

4.周扬:《社会主义现实主义——中国文学前进的道路》,《人民日报》1953 年 1 月 11 日。

5.徐訏:《赛珍珠》,《传记文学》1973 年 23 卷 3 期。

6.黄子平、陈平原、钱理群:《论"二十世纪中国文学"》,《文学评论》1985 年第 5 期。

7.李杭育:《理一理我们的"根"》,《作家》1985 年第 10 期。

8.余华:《我的"一点点"——关于〈星星〉及其他》,《北京文学》1985 年第 5 期。

9.刘再复:《挚爱到冷峻的精神审判——评王蒙的〈活动变人形〉》,《文艺报》1986 年 7 月 26 日。

10.郑义:《对当前寻根倾向的理解》,《黄河》1987 年第 1 期。

11.丁永强整理:《新写实作家、评论家谈新写实》,《小说评论》1991 年第 3 期。

12.陈思和:《关于乌托邦语言的一点随想——致郜元宝:谈王蒙小说的特色》,《文艺争鸣》1994 年第 2 期。

13.李萌:《也谈"苏联文学的光明梦"》,《读书》1995 年第 9 期。

14.洪子诚:《关于五十至七十年代的中国文学》,《文学评论》1996 年第 2 期。

15.余华、潘凯雄:《新年第一天的文学对话——关于〈许三观卖血记〉及其他》,《作家》1996 年第 3 期。

16.王一川:《中国人想象之中国——20世纪文学中的中国形象》,《东方丛刊》1997年第1、2辑。

17.孙郁:《王蒙:从纯粹到杂色》,《当代作家评论》1997年第6期。

18.刘再复:《中国大地上的野性呼唤》,《明报》1997年9月17日。

19.杨剑龙等:《现实主义精神的延续与弘扬》,《上海师大学报》1998年第3期。

20.张光年:《在颐年堂听毛泽东谈双百方针》,《百年潮》1999年第4期。

21.黎之:《回忆与思考——1957年纪事》,《新文学史料》1999年第3期。

22.陆贵山:《应该重视文艺与政治的关系问题》,《文艺研究》1999年第4期。

23.陶东风:《关于文学与政治关系的再思考》,《文艺研究》1999年第4期。

24.阿来、冉云飞:《通往可能之路——与藏族作家阿来谈话录》,《西南民族学院学报》1999年第5期。

25.刘洪涛:《对比较文学形象学的几点思考》,《北京师范大学学报》1999年第3期。

26.王光东:《民间与启蒙》,《当代作家评论》2000年第5期。

27.陈思和、张新颖、王光东:《余华:由"先锋"写作转向民间之后》,《文艺争鸣》2000年第1期。

28.倪伟:《鲜血梅花:余华小说中的暴力叙述》,《当代作家评论》2000年第4期。

29.张志忠:《追忆逝水年华——王蒙"季节"系列长篇小说论》,《文学评论》2001年第2期。

30.童庆炳:《历史维度与语言维度的双重胜利》,《文艺研究》2001年第4期。

31.朱德发:《论四十年代中国文学的世界化与民族化》,《中国社会科学》2002年第6期。

32. 南帆:《革命、浪漫与凡俗》,《文学评论》2002 年第 2 期。

33. 莫言、王尧:《从〈红高粱〉到〈檀香刑〉》,《当代作家评论》2002 年第 1 期。

34. 叶立文、余华:《访谈:叙述的力量——余华访谈录》,《小说评论》2002 年第 4 期。

35. 余华、王尧:《一个人的记忆决定了他的写作方向》,《当代作家评论》2002 年第 4 期。

36. 张清华:《叙述的极限》,《当代作家评论》2003 年第 2 期。

37. 旷新年:《民族国家想象与中国现代文学》,《文学评论》2003 年第 1 期。

38. 贺仲明:《自我的书写——"文革"后"五七作家"笔下的 50 年代》,《文艺争鸣》,2003 年第 4 期。

39. 王蒙、郜元宝:《谈谈我们时代的文学》,《当代作家评论》2003 年第 5 期。

40. 李敬泽:《莫言与中国精神》,《小说评论》2003 年第 1 期。

41. 温儒敏:《现当代文学研究中的"空洞化"现象》,《文艺研究》2004 年第 3 期。

42. 季羡林:《东学西渐与"东化"》,《光明日报》2004 年 12 月 23 日。

43. 吴秀明、王姝:《全球化语境与历史叙事的民族本土立场》,《学术月刊》2005 年第 9 期。

44. 程光炜:《魔幻化、本土化与民间资源——莫言与文学批评》,《当代作家评论》,2006 年第 6 期。

45. 张瑞英:《论余华小说的暴力审美与死亡叙述》,《文史哲》2006 年第 3 期。

46. 俞可平:《全球化时代的国家形象》,《学习时报》2007 年 1 月 15 日。

47. 徐慎贵:《〈中国文学〉对外传播的历史贡献》,《对外大传播》2007 年第 8 期。

48. 郜元宝:《当蝴蝶飞舞时——王蒙创作的几个阶段与方面》,《当代作家评论》2007 年第 2 期。

49.张清华:《关于文学性与中国经验的问题》,《文艺争鸣》2007 年第 10 期。

50.吴义勤:《新世纪中国当代文学研究的现状与问题》,《文艺研究》2008 年第 8 期。

51.吴越:《如何叫醒沉睡的"熊猫"》,《文汇报》2009 年 11 月 23 日。

52.吴秀明:《文化重建与"中国形象"塑造的当下使命》,《学术月刊》2010 年第 11 期。

53.黄健:《唤起民族新生的主体觉醒》,《江西社会科学》2010 年第 7 期。

54.舒晋瑜:《中国文学对外译介蓄势待发》,《中华读书报》2010 年 8 月 18 日。

55.王侃、余华:《我想写出一个国家的疼痛》,《东吴学术》2010 年第 1 期。

56.李永东、李雅博:《论中国新时期文学的西方接受》,《中国现代文学研究丛刊》2011 年第 4 期。

57.谢淼:《新时期文学在德国的传播与德国的中国形象建构》,《中国现代文学研究丛刊》2012 年第 2 期。

58.程光炜:《当代文学海外传播的几个问题》,《文艺争鸣》2012 年第 8 期。

59.王蒙、张弘:《"天机"何以窥破——作家王蒙访谈录》,《社会科学论坛》2012 年第 12 期。

60.洪治纲:《解构者·乐观者·见证者——论余华〈兄弟〉中的李光头形象》,《文学评论》2012 年第 4 期。

61.肖鹰:《莫言小说写作的成就及缺陷》,《中国作家》2013 年第 4 期。

62.李建军:《直言莫言与诺奖》,《文学自由谈》2013 年第 1 期。

63.杭零:《法兰西语境下对余华的阐释——从汉学界到主流媒体》,《小说评论》2013 年第 5 期。

64.周宁、李勇:《究竟是"跨文化形象学"还是"比较文学形象学"》,《学术月刊》2013 年第 5 期。

65.张乃禹:《韩国文化语境中的余华》,《小说评论》2013 年第 4 期。

66.中国外文局对外传播研究中心课题组:《中国国家形象全球调查报告 2013》,《对外传播》2014 年第 1 期。

67.中国外文局对外传播研究中心课题组:《中国国家形象全球调查报告 2014》,《对外传播》2015 年第 3 期。

68.张洪瑞:《〈中国国家形象全球调查报告 2015〉发布》,《中国报道》2016 年第 10 期。

69.韦路、谢点:《全球中国形象研发的知识版图——基于 SSCI 期刊论文(1998—2015)的文本挖掘》,《浙江大学学报》(人文社科版)2017 年第 1 期。

70.当代中国与世界研究院课题组:《2016—2017 年中国国家形象全球调查分析报告》,《对外传播》2018 年第 2 期。

后　记

　　形象学是属于比较文学领域里的概念,形象学研究自诞生之日起就侧重于对一国文学中的"异国形象"或"异族形象"的研究,这些形象本质上是一种借异域文化而进行的自我言说或隐喻而已,显然不能也无须完整地呈现被观照国度的真实形象。要想从形象学视角全面了解一个国家形象,就需要借鉴并延伸形象学理论来考察与研究一国形象的自塑,这体现在中国形象的塑造与研究中显得尤为必要与意义深远,因为现在国际社会特别是西方世界对中国形象的认知还存在着很多误判与误读的现象。

　　本书之所以选择王蒙、莫言与余华三位作家作为个案,来解析中国当代文学中中国形象的建构问题,主要基于以下两个因素的考量:

　　一是国内外的影响力。在中国当代文学创作史上,王蒙(1934)、莫言(1955)、余华(1960)是分属于不同年代的具有一定社会影响力的著名作家,他们有着不同的人生阅历与创作历练,他们的创作基本代表着中国当代文学创作的走向与发展趋势;他们的作品在当代文学史上都是具有先锋色彩的创作,文学及社会影响力极大,传播范围极广。毫不夸张地说,他们的创作在一定程度上影响了中国当代文学史的书写,通过对他们经典作品的解析来分析中国形象的塑造问题无疑是极具说服力的。中国形象塑造的目的是为了传播中国形象,在目前全球化的发展背景之下,中国形象的传播显然不能仅满足于本土传播,更重要的是要走出去,在跨文化的语境之下传播与树立我们作品中所塑造的中国形象。在中国当代文学的海外跨文化传播中,王蒙、莫言与余华无疑是影响力比较大的三位作家,他们的作品在海外被翻译、研究与获奖的数量相当之多。就资料统计而言,在国外,中国当代作家中诺贝尔文学奖获得者莫言的影响力无疑最大,但余华、王蒙的影响力也不可忽视,他们作品的域外传播反映出了中国当代文学在海外流传的一些基本概况,同样也成了中国当代文学海外传播的范例。本书意欲通过对他们作品在国外被传播情况的梳理,分析他们作品在跨文化传播中备受关注的因素,通过对他们经典作品被关注与被研究来分析他们之所以比同时代作家受欢迎、走得远的原因所在,并从传播学的角度反观国内同时代其他作家作品,阐析中国当代文学大规模走出国门,提升国际影响力,在传播方面所要借鉴与发展的可能性,这些研究应该说是具备一定的典型性意义与观照价值的。

　　二是形象学层面的中国形象塑造意义。选择王蒙、莫言、余华作为本书的主要论述对象,还基于他们创作的相异性与互补性关系以及形象学意义上的考量。王蒙的创作是基于特殊政治身份的一种主流创作,他所塑造的中国形象是一种政治中国的形象,而这种政治中国形象从一开始受苏联文学影响而具有乌托邦性,之后随着中国社会的发展而逐渐走向真正带有中国本土特色的中国性,它不仅完善了中国当代文学政治中国形象的建构,而且也纠偏了形象学领域长期以来对政治中国的偏见认知。莫言的创作则主要投射在民间,莫言能够走向西方荣获诺奖,在很大程度之上是由于他作品中的东方化色彩,这种东方化不是西方关于中国的乌托邦幻象或意识形态想象,它是植根于民间的关于民间中国的个性认知,张扬着酣畅淋漓的民族精神,从形象学视角来看,这种中国形象的出现对于西方的东方化认知带有一定的重构意义。而余华作为一位没有特殊政治身份、没有深厚民间阅历的 60 后作家,他的创作更多的是基于现代中国人的生存发现与思考,他也写社会,也曾涉及民间,但旨归不在于对社会与民间的整体观照,而在于对生活其中的现代中国人的生存思考。这种思考是把中国人还原给生活本身,还原给中国人自身的一种思考,充分彰显了中国人身上的生存主体性,有力地改写了形象学视域下套话式的失去主体性存在的符号化的中国人形象。从沸腾的中国化的主流社会,到生机勃勃的东方化的民间,再到一个个充满主体化认知的现代个体,组合在一起就反映了相对完整的当代中国景象。因此,本书以他们诞生于不同或相同时代的经典创作为依托,从他们不同的人生历练与社会阅历、不同的中国情怀与中国感受入手,研究中国当代文学中关于中国形象塑造存在的一些共性与差异性问题,并对它们进行文化与形象学意义上的探讨,是能够考察出中国当代文学目前在塑造中国形象方面的一些特色与未来的发展可能的。

目前国内外研究界对于王蒙、莫言与余华的研究成果多得难以统计,但涉及中国形象研究的意图还不是很明朗。在对他们的研究中,有创新的艺术探讨,有人物的具象分析,有对中国农村形象的总结,以及对中国社会历史的考察等,涉及历史、人性、政治、文化与艺术等诸多方面,但有意识地把他们的创作与他们在域外的传播相关联,来探讨中国形象的塑造与传播却并不多见,这方面还具有一定的研究与阐释的空间。

关于本书还需要特别说明的是:

一是本书论述借鉴的是比较文学形象学理论,而比较文学形象学主要是研究一国文学中的异国形象的理论,形象学研究在某种程度上说就是研究异国形象产生的文化动因、形象建构特色及意义阐释,这与本书的论述是属于两个不同学科的研究。在此,本书欲借鉴的是形象学研究的跨文化视野与视角、它的综合性的研究方法来研究中国文学中的中国形象自塑问题,不是旨在拓展形象学理论本身,而是意在拓宽中国文学的研究思路,从形象学的视角去发现中国文学建构国家形象的可行性及存在问题。

二是在中国形象的建构研究中,包含两方面内容:一是塑造,一是传播。塑造为了传播,传播是为了更好地塑造,因而在这之中塑造研究是其根本,没有一定的塑造研究,传播探讨将成为无米之炊、无本之木。所以,在中国形象的文学阐释中,塑造是本书的论述之本。本书的论述不是塑造研究与传播研究的平衡性论述,本书的论述重点放在了中国形象的文学塑造本身,即中国作家建构中国形象的独特性以及缘由与意义阐释,而跨文化传播只是我们反观他们建构中国形象的一个考察视角,意在为中国当代文学更好地建构与传播中国形象探寻更完善的路径。

三是从整体性视角来看，中国形象显然是一个形象的共同体概念，中国形象的自塑大致说来有三大建构主体，他们分别是：中国大陆作家（包含港澳地区）、中国台湾地区作家与海外华人，但在这之中中国大陆文学无疑是中国形象自我建构的核心所在。所以，本书的论述仅限于中国大陆文学中的中国形象自我建构，而我国台湾地区作家与海外华人因为身处与中国大陆不同的文化体制与社会环境之中，他们的中国形象建构很难包融进本书所搭建的理论框架之内，对于他们作品中的中国形象自塑研究，日后或将以另外的形式单独展开。

四是本书的选题比较大，又涉及跨文化传播领域，而域外跨文化传播关涉的是一个全球性的视野，因此，本书在收集传播资料方面遇到很多困难，范围的广阔、地域的局限、资料的有限等都为研究增添了很多障碍。所以本书在资料的收集与整理方面难免会有疏漏，传播的分析也难免存在隔靴搔痒的问题，有的还仅限于对二手资料的分析与整理，所进行的研究还远未深入西方真正的学界空间与大众话语的传播领域，希望这种缺憾能在以后的研究中逐步得到完善。

本书是在笔者博士毕业论文的基础上修整而成的，博士毕业论文选做"中国形象"，源自与导师吴秀明教授合作研究中国形象课题时产生的兴趣，"中国形象"是一个很宽泛的概念，研究中国形象的本土自塑，这个论题对我而言充满了各种挑战性，但吴老师还是充分尊重我的选择。如何使自己的论述不显得空洞而泛化，在具体写作过程中，从个案作家的选择，到具体框架的架构，都离不开吴老师的悉心指导。教诲如春风，师恩似海深，我一直认为，能受教于吴老师是我人生中最大的收获，我必将好好珍藏这一切。

在博士毕业论文写作过程中，这个论题获得了浙江省哲学社会科学规划课题资助（课题编号：14NDJC182YB），原申报的课题名称为"新时期语境下中国形象的塑造与传播——以王蒙、莫言、余华三代作家为例"，论文答辩时听取了一些专家的建议将题目进行了微调，改为"跨文化视域下当代'中国形象'的建构——以王蒙、莫言、余华为例"，研究内容不变,特此说明。

书稿即将付梓之际,回顾自己的读博生涯,心中充满了种种遗憾,遗憾读博期间自己心不能专,总想什么都抓住,可什么都抓不牢做不好。我不是一个温柔耐心的好妈妈,也不是一个潜心教研的好老师,更不是一个学有所成的好学生。对孩子,对学生,对老师,我无不充满了歉疚!在此,特别感谢博士导师吴秀明老师的宽容与仁厚,感谢老师在我读博期间没有施予我过大的压力与过高的期许!

由于自己学识所限,我深知自己的研究远未达到理想的目标与深度,恳请同行专家批评指正!如果以后有机会,我希望自己能将这个选题继续做下去。

方爱武
2018 年春于杭州

图书在版编目(CIP)数据

跨文化视域下当代"中国形象"的建构:以王蒙、莫言、余华创作为例/方爱武著.—杭州:浙江大学出版社,2020.12
(郁文丛刊)
ISBN 978-7-308-18313-0

Ⅰ.①跨⋯ Ⅱ.①方⋯ Ⅲ.①中国文学-当代文学-国家-形象-文学研究 Ⅳ.①I206.7

中国版本图书馆 CIP 数据核字(2018)第 122641 号

跨文化视域下当代"中国形象"的建构
——以王蒙、莫言、余华创作为例
方爱武　著

责任编辑	韦丽娟　王荣鑫
责任校对	宋旭华
封面设计	项梦怡
出版发行	浙江大学出版社
	(杭州市天目山路 148 号　邮政编码 310007)
	(网址:http://www.zjupress.com)
排　　版	浙江时代出版服务有限公司
印　　刷	广东虎彩云印刷有限公司绍兴分公司
开　　本	710mm×1000mm　1/16
印　　张	15
字　　数	216 千
版 印 次	2020 年 12 月第 1 版　2020 年 12 月第 1 次印刷
书　　号	ISBN 978-7-308-18313-0
定　　价	68.00 元

浙江大学出版社市场运营中心联系方式　(0571)88925591;http://zjdxcbs.tmall.com